Michael Köhlmeier
Shakespeare erzählt

PIPER

Zu diesem Buch

»Es war die Nachtigall und nicht die Lerche« – »Romeo und Julia« ist eines der elf Stücke von William Shakespeare, die Michael Köhlmeier nacherzählt hat. Er beginnt mit »Macbeth«, der blutigen Tragödie der Einbildungskraft, und endet mit »Hamlet«, dem meistgespielten Werk Shakespeares, das noch nach über vierhundert Jahren durch seine psychologische Tiefe fasziniert. Man erlebt mit ihm »Ein Sommernachtstraum«, das schönste Zaubermärchen der Weltliteratur, auch »Othello«, die Schule für Intriganten, und das für Köhlmeier schönste Shakespeare-Drama: »König Lear«, das Lehrstück über die Liebe. Shakespeare erzählte in seinen Stücken großartige Geschichten, die uns die Grundlagen unseres Menschseins zeigen, im Guten wie im Bösen. »Was wir nicht über uns wußten – seit Shakespeare wissen wir es.« (Michael Köhlmeier)

Michael Köhlmeier, geboren 1949 in Hard am Bodensee, lebt als freier Schriftsteller in Hohenems/Vorarlberg und Wien. Für seine Romane und Erzählungen wurde der österreichische Bestsellerautor unter anderem mit dem Manès-Sperber-Preis, dem Anton-Wildgans-Preis, dem Grimmelshausen-Preis und dem Österreichischen Würdigungspreis für Literatur ausgezeichnet.

Michael Köhlmeier

Shakespeare erzählt

PIPER

Mehr über unsere Autoren und Bücher:
www.piper.de

Von Michael Köhlmeier liegen im Piper Verlag vor:
Sagen des klassischen Altertums
Die Nibelungen neu erzählt
Geschichten von der Bibel
Das große Sagenbuch des klassischen Altertums
Shakespeare erzählt

MIX
Papier aus verantwortungsvollen Quellen
FSC® C083411
FSC www.fsc.org

Originalausgabe
ISBN 978-3-492-24191-5
1. Auflage September 2004
13. Auflage Dezember 2017

Umschlaggestaltung: semper smile, München
Umschlagabbildung: Hans Makart (»Romeo und Julia an der Treppe«; Jochen Remmer/ARTHOTEK)
Satz: Uwe Steffen, München
Gesetzt aus der Sabon
Druck und Bindung: CPI books GmbH, Leck
Printed in the EU

Inhalt

Für Paula

Den »Kaufmann von Venedig«
haben wir zusammen gesehen.
Erinnerst du dich, mein Liebling?
Der Bruno hat den Shylock gespielt.

Macbeth

Es war einmal ein König, der hieß Duncan. Er wurde der Friedfertige genannt. Da wußten die Leute, daß er nicht friedfertig war. Er führte Krieg und verhandelte nicht mit seinen Feinden. Ein Feind bleibt immer ein Feind – das war seine Devise. Die Kriege waren kurz und verheerend. Bald hatte er alle seine Feinde besiegt. Sieg hieß Vernichtung. Nun war es nicht mehr nötig, Krieg zu führen. Viele Jahre herrschte Frieden, und Duncan wurde der Friedfertige genannt. Die Leute sagten: Friede ist, wenn kein Krieg ist. Aber sie fürchteten den Friedfertigen, sie liebten ihn nicht.

Daß die Siege vollkommen waren, verdankte König Duncan vor allem zwei seiner Generäle: General Banquo und General Macbeth. Diese beiden wußten die Heere zu führen, und sie wußten, daß man mit Feinden nicht verhandelt. Sie wußten, daß der Friede nicht aus Diplomatie, sondern aus Vernichtung erwächst.

Über Macbeth hieß es, er sei der Bessere von beiden, weil der Konsequentere, und das hieß: der brutalere Krieger. Die Soldaten bewunderten Macbeth. Angst schien er nicht zu kennen. Den Tod schien er nicht zu fürchten. Wenn die Schlacht um ihn herum tobte, hielt er sein Pferd an und richtete sich auf. Die Majestät des Todes verneige sich vor ihm, hieß es. Macbeth scheute keine Konfrontation. Stirn gegen Stirn mit dem Feind – und am Ende des Tobens war er der einzige, dem keine Wunde geschlagen worden war. Ruhe, Gelassenheit, Voraussicht, Kälte in der Analyse – als gelänge ihm das Unmögliche, nämlich die Gegenwart in Vergangenheit zu verwandeln, die er gleichsam im Rückblick betrachtete: Aus der Vergangenheit droht keine Gefahr, aus der Vergangenheit ragt kein Schwert herüber.

Macbeth war ein Schweiger. Er sprach nicht viel mit seinen Leuten. Die meisten seiner Sätze hatten am Ende ein Ausrufezeichen. Einmal aber habe er General Banquo die Prinzipien seines Handelns erläutert.

»Was ist Handeln?« fragte Macbeth seinen Mitstreiter.

»Handeln«, gab Banquo zur Antwort, »handeln heißt, eine Strecke Zeit nach deinem Willen gestalten.«

»Ich weiß«, sagte Macbeth, »das denken alle. Und dann sind sie enttäuscht und versagen. Nicht der Weg soll dich interessieren, sondern nur das Ziel. Was ist das Ziel, das ich erreichen will? Ausschließlich diese Frage ist für mich von Bedeutung. Das Ziel sucht sich den Weg von allein. Du mußt Vertrauen zu deinem Ziel haben. Du mußt dich darauf verlassen, daß der Weg der einzig richtige sein wird, weil ihn das Ziel selbst für dich ausgewählt hat. Du wirst dem Ziel untreu, wenn du dich um den Weg kümmerst. Hast du das Ziel erreicht, wirst du sagen: Ich bin den einzigen Weg gegangen, der zu diesem Ziel führte.«

Banquo und Macbeth waren nicht Freunde. Macbeth hatte keine Freunde. Aber Banquo war der einzige Mensch, mit dem er manchmal ein paar Worte über das Notwendige hinaus wechselte.

Der General war verheiratet. Und er war glücklich verheiratet. O ja, darüber wurde viel spekuliert. Die Offiziere sprachen darüber hinter vorgehaltener Hand, die Soldaten redeten drüber. Die Soldaten rissen über alles ihre Witze, über die Ehe von General Macbeth aber sprachen sie voll Respekt. Aber aus dem Staunen kamen sie nicht heraus. Der hat eine Frau? Der liebt? Der weiß, was Liebe ist? Der ist glücklich? Der weiß, was Glück ist? Der? Das konnten sie sich nicht vorstellen. Aber es hieß, die Liebe und das Glück seien so mächtig zwischen den beiden, daß sie niemanden sonst in ihrem Leben brauchten. Lady Macbeth und ihr Gemahl genügten einander. Das war schön. Es war schön, solche Worte auszusprechen. Und am Ende staunten die Soldaten, wie sie von Anfang an gestaunt hatten: Wie konnten in diesem kältesten aller Herzen Zärtlichkeit und Hingabe gedeihen und überleben?

Die Geschichte beginnt im Krieg, genauer: mit dem Ende eines Krieges. König Duncan, der Friedfertige, hat sein Heer gegen Aufständische geschickt. Wir wissen nicht, wogegen sich der Aufstand gerichtet hatte. Wir können es uns denken, wahrscheinlich gegen das, was Duncan Frieden nannte. Der Aufstand wurde rasch niedergeschlagen: Banquo und Macbeth hatten die Operation durchgeführt.

Es wird dem König berichtet, wie tapfer und effektiv Macbeth gekämpft habe. Er habe den Feinden die Bäuche aufgeschlitzt, vom Nabel bis zum Hals, heißt es. Das mag König Duncan nicht so gern hören, er wollte solche Szenen auch nicht sehen. Ihn interessiert nur das Ziel. »Den Weg sollen gehen, die ich auf den Weg schicke. Ich warte beim Ziel.«

Der König will seinen Generälen nicht auf dem Schlachtfeld begegnen. Es wird eine Siegesfeier geben, nach einer Weile, man muß den Helden Zeit lassen, damit sie sich etwas frisch machen. Duncan ist der Friedliebende, Spuren des Krieges machen ihn nervös und traurig, Wunden deprimieren ihn. Er ist gekommen, um den Stand der Dinge zu sehen, und er verläßt das Schlachtfeld wieder, noch ehe seine Generäle erscheinen.

Die Soldaten fassen ihren Sold aus, die Demobilisierung des Heeres wird von den Offizieren geleitet. Die Generäle machen sich auf den Heimweg.

Banquo und Macbeth reiten über die Heide, sie sind allein. Beide leben sie etwas abgeschieden. Jetzt, da der Krieg vorbei ist, verbindet sie nichts mehr. Und als sie schweigend über die Heide reiten, geschieht das Ungeheuerliche. Ungeheuerlich ist nicht das große Abschlachten, scharfer Stahl trifft auf weiche Haut, die Folge widerspricht keinem Naturgesetz. Das Ungeheuerliche ist die Verneinung der Logik, ist die Verwirrung der Kausalität. Als ob der Boden sie ausspeien würde, erscheinen vor den Generälen drei Gestalten: Frauen mit Bärten. Hexen. Ein Scherz? Wer würde die Tollkühnheit besitzen, mit Männern wie Banquo und Macbeth einen Scherz zu treiben? Ein Irrbild, eine Halluzination?

»Ich sehe drei Weiber mit Bärten«, sagt Macbeth.

»Ich sehe sie auch«, sagt Banquo.

»Beschreib mir die rechte!« sagt Macbeth.

»Ihr Gesicht ist blau wie vermodertes Blut«, sagt Banquo. »Beschreib du mir die linke!«

»Ihr Gesicht ist grün wie Schimmel«, sagt Macbeth.

Keine Halluzination, nein. Wie sollten die gleichen Irrbilder zur selben Zeit in zwei so verschiedenen Köpfen entstehen?

Die Hexen begrüßen die Generäle. Zuerst begrüßen sie Macbeth.

Die erste Hexe, die mit dem blauen Gesicht, sagt: »Heil dir, Than von Glamis!«

Sie kennt ihn wohl? Than von Glamis ist ein Titel, und nur Macbeth darf ihn tragen.

Die zweite Hexe sagt zu ihm: »Heil dir, Than von Cawdor!«

Than von Cawdor? Macbeth ist nicht Than von Cawdor, diesen Titel trägt er nicht, ein anderer trägt diesen Titel. Und es ist kein guter Mann, der diesen Titel trägt. Der hat es mit den Aufständischen gehalten. Es ist eine Beleidigung, mit einem solchen Mann verwechselt zu werden!

Aber bevor Macbeth gegen diese Beleidigung ausholen kann, meldet sich die dritte Hexe, die grüne, sie sagt: »Heil dir, Macbeth, du künftiger König von Schottland!«

Es sind Wesen, die es nicht gibt. Weil es sie nicht geben kann. Weil es sie nicht geben darf. Weil sie in keine Logik und in keine Kausalität passen. Aber was sie sagen, wirft ein Licht in die Zukunft. Und Ziele, diese süßen Versprechungen, liegen per definitionem in der Zukunft …

»Sie haben mich erst als den, der ich bin, dann als Than von Cawdor und zuletzt als König von Schottland angesprochen«, sagt Macbeth, und es klingt verlegen. Aber es klingt auch noch anders, Banquo weiß nur noch nicht wie.

Und nun wendet sich Banquo an die Hexen: »Und mir? Was habt ihr mir zu sagen? Habt ihr mir nichts zu sagen?«

Die erste Hexe sagt: »Doch, doch, Banquo. Lauf nicht weg, Banquo!«

»Ich lauf nicht weg. Sag, was du zu sagen hast!«

Und mit Blick auf Macbeth sagt die erste Hexe: »Banquo! Du bist kleiner als Macbeth. Aber, Banquo, dennoch bist du größer.«

Und die zweite Hexe läßt keinen Platz zwischen diesem letzten Wort und ihrem ersten: »Banquo! Du bist nicht so glücklich wie Macbeth. Aber doch bist du viel glücklicher als er!«

Und die dritte Hexe schließt an: »Banquo, Banquo! Du wirst nie König werden, nicht in Schottland und auch in keinem anderen Land. Aber, Banquo, du wirst der Vater von Königen sein.«

Nur für einen Moment lassen die beiden Generäle die Hexen aus den Augen, der eine sieht den anderen an, und beide sehen im anderen einen Feind, denn in diesem Moment glauben Macbeth und Banquo an das, was nicht logisch ist und nicht kausal. Aber dann glauben sie wieder, was sie immer glaubten. Und die Hexen sind weg. Luft, die verblasen wird schon durch das Wiehern der Pferde.

Darüber reden? Ja, das hätten sie sicher gern getan, Macbeth und Banquo. Aber sie hatten keine Gelegenheit dazu.

Ein Bote kommt geritten. Er springt vom Pferd, geht auf Macbeth zu, Zeigefinger voran, und sagt: »Ich habe eine gute Neuigkeit für dich: Der König hat dich zum Than von Cawdor ernannt!«

Macbeth: »Aber es gibt doch schon einen Than von Cawdor. Was ist mit ihm?«

Der Bote: »Er ist ein Verräter! Du weißt es, und du hast es immer gewußt. Er ist verhaftet worden, er ist degradiert worden, er ist eingesperrt worden, er wird hingerichtet werden. Er hat es mit den Aufständischen gehalten. Du,

Macbeth, hast es als einziger gewußt, du, Macbeth, hast als einziger vor ihm gewarnt. Der König ist beschämt, daß er dir nicht geglaubt hat. Der König möchte, daß du von nun an diesen Titel trägst!«

Banquo und Macbeth lassen nur für einen Moment den Boten aus den Augen, der eine sieht den anderen an, und der eine sieht in den Augen des anderen das Ziel, das ihm die Hexen gesteckt haben. Die erste Weissagung der Hexen hat sich bereits erfüllt! Und wie hat die dritte Hexe den Macbeth begrüßt? »Heil dir, du künftiger König von Schottland!«

Kann Banquo an etwas anderes denken, als daß er kleiner und doch größer, unglücklicher und doch glücklicher als Macbeth ist, daß er selbst zwar nie König, aber Vater von Königen werden wird?

»Man soll sich vor solchen Weissagungen hüten!« sagt er, als der Bote davon ist. »Manche solcher Sprüche wekken Ambitionen. Wenn du weißt, was ich meine ...«

Macbeth weiß, was Banquo meint. Aber warum sollte er Banquo antworten? Er ist nun Than von Cawdor. Er ist es. Er ist es geworden, ohne es gewollt zu haben. Und wenn alle anderer Meinung sind: Macbeth ist kein ehrgeiziger Mann. Ambition und Ehrgeiz sind Wasser und Brot für den Weg. Der Weg aber hat Macbeth nie interessiert. Nur das Ziel. Die beiden trennen sich.

Lady Macbeth weiß bereits alles. Sie umarmt ihn, als er nach Hause kommt. Ihre Freude gilt dem Mann und dann erst der Ehre, die ihm zuteil wurde. Sie liebt ihren Mann. Und sie weiß, daß sie von ihm geliebt wird. Sie kennt ihren Mann, und sie weiß, was ihm fehlt. Ihr Herz ist für ihn geöffnet, nur für ihn. Er blickt in ihr Herz und sieht dort seine Mängel und sieht, daß die Mängel in diesem Herzen zu liebenswertem und begehrtem Überfluß werden.

»Mein Mann«, sagt sie, »ist weich, und sein Herz ist voll Milch des Mitleids.« Zu wem spricht Lady Macbeth, wenn sie so spricht? Auch sie hat keine Freunde, niemanden, dem sie vertraut. Als sie so zu ihrem Gatten spricht, legt er seinen Kopf in ihren Schoß, und sie erzählt ihm, und in ihren Erzählungen ist er ein anderer. Er ist der Beste.

Heute erzählt er. Von den Hexen erzählt er und von ihren Weissagungen. Und von den Ideen, die sie ihm in den Kopf gesetzt haben.

»Wer auch immer diese Wesen waren«, sagt Lady Macbeth, »ob Hexen, ob Teufel, ob Abgesandte aus der Zukunft, sie wissen, was in dir steckt: der König von Schottland.«

Die Lady weiß, es wird ihrem Mann an Ehrgeiz fehlen. Mögen ihn seine Soldaten für einen mutigen Krieger, mag ihn Banquo für einen genialen Strategen, mag ihn Duncan für einen treuen Vasallen halten, sie kennt ihren Mann: Er tut, was er tut, und er tut es ohne Ehrgeiz. »Ich«, sagt sie, »ich werde die Kraft sein, die dem Mann fehlt. Wir beide sind eins.«

Aber Lady Macbeth kennt ihren Mann in Wahrheit nicht. Was er über Weg und Ziel sagt, das nimmt sie nicht ernst, daß das Ziel sich den Weg von allein sucht und so weiter. »Er soll den Weg gehen, ich werde ihm den Weg bereiten, ich werde den Weg in die Wildnis der Zukunft schlagen«, sagt sie.

Lady Macbeth mißversteht ihren Mann im Grundsätzlichen. Sie unterschätzt die Kraft ihres Mannes, weil sie die Beschaffenheit dieser Kraft nicht kennt. Niemand kennt diese Kraft. Macbeth mag vielleicht nicht besonders intelligent sein – in diesem Punkt ist ihm seine Frau weit überlegen –, ganz bestimmt ist er nicht redegewandt, wie etwa Banquo. Aber: Macbeth verfügt über die Kraft der Einbildung wie kein Mensch in seiner Welt, vielleicht wie kein Mensch vor ihm und keiner nach ihm. Diese Kraft kann mehr als Berge versetzen. Sie vermag Dinge, die sich in der Zukunft ereignen, in die Gegenwart seines Bewußtseins zu rücken, so daß sie als bereits geschehen vor dem Geist des Macbeth erscheinen. Was sagte die letzte Hexe? »Heil dir, Macbeth, dir, künftigem König Heil!« Damit war das Ziel gesetzt. Für Macbeth aber, für seine Einbildungskraft bedeutet dies nicht: Er wird König von Schottland werden – nein, es bedeutet: Er *ist* es. Als ob der Weg zu diesem Ziel bereits hinter ihm läge. Die Zeit bis dorthin ist für Macbeth nur noch mit Warten ausgefüllt; mit Warten und Staunen darüber, was der Weg alles zu bieten hat. Und Macbeth sieht, der Weg wird blutig sein.

Lady Macbeth sagt: »Du weißt, was dir im Wege steht, um König von Schottland zu werden?«

Selbstverständlich zunächst einmal der König selbst, Duncan; er wird sterben müssen. Dann: Duncan hat zwei Söhne, Malcolm und Donalbain; auch sie müssen verschwinden. Macbeth ist ein Vetter des Königs. Erst wenn König und Prinzen nicht mehr sind, wird er an der Reihe sein.

Lady Macbeth sagt: »Wir müssen es tun. Das Schicksal hat Großes mit dir vor. Erweise dich als würdig! Der König muß sterben!«

Der König hat seinen Besuch im Schloß von Macbeth angesagt. Er will seinen General besuchen, will ihm gratulieren, will ihn ehren, ihm danken.

»Was wir tun müssen, tun wir gleich«, sagt Lady Macbeth.

Macbeth zaudert – so interpretiert ihn seine Frau –, er hadert mit dem Schicksal, so meint sie. Trotz der Nähe kann es ihr nicht gelingen, in den Kern seines Wesens vorzudringen: in die Mechanik seiner Einbildungskraft. Macbeth zaudert nicht, er hadert nicht mit seinem Schicksal. Er wird nicht ein blutiger Schinder werden, er *ist* bereits ein blutiger Schinder. Im Gegensatz zu seiner Frau, die nach der Tat von ihrem schlechten Gewissen gepeinigt wird, hat er das schlechte Gewissen vor der Tat; lange bevor er den ersten Schritt getan hat. *Was habe ich getan!* Noch bevor er es getan hat.

Duncan kommt mit königlichem Gefolge. Er betrachtet das Schloß seines Generals, der Anblick stimmt ihn milde.

»Das ist ein Schloß, das für den Frieden gebaut wurde«, sagt er. »Die Schwalben nisten auf den Fenstersimsen unter dem Dach. Wo Schwalben nisten, da ist es friedlich, dort ist die Luft gut.«

Der König hat eine lange Reise hinter sich.

»Laßt uns erst morgen unser Fest feiern«, sagt er. »Ich will mich bald zur Ruhe begeben und lange schlafen.«

Lady Macbeth hat das schönste Gemach für den König herrichten lassen. Der König hat recht: Alles hier erzählt vom Frieden. Die Farben sind warm und weich, es riecht nach Behaglichkeit. Aber ein König ist ein König, und er ist immer ein König. Und es gehört zur Etikette, daß im Schlafzimmer des Königs zwei Wächter sitzen. Und es gibt keinen Grund, warum sich der König für königliche Gepflogenheiten entschuldigen sollte. Aber er tut es doch.

»Ich kenne keinen Platz auf dieser Welt, der für den König von Schottland sicherer wäre als das Schloß von Macbeth. Aber weil ich weiß, daß mein General die Formen noch mehr schätzt als ich, bitte ich, auch für meine Wächter Quartier in meinem Gemach zu machen.«

Hat Lady Macbeth vergessen, was Sitte ist?

Lady Macbeth ist eine gute Gastgeberin. Wichtig ist nicht nur, daß der König zufrieden ist. Ihre Warmherzigkeit zeigt sich vor allem in ihrem Bemühen um die kleinen Leute. Da sind ja so viele mit dem König gekommen – Knappen, Diener, Knechte, Wachpersonal.

»Ihr sollt nicht bis morgen warten müssen«, sagt die Lady. »Ihr dürft heute schon feiern. Morgen beim großen Fest habt ihr ohnehin genug zu tun.«

Und zu den beiden Soldaten, die im königlichen Schlafgemach Wache halten sollen, sagt sie: »Braucht es in der Sicherheit noch Sicherheit? Ist Macbeth nicht der Wächter aller Wächter?«

Und die beiden Soldaten sagen: »Man kann es gar nicht anders ausdrücken.«

Sie dürfen auch feiern. Alkohol. Viel Alkohol.

Und dann schlafen sie und wachen nicht. Liegen neben dem Bett des Königs. Und schnarchen mit ihm um die Wette.

»Jetzt!« sagt Lady Macbeth zu ihrem Mann. »Jetzt geh! Nimm den Dolch, töte den König!«

Er zaudert. Wieder zaudert er. Sie meint, er fürchte sich.

Sie nimmt den Dolch und sagt: »Ich tue es!«

Sie schleicht in die Kammer, wo der König schläft, neben ihm die betrunkenen Wächter. Da fällt ein Lichtschein auf das Gesicht des Königs. Sie verläßt die Kammer.

»Ich konnte es nicht tun«, flüstert sie ihrem Mann zu. »Er sah aus wie mein Vater.«

Sie schließt seine Finger um den Griff des Dolchs. »Du hast es versprochen«, sagt sie.

Macbeth geht. Und dann hat er eine Vision. Er sieht vor sich den Dolch schweben, den er doch mit der Hand umklammert. Der Dolch ist blutig. Er folgt dem Trugbild. Der Weg ist frei. Macbeth ersticht den König.

Er kommt zurück zur Lady, den blutigen Dolch in der Hand. Weiß im Gesicht.

»Ich sehe es«, sagt sie.

Er ist ruhig, ruhig wie in der Schlacht.

»Du hast einen Fehler gemacht«, sagt sie. »Du hättest den Dolch neben die Wachen legen sollen. Hättest Blut in ihre besoffenen Gesichter schmieren sollen und an ihre Hände und an ihre Kleider, die nach Wein stinken!«

Sie schleicht sich ein zweites Mal in die Kammer. Wendet den Blick vom König ab. Legt die Spuren. Es ist getan.

Macduff, einer der Edlen aus dem Gefolge des Königs, entdeckt am nächsten Morgen den Mord. Das Bild, das sich ihm zeigt, erzählt eine einfache, eindeutige Geschichte: Die Wächter waren es. Niemand weiß, warum sie es getan haben. Blutbesudelt stehen sie da. Tun so, als wüßten sie von nichts. Haben obendrein die Frechheit zu fragen, was eigentlich geschehen sei. Haben übernächtigte Räusche im Gesicht.

Dann geschieht etwas Begreifliches. Macbeth reißt sich den Dolch vom Gürtel und ersticht die beiden.

»In meinem Haus ist der König ermordet worden!« sagt er. Und er sagt es mit ruhiger Stimme. So kennt man den General: ruhig, gefaßt, voraussehend, den Moment streng analysierend. »Ich konnte meine Gefühle nicht zurückhalten.«

Die Täter sind tot. Der Mord ist gerächt. Macbeth sind die Nerven durchgegangen. Das ist begreiflich. Aber es ist auch höchst unvorteilhaft für die Aufklärung des Königsmordes. Denn es glaubt ja keiner, daß diese bis dahin so treuen Diener von sich aus eine solche Tat planen und durchführen.

Macduff spricht aus, was alle denken: »Wenn sie wirklich die Täter waren, dann haben sie den Tod verdient. Aber wenn sie es nicht waren, sind mit ihnen vielleicht die einzigen Zeugen beseitigt worden.«

Die Söhne von König Duncan, Malcolm und Donalbain, gehen noch weiter: »Warum sollten die Wachen das tun? Sie verdienten gutes Geld in ihren Positionen. Außerdem kann ein Mensch nicht so dumm sein und sich ausgerechnet neben den zum Schlafen legen, den er gerade ermordet hat.«

»Also, was denkt ihr?« fragt Macbeth.

»Nicht, was hinter unserer Stirn verborgen ist, ist wichtig«, antwortet Malcolm, »sondern was du dir denkst, Macbeth!«

Macbeth bleibt ruhig. *Nichts geschieht, alles ist bereits geschehen.* Er blickt Malcolm kalt ins Auge. »Ich will dir sagen, was ich denke: Wem nützt der Tod des Königs?«

Und jedem ist klar, was Macbeth damit meint: Nun werden Malcolm und Donalbain, die Prinzen, das Erbe antreten. Vielleicht regieren sie gemeinsam, vielleicht wechseln sie sich ab, vielleicht bekriegen sie einander. Aber am Ende wird in den Königsstand gehoben – Malcolm oder Donalbain oder beide.

Oder keiner von beiden.

Malcolm und Donalbain ahnen, worauf das alles hinausläuft. Der Mord an ihrem Vater wäre lächerlich dilettantisch, wenn man dahinter raffiniertes Kalkül vermuten wollte. So plump kann auch der Dümmste nicht vorgehen. Nein! Nicht das ausgeklügelte Ränkespiel irgendeiner Partei präsentiert hier sein blutiges Resultat. Brutale, primitive Gewalt steckt dahinter, eine Gewalt, die sich vor niemandem rechtfertigen zu müssen glaubt. Die Spuren der Tat wurden nur obenhin verwischt, nur der Form halber. Da will sich einer den Thron nehmen, einer, dem gar nichts an Raffinesse, Intrige, niederträchtiger Eleganz liegt. Da ist einer am Werk, dem nur das Ziel etwas gilt.

Und so einen gibt es hier. Nur einen. Und Malcolm und Donalbain wissen, gegen den können sie nicht antreten. Und wenn der den Thron will, dann sind sie die nächsten, die ihm im Weg stehen. Sie fliehen. Malcolm nach England, Donalbain nach Irland.

Das macht keinen guten Eindruck.

Macbeth tritt vor die Edlen des Hofes. Er hält keine lange Rede, kann er nicht und ist nicht nötig. »Die Königssöhne sind geflohen«, sagt er und fragt: »Haben sie einen Grund?«

Ja, daß es durchaus verschiedene Gründe geben könnte, würde der eine oder andere gern antworten. Auch Gründe, bei denen Macbeth einiges zu erklären hätte. Aber keiner sagt etwas. Macbeth hat nämlich die Fähigkeit, alle Menschen um sich herum in zwei Gruppen zu teilen: in die, die für ihn sind, und in die, die gegen ihn sind. Und wer gegen ihn ist, ist für die geflohenen Prinzen. Und so einer ist verdächtig. Darum schweigt man.

Der Thron ist vakant. Macbeth wird in logischer Folge zum König von Schottland gekrönt. – Die zweite Weissagung der Hexen hat sich erfüllt.

Macbeth regiert das Land mit eiserner Faust. Was heißt das? Mordet er? Läßt er Oppositionelle verschleppen? Wahrscheinlich. Man sagt es. Niemand kennt einen, der ermordet worden wäre, niemand einen, der verschleppt worden wäre. Aber beinahe jeder kennt einen, der einen kennt, den ein ähnliches Schicksal heimgesucht hat. Niemand will einen Oppositionellen persönlich kennen. Macbeth ist die Inkarnation des Schreckens. Seine Person entzündet die Phantasie der Menschen, und sie brennt wie vom Höllenfeuer genährt. Die Menschen fürchten sich vor der Rache des neuen Königs so sehr, daß ihm niemand Grund zur Rache geben möchte. Muckertum ist die Folge.

Macbeth ist am Ziel.

Ist er am Ziel? Was ist das Ziel in einem Menschenleben? Er ist an dem Punkt angekommen, den ihm die Hexen gewiesen haben. Er betrachtet den Weg, den er gegangen ist, und es erscheint ihm, als hätte ihn ein anderer zurückgelegt. Das Ziel ist erreicht, aber das Leben geht weiter. Und das Ziel des Lebens ist das Ende. Davon aber haben die Hexen nicht gesprochen. Macbeth ahnt sein Ende. Und er ahnt, das Ende wird sich den Weg ebenso selbst suchen wie jedes andere Ziel.

Was haben die Hexen zu Banquo gesagt? Sie haben gesagt: »Du wirst nicht König sein, aber du wirst der Vater von Königen sein.« Wie soll das gehen, denkt Macbeth. Wenn hier einer der Vater von Königen sein wird, dann doch ich!

Die Einbildungen machen ihn weich und verletzlich. Seine Gemahlin, die Lady, sie kennt diese Krankheit der inneren Bilder nicht. Er schmiegt sich an sie. Sie kann ihn nicht heilen. Aber sie kann ihm die Starre nehmen, die ihn befällt, wenn er von seinen Bildern heimgesucht wird. Sie kann für eine kleine Zeit die bösen Ahnungen vertreiben. Er schmiegt sich an sie.

»Von dir«, sagt er, »von dir möchte ich Söhne haben. Sie sollen sein wie du.«

Eine große Liebe ist zwischen den beiden, aber im Tiefsten mißverstehen sie einander, weil jeder das Tiefste des anderen nicht begreifen kann. Lady Macbeth sieht nicht, welche Macht die Einbildung über ihren Mann hat. Und er hält es nicht für möglich, daß sie ein Gewissen hat, und sieht auch nicht, daß ihr Gewissen bereits Gericht über sie hält. Er wird stärker an ihr, sie wird schwächer an ihm. Er verliert seine Zweifel, sie beginnt zu verzweifeln.

Die Logik diktiert ihm: Ich werde Banquo und seine Familie auslöschen. Es ist ganz einfach: Die Weissagungen irrealer Wesen können auf reale Weise außer Kraft gesetzt werden.

Jeder weiß, daß Macbeth König Duncan ermordet hat. Wer Verstand hat, kann nicht anders denken. Macduff, einer der Edlen, flieht. Soll er! Wer gehen will, soll gehen! Macbeth pfeift auf Loyalität. Hochachtung und Liebe von seinen Untertanen bedeuten ihm nichts. Über Macduff haben die Hexen kein Wort verloren. Die Hexen haben das Ziel des Macbeth definiert, und in dieser Definition hatte Macduff keinen Platz.

Macbeth kauft Killer.

»Tötet Banquo und seinen Sohn!«

Dann gibt er ein Fest, und alle, die noch da sind, kommen. Sie kommen, weil sie Angst haben. Wer fernbleibt, ist ein Feind, Macduff zum Beispiel.

»Wo ist Macduff?« heißt es.

»Wo ist Macduff?« fragt Macbeth.

Niemand gibt Antwort. Eine Antwort, und wäre sie noch so kurz, noch so neutral in Wortwahl und Ton gehalten, könnte als Rechtfertigung ausgelegt werden. Kann es einen Grund geben, daß einer nicht kommt, wenn Macbeth einlädt?

Macbeth fragt: »Und wo ist Banquo, Banquo, mein Freund?«

Er bekommt eine Antwort: »Er hat gesagt, er wird sich etwas verspäten.«

»Hat er dringende Geschäfte zu erledigen?«

»Er kommt später«, heißt es, »aber er kommt.«

Man hat nie ein böses Wort aus Banquos Mund über Macbeth gehört. Banquo, der General, ja, er könnte ein gefährlicher Gegner des neuen Königs sein. Aber er könnte auch sein stärkster Verbündeter sein. Er hat gesagt, er komme etwas später, aber er kommt. Warum fragt Macbeth? Weiß er es nicht? Oder weiß er es und will uns prüfen? Aber wie könnte so eine Prüfung aussehen? Vielleicht kommt Banquo später, weil er für Macbeth etwas erledigen soll. Aber was? Vielleicht hat das, was Banquo erledigen soll, mit mir zu tun? Dann mache ich mich verdächtig, wenn ich ein weiteres Wort über sein Zuspätkommen verliere. Ein zweites Wort würde wie eine Kritik an General Banquo klingen. Oder mache ich mich verdächtig, wenn ich gar nichts sage? Also sage ich: »Er kommt später, aber er kommt.« Und mehr sage ich nicht.

»Wir wollen auf ihn warten«, sagt Macbeth.

Ein Diener erscheint, ruft Macbeth nach draußen. Dort warten zwei Herren. Es sind die Killer.

»Und?«

»Banquo ist tot.«

»Und weiter?«

»Sein Sohn konnte entfliehen.«

So viel Stärke hat er aus der Umarmung seiner Frau gewonnen! Eine Mauer haben ihre Arme aufgerichtet gegen seine Bilder. Aber die Frau ist krank. Sie stöhnt in der Nacht. Sie schreit. Am Tag meidet sie seine Gegenwart. Die Mauer hat Risse bekommen. Dahinter stehen die Bilder und die Ahnungen: Banquo wird nicht König werden – nein, das wird er nicht mehr, der nicht mehr. Aber er wird der Vater von Königen sein. – Wieder sieht sich Macbeth einen Weg gehen, den er nicht gewählt hat, und er sieht sich als einen Fremden auf diesem Weg. Und ihm wird klamm ums Herz.

Lady Macbeth erscheint im Saal. Sie kann sich beherrschen. Noch kann sie es. Sie ist guter Dinge. Eine herzliche Gastgeberin. Ein wenig geistesabwesend vielleicht. »Es wäre General Banquo nicht recht, wenn wir auf ihn warten«, sagt sie.

Und dann erscheint Banquo. Ja, er ist da. Er geht um die Tafel herum und setzt sich auf seinen Platz. Macbeth gegenüber. So daß sie sich in den Augen haben. Aber niemand begrüßt diesen hohen Gast; die rechts und links von ihm sitzen, drehen nicht einmal den Kopf.

»Ist Banquo da?« fragt Macbeth seine Gemahlin.

»Nein«, sagt sie.

»Ich sehe ihn aber.«

Macbeth spricht mit Banquo. »Was schüttelst du die blutigen Locken gegen mich!«

Banquo sagt nichts. Banquo ist ein Geist. Ein irreales Wesen. Etwas, das es nicht gibt. Aber die Hexen waren auch Geister, auch irreale Wesen, die es eigentlich nicht gibt. Aber sie waren da. Banquo hat sie gesehen. Und sie haben Ziele gesetzt.

Macbeth bricht zusammen. Er ist schutzlos seinen Bildern ausgeliefert. Wie er schwach wird, gewinnt sie Stärke.

»Meine lieben Freunde«, so spricht Lady Macbeth zu den Gästen, »mein Mann fühlt sich nicht wohl. Er arbeitet zuviel. Dann führt er Gespräche mit Menschen, die nicht da sind, die erst später kommen. Er hat manchmal solche Anfälle. Ich bitte um Verständnis. Das Fest ist beendet.«

Macbeth will noch einmal die Hexen fragen. Wie das mit Banquo und dem Vater von Königen gemeint war? Das auch, ja. Aber eigentlich gibt es nur eine Frage: Was wird aus mir? Gehe ich unter? Wie gehe ich unter?

Er macht sich auf den Weg hinaus in die Heide, allein, sucht die Stelle, wo er und Banquo den Hexen begegnet sind.

Und sie sind wieder da.

Sie sagen: »Wir haben alles ausgesprochen, was es für uns auszusprechen gibt.«

»Es genügt mir aber nicht«, sagt er.

»Was willst du noch wissen?«

»Alles. Alles bis zum Ende.«

»Das wissen wir nicht. Vom Ende haben wir keine Ahnung. Das wissen nur die Erdgeister.«

»Dann ruft sie herbei!«

Macbeth zittert wie ein Süchtiger, und das Gift, das er braucht, ist ein Blick in die Zukunft.

Der erste Geist erscheint. Ein Kind. Ein blutiges Kind. Es wischt sich den roten Schleier von den Augen. »Macbeth!« So ein feines Stimmchen, unschuldig und voller Staunen. »Macbeth, achte auf Macduff!«

»Macduff ist nicht mehr da«, sagt Macbeth. »Wie soll ich auf ihn achten?«

»Er wird dir dennoch gefährlich werden.«

Und das Geisterkind mit dem Blutschleier vor den Augen versinkt in den Boden, aus dem es eben erst gewachsen war.

Dann steigt der zweite Geist empor, wieder ein Kind, mit seinen Händchen umschließt es den Stamm eines Bäumchens. »Macbeth?« fragt es. »Macbeth, hast du Angst?«

»Ich will nur wissen, was kommt«, sagt Macbeth.

»Ach, du brauchst keine Angst zu haben, Macbeth! Niemand, der von einer Frau geboren wurde, kann dich besiegen.«

»Gut, gut, gut!« ruft Macbeth aus. »Alle sind von Frauen geboren worden. Jeder ist Kind. Niemand wird mich besiegen!«

Da erhebt sich der dritte Geist aus dem Moorboden, auch er ein Kind. »Macbeth«, säuselt er, »was hast du für ein schönes Schloß!«

»Was ist mit meinem Schloß?«

»Die Vögel nisten unterm Dach.«

»Was ist mit den Vögeln unter meinem Dach?«

»Und hinter dem Schloß wächst ein Wald.«

»Was ist mit dem Wald?«

»Macbeth wird erst besiegt werden, wenn dieser Wald auf das Schloß zukommt.«

»Du redest in schönen Bildern!« begeistert sich Macbeth. »Der Wald hat tiefe Wurzeln! Das wird nie geschehen.«

Und Macbeth macht sich auf den Heimweg. Gute Hexen, denkt er, gute Geister. Ich will mich an ihre Ratschläge halten, ich will ihren Weissagungen glauben.

Erstens: Macduff! Kann ja sein, daß er gar nicht nach England geflohen ist, wie gemeldet wurde. Wäre ihm zuzutrauen. Ein tapferer Mann. Nur ein Feigling haut ab. Ein Feigling ist Macduff nicht. Daß er sich vielleicht in seinem Schloß versteckt und auf eine Gelegenheit lauert? Ich soll auf ihn achten? Ich werde auf ihn achten!

Macbeth schickt Soldaten zum Schloß des Macduff. Befehl: »Niederbrennen, was nicht lebt! Umbringen, was lebt!«

Das Schloß wird zerstört, Frau und Kinder des Macduff werden erschlagen.

Die Ärzte berichten, Lady Macbeth sei wahnsinnig geworden. Und in einem Anfall von Wahnsinn habe sie sich das Leben genommen. Sie habe sich das Blut nicht von den Händen waschen können. Aber da war kein Blut. Sie habe es sich nicht von den Händen waschen können. Da hat sie sich das Leben genommen.

Die Freundin, die Geliebte, die Frau ist tot. Und was sagt der Mann dazu? »Sie hätte es auch später tun können. Es hätte sich die Zeit gefunden.«

Die Zeit wofür? Daß sie miteinander gehen? Für einen Augenblick glaubt Macbeth, es wäre möglich gewesen, den Weg zu wechseln. Daß es eben nicht das Ziel ist, das den Weg bestimmt. Daß der Mensch, auch wenn er sich ganz seinem Ziel hingibt, noch über die Freiheit des Willens verfügt. War Selbstmord das Ziel im Leben seiner Gemahlin? Wenn ja, dann ist geschehen, was geschehen mußte. Für einen Augenblick hat Macbeth geglaubt, es könnte vielleicht doch möglich sein, von der Zukunft aus die Vergangenheit zu ändern. Nun gewinnt seine Einbildungskraft wieder Macht über ihn. Glaubt er noch an die Sprüche der kindlichen Erdgeister? Er steckt in seinem Schloß wie die Figur in einem Computerspiel, in dem es nur Mauern gibt und keine Fenster. Sein Feind ist die Zeit, die ihn ans Ende trägt. Seine Ausrüstung besteht aus windigen Zaubersprüchen.

Ein Diener klopft an: »Macbeth!«

Wir wollen es nicht wissen. Wir sehen dieses trostlose Leben, und es atmet neben uns. Wir wollen nicht wissen, was der Diener zu melden hat. Was hat Macbeth aus seiner Macht gewonnen? Was hat ihm das Königsein gebracht? Was hat ihn am Ziel erwartet? Hat er geträumt von diesem Leben? Es ist öd und kalt und einsam. Warum gehen wir nicht? Warum bleiben wir neben ihm stehen? Er ist ein Mörder, ein Schlächter, der sich ungerührt berichten ließ, wie die Kinder des Macduff ihrer Mutter aus den Armen gerissen und erschlagen wurden. Wir schämen uns, daß wir dieser Bestie unsere Sympathie nicht aufkündigen. Wir können es nicht. Wir haben uns darauf eingelassen, seiner Geschichte zu folgen. Nun ist es auch unsere Geschichte. Weil nämlich in dieser Welt keine andere Geschichte erzählt wird.

Der Diener rüttelt seinen Herrn. »Etwas Entsetzliches geschieht draußen!«

Macbeth erschrickt nicht. Letzter Kampfeswille steigt in ihm auf. »Sag es!«

»Der Wald kommt auf das Schloß zu!«

»Was redest du da! Der Wald kann nicht kommen. Ich hänge dich am nächsten Baum auf, wenn das nicht wahr ist. Und wenn es wahr ist, dann will ich, daß du mich aufhängst.«

Von den Zinnen des Schlosses aus kann man es sehen: Der Wald bewegt sich auf das Schloß zu.

Die Wahrheit bringt Macbeth zum Lachen. Malcolm, Duncans Sohn, und Macduff haben in England ihre Heere vereint, nun greifen sie an. Um Macbeth irrezuführen, damit er nicht weiß, wie viele Soldaten es sind, wurde Befehl gegeben, die Soldaten sollen kleine Bäume ausreißen oder Äste vor sich her tragen. Das ist der Wald, der sich bewegt. Keine Magie. Nichts Überirdisches. Kein Wunder. Nur Tarnung, sonst nichts. Hatte er sich schon gedacht, mich kann nur ein Wunder fällen! Und nun erweist sich die erhabene Weissagung eines Erdgeistes als biederer Teil einer militärischen Taktik. Macbeth muß lachen. Aber er wird ruhig, wie er immer ruhig geworden ist, wenn die Schlacht um ihn herum tobte. Er richtet sich auf. Zwei Dinge sind ihm noch geblieben: Haltung und – ein kleines Grinsen zuckt über seine Lippen – und eine zweite Weissagung.

Der Feind dringt ins Schloß ein. Macbeth stellt sich. Macduff hat Befehl gegeben, den Usurpator zu schonen. Er will ihn haben. Durch seine Hand soll er fallen. Dieser Befehl ist verhängnisvoll für viele. Macbeth erschlägt, die vor ihm zaudern.

Dann kommt es zum Zweikampf: Macduff gegen Macbeth.

Macbeth breitet die Arme aus, als würde er den Feind umarmen wollen. Er öffnet sich, verschmäht jede Deckung. »Macduff«, sagt er. »Ich weiß so wenig über dich.«

»Es ist nicht die Zeit, Lebensgeschichten auszutauschen«, höhnt Macduff.

»Warum nicht? Einer von uns beiden wird sterben. Wäre es nicht schön, wenn der Überlebende eine Erinnerung an den Toten hätte?«

»Du wirst sterben, Macbeth!«

»Du kannst mir nichts tun, Macduff. Die Geister der Erde haben es mir verraten. Keiner, den eine Frau geboren hat, wird mich besiegen. Auch wenn ich mit ausgebreiteten Armen vor dir stehen bleibe, du kannst mir nichts antun, Macduff!«

Und Macduff betont jedes seiner Worte: »Verzweifle an deinen Weissagungen, Macbeth! Ich, ich bin nicht geboren worden, ich wurde aus einer Frau geschnitten.«

Sehen wir ein Lächeln in Macbeths Gesicht? Weil sich auch dieser erhabene Spruch eines Erdgeistes lediglich als ein medizinisches Kunststück erweist, durch und durch weltlich, durch und durch real: ein Kaiserschnitt.

»Ergib dich!« herrscht ihn Macduff an.

Er weiß, Macbeth wird sich nicht ergeben. Macbeth will nicht als Wunderschauspiel für den Pöbel weiterleben. Macduff weiß das.

Macbeth kämpft. Er kämpft gegen Macduff, und er kämpft gegen die Bilder seiner Phantasie. Nur noch wenige Augenblicke trennen ihn vom Ende; diese kleine Zeit will er für sich sein, frei von den Zwängen der Imagination. Immer hat er sich ein Ziel gesetzt, und von diesem Ziel aus hat er auf den Ablauf des Lebens geblickt, als gäbe es keine Gegenwart, als wäre der, der da handelt, ein anderer. Nun sind Weg und Ziel eins. Macbeth ist Macbeth.

Und Macbeth fällt. Macduff schlägt ihm den Kopf ab. Die Zeit ist frei. Der Bluthund ist tot, ist seiner höllischen Königin gefolgt.

Othello

Die Stelle eines Leutnants war zu besetzen. Zwei Kandidaten kamen dafür in Frage: Michael Cassio und Jago. Michael Cassio ist ein junger Mann, er hat wenig Erfahrung im Kriegführen vorzuweisen, ist liebenswürdig, charmant. Er neigt allerdings zum Jähzorn, was ihm aber in den meisten Fällen gern verziehen wird, eben weil er jung, liebenswürdig und charmant ist. Jago dagegen hat sich als zuverlässiger Soldat profiliert, er ist nicht gerade die rechte Hand des Generals, aber immer an seiner Seite. An den Schläfen wird er bereits grau. Ihm muß der General nichts erklären, weil er keine Erklärungen von einem General braucht. »Ich bin nicht, der ich bin.« So beschreibt sich Jago selbst. Für einen Vorgesetzten kann das nur heißen: Er ist, was ich von ihm will. Jago wäre der richtige Mann für den Posten des Leutnants. Aber er bekommt den Posten nicht. General Othello übergeht ihn und zieht Michael Cassio vor.

Othello ist General unter dem Herzog von Venedig. Er genießt großen Respekt in der Stadt, bisher gab es keinen Anlaß, an seinen Fähigkeiten zu zweifeln. Er wird zu den Festen der feinen Gesellschaft eingeladen. Dort steht er dann herum, Glas in der Hand, meistens allein. Man schätzt es nicht, länger als nötig in seiner Gegenwart gesehen zu werden. Denn seine Hautfarbe ist schwarz.

Einem wie ihm traut man ja alles mögliche zu. Militärisches Genie unter der Wolle seines Kopfes hält man allerdings für absonderlich. Doch der Mann *ist* ein militärisches Genie, daran hat niemand Zweifel. Othello stammt aus Afrika, über seine Herkunft weiß man wenig. Er ist ausgestattet mit dem Selbstbewußtsein eines Königs. Das wird mit verhohlener Mißbilligung registriert. Unterwürfigkeit stünde so einem besser an. Meint man, flüsternd.

Ohne lange abzuwägen, hat Othello also den Cassio zum Leutnant befördert. Niemand erwartet eine Erklärung. Aber er gibt eine ab. Weil er ihn liebe, sagt er. Ein General liebt? Erstaunlich. Liebe ist ja nicht unbedingt ein militärisches Erfordernis.

Othello macht sich keine Gedanken darüber, ob er Jago unrecht getan hat, wie die Zurückweisung wohl auf Jagos Gemüt wirkt, wie sich eine weitere Zusammenarbeit mit ihm gestalten wird. Othello ist ein Egomane. Sicher ist er in der Lage einzuschätzen, was für einen Eindruck er auf andere Menschen macht. Aber in diesem Fall interessiert ihn das nicht.

Jago dagegen liegt auf eine eigentümliche, paradoxe Art recht wenig an sich selbst. Unwillkürlich fragen wir uns: Hätte er, wäre er an Othellos Stelle, sich selbst zum Leutnant gemacht? Dennoch empfindet Jago die Zurückweisung als einen Angriff gegen seine Person. Er wird sich verteidigen. Verteidigung heißt für ihn nicht, das eigene schützen, sondern das andere vernichten. Jago ist eine durch und durch destruktive Persönlichkeit. Seine Verteidigung heißt Rache.

Wer Ambitionen hat, ein Intrigant zu werden, soll den Jago studieren. Wie geht er vor? Was ist sein Plan? Jago hat keinen Plan, jedenfalls keinen, der über zwei Schritte hinausreicht. Wenn einer ein Haus baut, braucht er einen

Plan, wenn er ein Haus zerstören will, braucht er keinen. Er kann anfangen, wo er will, er kann zum Beispiel eine Fensterscheibe einschlagen.

Jago wundert sich nicht, daß der General lieben kann. Er kennt Othello besser als die meisten. Vertraut ihm Othello so sehr? Oder ist Jago für den General so wenig vorhanden, daß Diskretion bei ihm gar nicht in Betracht kommt? So weiß Jago zum Beispiel, daß Othello heimlich geheiratet hat: Desdemona, die Tochter des Senators Brabantio. Warum heimlich? Man schätzt es nicht, länger als nötig in des Mohren Gegenwart gesehen zu werden, und als Schwiegersohn will ihn ganz bestimmt niemand haben. Darum haben die beiden heimlich geheiratet, ohne daß Desdemona ihre Familie davon in Kenntnis setzte. Dies ist die weiche Stelle in Othellos Existenz. Die nimmt sich Jago für seine Rache vor.

Der Intrigant kämpft nie offen, sonst wäre er ja kein Intrigant. Er braucht einen Deppen, der vortritt, während er selbst im Schatten bleibt.

Jago hat einen solchen Deppen gefunden, nämlich Rodrigo. Rodrigo erweist sich als rundum geeignete Person. Erstens: Er ist reich. Zweitens: Er ist dumm. Drittens: Er ist in Desdemona verliebt.

Jago sagt zu Rodrigo: »Ich werde es für dich einrichten. Du sollst Desdemona bekommen, und du wirst sie bekommen. Du mußt nur tun, was ich dir sage.«

»Und was soll ich tun?« fragt Rodrigo.

»Als erstes gehst du in der Nacht hin. Stell dich vor das Haus des Senators Brabantio, schrei laut, und mach Lärm.«

»Der Senator wird kommen und fragen, warum ich so einen Lärm mache.«

»Das soll er ja, Freund, das soll er. Du sagst dann ohne Umschweife: Deine Tochter treibt es mit einem Schwarzen.«

»Und dann?«

»Dann bringt der Senator unsere Sache ein gehöriges Stück weiter, du wirst sehen.«

So macht es Rodrigo, und Brabantio ist außer sich. Er eilt, Pyjama unter der Hose, nächtens zum Senat, läßt alle Senatoren zusammenrufen und erstattet Anzeige. Er möchte das augenblicklich geklärt haben, bevor sich das schwarze Tier auf seiner Tochter wälzt – falls das nicht schon passiert ist. Und wenn es passiert ist, wäre das, so Brabantio, ein Verbrechen. Denn: Wie kann so etwas geschehen? Doch wohl nur mit Hilfe von Drogen oder mit Überredungskünsten, schwarzen Künsten. Niemals würde sich die Tochter des Senators Brabantio freiwillig mit einem Mohren einlassen.

Da betritt Othello den Senat.

Sein Erscheinen mitten in der Nacht hat keinen persönlichen Grund, sondern einen militärischen. Es gibt geheimdienstliche Informationen, daß die Türken planen, auf Zypern zu landen. Zypern gehört zum Hoheitsgebiet Venedigs. Ein türkischer Stiefel auf zypriotischem Strand, das bedeutet Krieg. Die Türken sind stark. Man muß den besten General schicken, um Zypern zu verteidigen. Natürlich Othello! Der Herzog persönlich hatte Othello in den Senat gerufen.

Brabantio aber beharrt darauf, daß seine familiäre Sache zuerst verhandelt wird. Der Herzog sieht das ein. Wie soll Venedig nach außen geeint auftreten, wenn es im Inneren zerstritten ist? Also, Tagesordnungspunkt eins der nächtlichen Versammlung: Tochterraub.

Othello verteidigt sich. Er spricht ruhig, in einfachen, klaren Worten. Er ist ein Mann, der viel erlebt hat. Und vor allem ist er ein Mann, der gut erzählen kann. Er habe Desdemona kennengelernt und habe ihr sein Leben erzählt. Er habe ihr von all dem Leid erzählt, das er erfahren, und sie habe geweint. Da habe er sich in sie verliebt, weil sie über sein Leid geweint hat; und da hat sie sich in ihn verliebt.

»Das heißt«, fragt der Herzog, »sie hat sich in dich verliebt, weil du dich in sie verliebt hast, und du hast dich in sie verliebt, weil sie geweint hat? Sie hat sich also in dich verliebt, weil du bemerkt hast, daß sie über dein Leid weint?«

»Ja«, sagt Othello. Das ist die Antwort eines Mannes, der nur an sich denkt. Aber der Herzog ist beeindruckt, der Senat ist ebenfalls beeindruckt: alles Männer.

»Da kann man nichts machen«, entscheidet der Herzog. »Die beiden sind verheiratet, und sie sollen beieinander bleiben.« Außerdem braucht Venedig den Othello im Augenblick dringend wegen der Türken.

Brabantio gibt nach, sein Einverständnis aber gibt er nicht.

Jagos Stich in die weiche Stelle hat den General nicht zu Fall gebracht. Der Intrigant hat eine Fensterscheibe eingeschlagen. Das Haus steht noch. Jago wartet auf eine nächste Gelegenheit. Sie wird sich bieten.

Das Heer bricht auf nach Zypern. Jago ist dabei, Michael Cassio, der neue Leutnant, natürlich auch. Und Jago kann es drehen, daß auch Rodrigo auf dem Schiff mitgenommen wird.

Jago sagt zu Rodrigo: »Der General hat Desdemona

mit an Bord genommen. Dort unten scheint eine andere Sonne, ich werde zusehen, daß sie auf dich scheint.« Und er sagt noch: »Gib mir Geld, Geld braucht man, viel Geld braucht man, wenn man eine Frau gewinnen will. Geld, Geld!«

Jago tastet bei Othello vor. Tut gar nicht so, als ob er dem General böse wäre, weil er den Michael Cassio ihm vorgezogen hat.

Er schmeichelt: »Mein General, ich habe soeben erfahren, Ihr seid da irgendwie ... Ihr seid verraten worden ... von jemandem. Das ist unerhört! Euer Geheimnis wurde verraten! Also, wenn Ihr jemals meine Hilfe braucht, ich stehe natürlich zur Verfügung. Tag und Nacht, ist doch klar.«

»Es ist gut, das zu wissen, Jago«, sagt Othello. Was habe ich doch für treue Männer, denkt er. »Mein lieber Jago«, sagt er dann, »mein Freund, denn du bist ein Freund, ich übergebe meine Frau Desdemona deiner Obhut.«

Merkt Othello nichts? Ist er blind, taub, dumm? Er hat doch sicher mitgekriegt, wie Jago mit seiner eigenen Frau, mit Emilia, umgeht. Wie er sie runtermacht, wie er jedes Wort, das sie sagt, ins Schäbige zieht. Kann sich Othello nicht in Jago hineinversetzen, einen Millimeter bloß bis unter die falsche Haut? Doch, das kann er, das tut er. Er versetzt sich in Jago und schaut aus Jagos Augen auf Othello. Und was sieht er? Einen Mann, den man nur bewundern kann. Ein Vorbild, das man nur bewundern, auf keinen Fall hintergehen kann. So viel zu Othellos Menschenkenntnis – oder besser: zu seiner Selbsteinschätzung.

Ein Sturm kommt auf, die See geht hoch, mit Mühe und Glück landet das venezianische Heer auf Zypern. Die türkische Flotte hatte kein Glück, sie ist abgesoffen. Das heißt, der Krieg findet nicht statt. In der Freude wird das dem General gutgeschrieben: »Othello ist ein so großer Heerführer, daß sich selbst die Elemente auf seine Seite schlagen!«

Eine Siegesfeier muß auf jeden Fall sein, auch wenn der Krieg gar nicht stattgefunden hat.

Rodrigo schleicht ins Lager, zupft den Jago, drängelt: »Was jetzt? Was willst du hier in meiner Sache unternehmen?«

»Du kriegst deine Desdemona«, beschwichtigt Jago. »Es wird ein Fest geben heute nacht, und der neue Leutnant, dieser Michael Cassio, wird Wache stehen, das gehört sich nämlich so. Ich werde dir ein Zeichen geben, und dann fängst du mit dem Leutnant einen Streit an.«

»Wie soll ich das anstellen?« fragt Rodrigo.

»Kannst du einen Mann beleidigen?« fragt Jago.

»Ich weiß nicht...«

»Du weißt nicht, wie man einen Mann beleidigt? Schau seinen Rock an! Ein neuer Rock. Der Rock eines Leutnants. Du mußt ihm nur ein Glas Wein drüberschütten, dann ist er beleidigt.«

Michael Cassio hält Wache, während die Soldaten feiern. Wache halten heißt vor allem, nüchtern sein.

Jago gesellt sich zu Cassio. »Ich dachte, ich leiste dir Gesellschaft, damit du nicht so allein hier herumstehst.«

»Das ist freundlich von dir«, sagt Michael Cassio.

»Ist eine Selbstverständlichkeit unter Kameraden«, sagt Jago. Und im gleichen Ton fährt er fort: »Übrigens: Ich gratuliere, daß du Leutnant geworden bist. Ich muß wirklich sagen... ich meine, ich hätte mich auch gefreut, wenn ich es geworden wäre... Klar... Aber ich muß sagen, wenn ich dich so anschaue: Du bist ein würdiger Leutnant. Setz dich zu mir, jetzt trinken wir zwei einen, du und ich ... auf deine neue Stellung.«

»Du bist wirklich ein Kamerad«, sagt Michael Cassio. »Nur: Das kann ich nicht. Ich muß Wache stehen.«

»Klar, du mußt Wache stehen ... obwohl ...«

»Was obwohl?«

»Was heißt heute nacht Wache stehen? Es ist doch gar kein Feind da, die Türken sind doch abgesoffen. Nur wir sind da. Wen mußt du vor uns beschützen? Uns selbst? Außerdem ist dieses Fest in Wahrheit das Hochzeitsfest von Othello und Desdemona. Natürlich ... klar ... rein pro forma ... mußt du Wache stehen, das stimmt schon. Aber auf der anderen Seite ... kannst du dir nicht vorstellen, daß Othello irgendwie auch gekränkt ist, wenn du ausgerechnet heute ... stur, Blick gerade, Stiefel parallel, Dienst nach Vorschrift, ausgerechnet in dieser Nacht, seiner Nacht, Wache stehst?«

»Vielleicht hast du ja recht«, sagt Michael Cassio. »Also gut, trinke ich einen Schluck. Auf den General und seine schöne Frau!«

»Ja«, sagt Jago, »und auch auf uns zwei! Jetzt hast du schon ausgetrunken, Michael. Jetzt mußt du noch auf uns zwei trinken!«

»Also gut«, sagt Michael Cassio, »noch einen. Aber nur noch einen Schluck.«

»Einen auf mich«, sagt Jago und schenkt noch einmal ein, »und dann noch einen auf dich!«

Und so macht Jago den Michael Cassio betrunken. Oder besser gesagt: So läßt sich Michael Cassio von Jago betrunken machen. Jago weiß, er kennt ja den jungen Leutnant: Wenn der betrunken ist, neigt er zum Jähzorn.

Ein Lied singen sie noch, die beiden, die guten Kameraden. Und dann sagt Jago: »Ich werde wieder hineingehen zu den anderen. Ich komme später noch einmal!«

Er geht ab und gibt dem Rodrigo ein Zeichen. Aber noch bevor Rodrigo den Leutnant anspricht, ruft Jago einen Haufen Soldaten heran. Er braucht Zeugen. Und er selbst? Er wird nicht dabeigewesen sein.

»Guten Abend«, sagt Rodrigo.

»Guten Abend«, sagt Michael Cassio.

»Gut getrunken?« fragt Rodrigo.

»Was?« sagt Michael Cassio.

»Ich meine nur, weil Euer Rock so riecht.«

»Wie?« sagt Michael Cassio.

Rodrigo geht ganz nahe an ihn heran und kippt ihm sein Glas Wein auf die Brust.

»So!«

Und nun geht's los. Michael Cassio schlägt sofort zu. Schon liegen die beiden am Boden, wälzen sich, Rodrigo brüllt, das ist der Lärm, den er machen soll. Michael Cassio brüllt, das ist der Lärm, den er immer macht, wenn er zornig ist.

Die Soldaten drängen herbei, die Fenster der Zyprioten fliegen auf, Schlafmützen, Schnauzbinden, ungeschminkte Gesichter bebildern die Fensterrahmen – ein Mordstumult.

»Da behaupten die Venezianer, sie sorgen für Ruhe und Ordnung, und dann das!«

Und es ist wahr – heute ist Othellos und Desdemonas offizielle Hochzeitsnacht, und Othello hat den Michael Cassio vor allem deshalb auf die Wache geschickt, damit Ruhe ist und der General in Ruhe lieben kann. Und nun dieser Lärm! Er läuft hinunter auf die Gasse.

»Was ist hier los?«

Othello findet seinen Leutnant sturzbetrunken. Alle bezeugen, der Leutnant hat angefangen, hat auf einen Mann, der ihn nur gegrüßt hat, einfach eingeschlagen.

Othello ist empört, empört und enttäuscht. »Ich habe dich zum Leutnant gemacht, habe dich einem anderen vorgezogen, und du hast bei der ersten Aufgabe bereits versagt.«

Othello nimmt keine Erklärungen an. Er degradiert den Leutnant. Michael Cassio behält den Mund zu und schluckt die Spucke hinunter und dient wieder als Fähnrich. Und wer kriegt den Leutnantsposten? Wer wohl.

»Jago, bist du bereit?«

»Jawohl, mein General.«

Wäre Jagos Bosheit im unteren Bereich des Durchschnitts angesiedelt, dann hätte die Geschichte hier ihr Ende gefunden. Er hat erreicht, was er wollte: Er ist Leutnant geworden. Sein Rivale wurde außerdem gedemütigt. Ersteres für die Gerechtigkeit, das andere fürs Gemüt. Das wäre Ausgleich in halbwegs zivilisierter Form. Aber Jago ist eine durch und durch destruktive Persönlichkeit.

Jago wünscht sich nicht etwas Gutes für sich, er wünscht sich etwas Schlechtes für den anderen. Und er hat es ja nicht auf Cassio abgesehen, sondern auf Othello. Sein Destruktionstrieb folgt archaischen Reflexen. Reiz des Nervensystems: Ich werde angegriffen. Reaktion des Organismus: Angreifer vernichten. Für den Angreifer gibt es in diesem System nur zwei Möglichkeiten – entweder seinerseits den Angegriffenen vernichten oder restloser Rückzug aus dessen Revier.

Othello kann nicht erkennen, in welche archaischen Muster Jagos Gefühlswelt eingesponnen ist. Jagos Rachebedürfnis kennt nur eine Befriedigung: die Vernichtung. Und das heißt: Othellos Tod und die Zerstörung all dessen, was er liebt. Othellos Phantasie reicht nicht aus, sich so etwas vorzustellen – noch reicht seine Phantasie nicht aus. Jago hat keine reale Macht, und er weiß das. Die Macht der Machtlosen ist die Intrige. Wenn es so etwas wie eine Religion der Intrige gibt, dann ist Jago ihr Stifter.

Michael Cassio wird nüchtern.

»Was habe ich nur getan? Ich habe das Vertrauen meines Herrn und Freundes mißbraucht!« Er ist untröstlich, reißt sich an den hübschen Locken.

Jago läßt Michael Cassio nicht im Stich. Mögen die anderen auf Distanz gehen, Jago nicht.

»Oh, wie mir das leid tut!« sagt er. »Es ist meine Schuld! Ich habe dich verführt! Ich weiß doch noch, was du gesagt hast: Ich kann nicht, ich will nicht. Und ich? Ich dräng dir den Wein auf!«

»Ich bin ein erwachsener Mann«, verteidigt Michael Cassio den Feind, den er für einen Freund hält. »Du kannst nichts dafür, Jago.«

»Auch ich bin ein erwachsener Mann«, schlägt sich Jago an die Brust, »und ich weiß, wann ich schuldig bin und wann nicht. Ich werde es wiedergutmachen. Ich weiß auch schon wie. Du mußt mit Desdemona sprechen. Sie allein hat Einfluß auf Othello.« – Michael Cassio hat bisher noch gar nicht so richtig registriert, was für ein guter Freund dieser Jago ist. – »Ich werde«, fährt dieser Freund fort, »ein Treffen mit Desdemona arrangieren. Sie wird dich anhören, und sie wird beim General ein gutes Wort für dich einlegen.«

Jagos Frau Emilia ist eine Freundin und Vertraute von Desdemona, eine Bedienstete zwar nur, aber auf niemanden hört die Gemahlin des Generals mehr als auf sie. Emilia bittet, und Desdemona gewährt. Sie mag den Michael Cassio, sie ist ihm gern behilflich. Sie weiß auch, daß ihr Mann, Othello, den Michael immer noch liebt, daß es ihm inzwischen wohl schon leid tut, daß er den Freund degradiert, daß er die Freundschaft aufgekündigt hat.

»Ich will gern mit Michael Cassio sprechen«, sagt sie.

Ein Termin wird vereinbart.

Während Desdemona Michael Cassio in ihrer Wohnung empfängt und sich seine Sorgen anhört, besichtigen Jago und Othello die Wehranlagen. Auf Vorschlag Jagos. Othello sieht nicht ganz die Notwendigkeit einer solchen Inspektion ein, aber er möchte nicht den Eifer seines neuen Leutnants brüskieren. Es wird ja nicht lange dauern. Othello möchte zu seiner jungen Frau. Jetzt, da der Krieg ausgefallen ist, kann man ja den Aufenthalt auf Zypern durchaus als Urlaub gestalten. Flitterwochen, wieso nicht? Wenn man nur nicht dauernd gestört würde dabei. Wehranlagen besichtigen geht ja noch, aber solche Szenen wie gestern nacht mit diesem undankbaren Michael Cassio … In Gedanken versunken geht Othello neben Jago her, hört sich nur mit halbem Ohr an, was der zu sagen hat über Mauerstärke und Abstände zwischen den Kanonen.

Und dann ist die Besichtigung zu Ende. Das Gespräch zwischen Desdemona und Michael Cassio ist ebenfalls zu Ende, und Jago hat es so eingerichtet, daß er und Othello just in dem Augenblick vor dem Haus des Generals ankommen, als Michael Cassio von Desdemona an die Tür ihres Hauses gebracht wird. Jago ist mitten in der Erläuterung einer Verteidigungsstrategie, da unterbricht er sich selbst.

»Ah!« Und er gestaltet diese Selbstunterbrechung als ein Selbstgespräch. »Das gefällt mir nicht.« Er nuschelt, spricht leise, aber eben doch so laut, daß Othello ihn verstehen kann.

»Was gefällt dir nicht?«

»Wie?«

»Du hast soeben gesagt: Ah! Das gefällt mir nicht.«

»Hab ich? Nichts ... es ist nichts. Es ist nur ...«

»War das nicht der Cassio, den ich da gesehen habe?«

»Der Cassio?« reagiert Jago, als wisse er von nichts.

»Ja, der Cassio, wie er sich von meiner Frau verabschiedet hat.«

»Der Cassio?«

»Ja, der Cassio! Und du hast ihn auch gesehen. Und als du ihn gesehen hast, hast du gesagt: Ah! Das gefällt mir nicht.«

»Nein«, tut Jago, als ob er stammelt, »das ... das ... war nicht der Cassio. Ich kann mir nicht vorstellen, daß Michael Cassio so heimlich wegschleicht von Eurer Frau.«

»Heimlich?« Da muß Othello schlucken. »Ist er heimlich weggeschlichen? Ich dachte, er ist einfach nur weggegangen. Heimlich? Warum sollte er heimlich?«

Aber da kommt schon Desdemona auf die beiden zu, und sie nimmt ihren Mann dem Jago weg – was dem ganz recht ist.

»Bitte«, schmeichelt Desdemona, »bitte, mein lieber, schöner Othello. Der Michael war eben bei mir. Er hat einen Blödsinn gemacht, er weiß es. Es tut ihm so leid. Er will dich um Verzeihung bitten. Er möchte mit dir sprechen, heute mittag.«

»Nein«, sagt Othello, »heute mittag geht es nicht!«

»Dann heute abend.«

»Heute abend geht es auch nicht.«

»Bitte versprich mir, morgen mittag!«

»Morgen mittag weiß ich nicht, nein, eher nicht.«

»Morgen abend?«

»Na gut, ich will sehen.«

Desdemona umarmt ihren Mann, küßt ihn, hüpft ins Haus zurück.

Jago hat inzwischen eine kleine Runde gedreht, Arme auf dem Rücken verschränkt. Nun kommt er wieder.

»Benötigt Ihr meine Hilfe, mein General?«

»Darum also ist er heimlich weggeschlichen, der Cassio«, sagt Othello. »Jetzt ist es mir klar. Der wollte bei meiner Frau bitten. Meine Frau soll ein gutes Wort für ihn einlegen.«

»Das wollte er? Wirklich?« tut Jago, als ob er daran zweifle. »Das kann ich mir eigentlich nicht vorstellen. Das kommt mir eigenartig vor. Der Cassio ist ein Offizier ... er ist ein Mann. Der würde doch nicht ... zu Eurer Frau gehen, der würde doch gleich zu Euch kommen. Das kommt mir seltsam vor.«

»Und was denkst du?« fragt Othello.

»Ich? Also, ich denke einfach ... nichts. Wieso?«

»Du denkst doch etwas. Irgend etwas geht in dir vor!«

»Nein, nichts.«

Der Sämann sät Mißtrauen. Schweigend gehen die Männer nebeneinander her.

Dann sagt Jago: »Übrigens, das würde mich interessieren: Hat der Cassio eigentlich gewußt, daß ihr euch geliebt habt, bevor ihr geheiratet habt. Hat der das gewußt? Also, daß auch er ... eingeweiht war?«

»Ja«, sagt Othello. »Natürlich hat Cassio das gewußt. Er war lange der einzige, der eingeweiht war. Er war unser

Bote. Ich habe ihm Briefe für Desdemona gegeben, sie hat ihm Briefe für mich gegeben. Warum fragst du?«

»Ach nichts«, sagt Jago. »Ich habe nur gedacht.«

»Was hast du gedacht?«

»Das heißt, er hat sie oft gesehen, Eure Desdemona.« Jago tut so, als spräche er mehr mit sich selbst als mit Othello. Nuscheln. Leise. Aber doch laut genug, so daß er noch verstanden wird. »Der Cassio ist ja im gleichen Alter wie Desdemona ...« Was soll das jetzt? Jago sucht nach einer weichen Stelle. Othello ist beträchtlich älter als Desdemona. Es ist zwar noch nie die Rede davon gewesen, daß das ein Problem sei zwischen den beiden – aber anklopfen kann man ja. Hören, ob's hohl klingt.

Othello bleibt stehen. Jago sieht die Stirnfalte, mit Genugtuung sieht er sie.

»Jago!«

»Ja, mein General?«

»Jago, gib mir jetzt eine aufrichtige Antwort!«

»Aufrichtig? Zweifelst du an meiner Aufrichtigkeit?«

»Hältst du den Cassio für einen ehrlichen Menschen?«

»Ehrlich? Man sollte so sein, wie man scheint. Dann denke ich schon, daß er ehrlich ist, der Cassio.«

»Du redest eigenartig, Jago. Was soll das heißen?«

»Ihr bringt mich in einen Konflikt«, sagt Jago, gibt seiner Stimme einen kleinen Jammer. »Ich liebe den Cassio, er ist ein Freund von mir. Jeder Mensch hat dunkle Seiten in seinem Herzen. Wenn man mit dem Vergrößerungsglas drauflosgeht und diese dunklen Seiten aus dem Zusammenhang löst, dann kommt immer etwas heraus ...«

»Was heißt das?« Othello verliert allmählich die Geduld. »Was soll das heißen: dunkle Seiten aus dem Zusammenhang lösen!«

Und nun schlägt Jago den Nagel ein, an den er sein Gemälde zu hängen beabsichtigt. Er improvisiert. Den Stern erkennen, wenn er aufblitzt. Er sagt das entscheidende Wort.

»Aber Othello, Ihr müßt doch nicht eifersüchtig sein!«

Von nun an gibt es nichts mehr, das nicht mit diesem Wort zusammenhängt.

»Eifersüchtig?« Othello bekommt kaum genügend Luft, um das Wort auszusprechen. »Ich bin doch nicht eifersüchtig. Desdemona liebt mich!«

Jago läßt eine Pause. Nicht zu lang und nicht zu kurz. Im Lehrbuch des Intriganten ist der Kunst der Pause ein eigenes Kapitel gewidmet.

»Selbstverständlich liebt Euch Desdemona«, sagt er schließlich. »Auch sie ist durch und durch ehrlich.« – Pause. – »Ja, schon ... glaube ich ...«

»Wenn du glaubst, daß sie ehrlich ist, was zauderst du dann so!« fährt ihn Othello an.

»Ich will nicht zaudern«, sagt Jago. »In den wichtigen Dingen wird Desdemona nie lügen.«

»Was redest du denn da!« Othello packt Jago bei den Armen.

Jago läßt das zu, tut aber, als würde er sich winden. »Also, zum Beispiel ... nein, das ist ein schlechtes Beispiel ...«

»Was willst du sagen? Sag es!«

»Ihrem Vater gegenüber, wollte ich sagen ... nein ... also, da hat sie zum Beispiel gelogen ... als sie Euch heimlich geheiratet hat ...«

Was soll Othello darauf antworten? Nichts kann er antworten.

Außerdem kommt Desdemona gerade aus dem Haus. Sie will wissen, wo ihr Mann bleibt. Der hat doch gesagt, die Besichtigung der Wehranlagen werde nicht lange dauern. Und da sieht sie, daß ihm der Schweiß auf der Stirn steht, daß er wankt. Jago macht wieder seine Runde, abseits, Arme auf dem Rücken.

»Mein Liebster, was ist los mit dir? Bist du krank? Hast du Sorgen? Laß dich von mir trösten.« Sie nimmt ihr Taschentuch und wischt über seine Stirn.

Aber Othello stößt sie weg. »Ein Taschentuch ist viel zu klein, um mich zu trösten!«

Das Taschentuch fällt zu Boden.

Hinter Desdemona hat ihre Freundin, Beraterin und Dienerin Emilia das Haus verlassen. Sie hebt das Taschentuch auf. Will es ihrer Herrin geben. Es ist aber kein guter Augenblick dafür. Sie will es später tun. Übrigens ein schönes Tüchlein, denkt Emilia. Ah, das kenne ich ja, das hat mir schon immer gut gefallen. Und sie denkt sich: Ich nehme es zu mir und gebe es später meiner Herrin, bei einer besseren Gelegenheit. Sie sieht, daß die beiden Probleme haben, daß man da nicht mit einem Taschentuch dazwischengehen kann. Gut, denkt Emilia, die Gelegenheit ist gut, kann ich mir das Muster abzeichnen und mir selber so ein Tuch sticken. Wird die Herrin nichts dagegen haben.

»Her damit!« Das ist Jago. Er reißt ihr das Tuch aus der Hand. »Ich werde es der Besitzerin zurückgeben. Das wär ja noch schöner!«

»Denkst du denn, ich will es für mich behalten?«

»Was ich denke, geht dich nichts an. Erstens. Zweitens würdest du es nicht verstehen. Weil du nämlich drittens gar nichts verstehst und noch nie etwas verstanden hast.«

So spricht Jago mit seiner Frau.

Das Taschentuch ist ein Zufall, den will Jago für seine Sache nutzen. Was geschieht, wenn ich das Tuch dem Michael Cassio unterjuble? Was geschieht, wenn ich mit dem Hammer auf die Haustür einschlage? Vielleicht fällt nicht gleich das ganze Haus zusammen, aber immerhin ist die Tür kaputt.

Michael Cassio findet das Taschentuch unter seinen Sachen. Er hat keine Ahnung, wie es dorthin gekommen ist. Er kennt das Tuch nicht. Er ist ein junger, charmanter, gutaussehender Mann. Die Mädchen mögen ihn. Und er mag sie. Überall gibt es eine, mit der er etwas hat. Auch auf Zypern. Sie heißt Bianca.

»Bianca, hast du dieses Tuch bei mir liegengelassen?«

»Oh, was für ein schönes Stück!« ruft Bianca aus. »Nein, es gehört leider nicht mir. Darf ich das Muster abmalen?«

Warum auch nicht?

Dann bittet Jago seinen General um eine Unterredung.

Jago druckst herum: »Ich glaube ...«

»Was?«

»Ich bin mir ziemlich sicher ...«

»Was!«

»Es tut mir leid ...«

»Was! Was! Was!«

»Ich habe irgendwie herausgekriegt ... das ist mir jetzt sehr unangenehm ...«

Und Othello, einer Ohnmacht nahe: »Was, Jago, hast du herausgekriegt?«

»Ich will jetzt nur noch Euer Freund sein ... nur noch Euch verpflichtet will ich sein ... jawohl ... nicht mehr der Freundschaft zu Michael Cassio. Das ist vorbei. Seit ich weiß ...«

»Was weißt du?«

Und nun endlich die ganz große Pause, still wie vor einem Gewitter.

Dann: »Cassio treibt's mit Eurer Frau.«

Da fällt Othello in Ohnmacht.

Und als er wieder zu sich kommt, ist er wie Stein und Feuer.

»Ich«, sagt er, »brauche«, sagt er, und seine Augen brennen, »einen Beweis!«

Jago spielt sein riskantestes Spiel. Er ist ein Menschenkenner, ohne Zweifel. Aber er kennt nur die Schwächen der Menschen. Er kennt ihre Angst, ihren Wahn, ihre Laster, ihre Süchte. Er weiß nichts von Schönheit, Zufriedenheit, Glück. Nichts kann ihm Freude bereiten, nicht die Wandlungen in der Natur, nicht die Sehnsucht, die aus der Musik klingt, nicht der Atem des geliebten Menschen am Ohr. Aber er weiß um den intellektuellen und emotionalen Trieb des Menschen, die Teile, die ihm die Welt vorlegt, zu einem Ganzen fügen zu wollen. Und diesen Trieb macht sich Jago für seine letzte Intrige zunutze.

»Ich will Euch den Beweis liefern«, sagt er zu Othello. »Ich werde mich mit Cassio treffen, werde ihn zur Rede stellen. Ihr, mein General, sollt Euch in der Nähe verstecken, Ihr sollt zuhören und zusehen, dann werdet Ihr Eure Schlüsse daraus ziehen, und ich bin überzeugt, diese Schlüsse werden die richtigen sein.«

Jago trifft Michael Cassio, und er richtet es so ein, daß auch Bianca, dieses lebensfrohe, verliebte Mädchen, dabei ist. Jago berechnet sehr genau den Abstand zu dem im verborgenen bangenden Othello. Othello muß nahe genug bei der Szene sein, um wenigstens einige Worte verstehen zu können und um die Gesten zu sehen, die jeder Mensch macht, wenn er redet. Jagos Kalkül: Ganz gleich, was Michael Cassio sagt, ganz gleich, welche Teile des Gesprächs Othello versteht, der General wird alles nach dem Diktat seines Wahns interpretieren. Nichts fürchtet Othello mehr als den Beweis, daß ihn seine Desdemona betrügt. Eifersucht aber, das weiß Jago, ist nur zu befriedigen, indem sie bestätigt wird. Man kann nicht beweisen, daß man *nicht* betrogen wird, aber man kann beweisen, *daß* man betrogen wird. Also wird Othello das Stückwerk aus Wortfetzen und Gesten zu einem Ganzen fügen, und dieses Ganze wird ihm beweisen: Desdemona betrügt Othello. Dies ist Jagos Kalkül.

Michael Cassio und Jago plaudern.

Jago fragt: »Hast du dich mit Othello versöhnt?«

Michael Cassio antwortet: »Noch nicht, ich muß dem Mann mehr Zeit geben.«

Othello versteht nur »mehr Zeit geben« und denkt: Desdemona hat zu Cassio gesagt, er muß ihr mehr Zeit geben. Othello denkt: Sie ist gierig nach ihm, mein Gott, sie ist gierig nach ihm!

Jago sagt: »Meine Frau sucht ein Tuch, kann es sein, daß es irgendwie unter deine Sachen geraten ist?«

Michael Cassio antwortet: »Von ihr ist das also! Tut mir leid, ich habe es irgendwie in meine Tasche gesteckt.«

Othello versteht nur »in meine Tasche gesteckt«. Wen hat er in seine Tasche gesteckt? Desdemona? Daß er sie so leicht herumgekriegt hat?

»Ich habe das Tuch«, fährt Michael Cassio fort, »dieser lustigen Person hier gegeben.«

Lustige Person? Wen kann er damit meinen, denkt Othello. Mich! Natürlich mich meint er. Ich bin also eine lustige Person für ihn! Ein Gespött! Was kann ich denn anderes für ihn sein? Er treibt es mit meiner Frau, die er in seine Tasche gesteckt hat, die gierig nach ihm ist und ihn anfleht, daß er ihr mehr Zeit gibt – was kann ich anderes für ihn sein als eine lustige Person!

Bianca gibt das Taschentuch an Michael Cassio zurück, und der reicht es weiter an Jago. Für Othello ist dies der letzte Baustein für den Beweis. Ein bitterer Baustein. Dieses Taschentuch nämlich hat er, er, Othello höchstpersönlich, Desdemona in ihrer ersten gemeinsamen Nacht geschenkt. Das Tüchlein war ihr kleines Geheimnis, voll von privater Symbolik, ein Liebespfand. Und sie schenkt es her! Schenkt es diesem da, diesem Hurenbock, dem sie hörig ist! Der es seinerseits an eine Prostituierte borgt, damit sie sich damit den Rotz abwischen kann!

Othello hat genug gesehen. Ich bin, denkt er, betrogen worden, nicht einmal, sondern zweimal, nicht von irgend jemandem, sondern von den beiden Menschen, die ich am meisten geliebt habe.

Othello rast. Er steigt hinauf zur Kammer der Desdemona.

»Zeig mir das Tuch!«

»Welches Tuch, Geliebter?«

»Unser Tuch. Das Tuch, das ich dir in unserer Hochzeitsnacht geschenkt habe.«

Sie sagt: »Ich weiß nicht, wo es ist. Ich habe es selbst schon vermißt. Ich wollte dich schon fragen, ob du vielleicht weißt, wo es ist.«

Er sagt: »Weißt du eigentlich, was das für ein Tuch ist? Was für ein wertvolles Tuch es ist? Ich habe es von meiner Mutter bekommen. Meine Mutter war eine Zauberin. Hast du das gewußt?«

»Für mich ist es wertvoll, weil du es mir geschenkt hast«, sagt Desdemona.

»Du weißt gar nichts über mich«, herrscht sie Othello an. »Nicht, wer ich bin, nicht, woher ich komme, nicht, was ich denke, nicht, was ich fühle. Nichts!«

Desdemona erschrickt. »Warum bist du so zu mir? Warum sprichst du so zu mir?«

»In dieses Tuch«, sagt Othello, »hat meine Mutter den großen Liebeszauber hineingewoben. Sie hat gesagt: Wenn dieses Tuch verlorengeht, dann geht die Liebe verloren.«

Desdemona lächelt. »Das kann doch nicht sein! Es ist nur ein Tuch. Wir haben in Gegenwart dieses Tuches uns unsere Liebe versprochen. Aber das Tuch ist nur ein Tuch. Es ist ein schönes Tuch, und ich mag es gern. Aber es ist nur ein Tuch.«

Othello schreit. Die ganze Zeit schreit er: »Ich muß es sehen! Zeig es mir!«

Dann stürzt er sich auf sie, würgt sie.

»Was hast du vor?« wimmert Desdemona.

»Ich werde dich töten!« sagt er.

»Aber warum?«

»Weil du mich betrogen hast.«

Sie kann sich nicht verteidigen, weder gegen seine Vorwürfe noch gegen seinen Würgegriff, sie kann kaum noch sprechen.

»Laß mich noch einen Tag leben, wenigstens bis morgen.«

»Nein!«

»Eine Stunde nur!«

»Nein!«

»Eine Minute!«

Othello preßt ihr das Kissen aufs Gesicht.

Etwa zur gleichen Zeit trennen sich Jago und Michael Cassio. Da kommt Rodrigo auf Jago zugelaufen.

»Was ist? Du hast mir Desdemona versprochen.«

»Alles läuft nach Plan«, sagt Jago. »Nur Geld brauche ich noch.«

»Noch mehr Geld? Was ist mit dem Geld, das ich dir gegeben habe?«

»Spesen«, sagt Jago. Rodrigo ist ihm lästig. Was braucht er den jetzt noch. Sein letztes Geld soll er rausrükken und dann verschwinden. »Eine Frau kostet. Willst du sie haben oder nicht?«

Und Rodrigo gibt ihm sein letztes Geld. Aber er faßt Jago am Ärmel.

»Ich bin vielleicht nicht der Klügste«, sagt er. »Aber eines weiß ich: Wer gibt, muß etwas bekommen. Ich will deinen Plan wissen. Ich werde nichts gegen deinen Plan einwenden. Aber ich will ihn kennen.«

Jago hat keinen Plan. Und an Rodrigos Sache hat er nie einen Gedanken verschwendet. Aber er sieht, Rodrigo läßt sich nicht abwimmeln. Und er sieht, Rodrigo ist wütend. Und Rodrigo mag vielleicht nicht viel Hirn haben, Muskeln hat er. Muskeln und Wut sind eine Kombination, auf die sich Jago nicht einläßt.

»Na gut«, sagt er. »Der da! Der, mit dem ich gerade gesprochen habe! Dem du das Glas Wein auf den Rock geschüttet hast! Er steht deinem Ziel im Weg. Der ist näher an der Dame dran als du. Ich habe versucht, ihn zu bestechen. Er hat das Geld genommen, dein Geld, aber Abstand will er nicht nehmen.«

»Und?«

»Schau ihn dir an. Er ist jünger als ich, stärker als ich.«

»Und?«

»Mach ihn fertig.«

Das nun ist ein klarer Plan. An dem gibt es nichts auszusetzen. Diesen Plan versteht Rodrigo. Er läßt Jagos Ärmel los und läuft Michael Cassio nach. Die beiden schlagen sich. Rodrigo verwundet Cassio, Cassio verwundet Rodrigo. Rodrigo schleppt sich zu Jago.

»Hilf mir!«

»Freund, du bist verwundet!«

»Hilf mir!«

Nun stellen Muskeln und Wut keine Gefahr mehr dar. Aber Rodrigos Mundwerk könnte zur Gefahr werden. Es könnte ausplaudern, wer hinter der Niedertracht steckt.

»Laß deine Wunde sehen«, sagt Jago.

Rodrigo dreht ihm den Rücken zu, und Jago stößt ihm den Dolch ins Herz.

Was Jago sich denkt, kann er nicht bei sich behalten, es muß über die Lippen: »Heute nacht wird sich entscheiden, ob ich der glücklichste Mensch werde oder ob ich untergehe.«

Ein merkwürdiger Satz. Kann sich Jago überhaupt vorstellen, ein glücklicher Mensch zu sein? Wie würde ein glücklicher Jago aussehen? Er, der über sich selbst sagt: »Ich bin nicht, der ich bin.« Es gibt kein Wort für Jago. Es gibt nur Wörter, die beschreiben, was Jago nicht ist. Wörter, die beschreiben, was Jago nie sein wird. Glücklich zum Beispiel. Jago kennt keine Ruhe. Wenn er innehält, freut ihn der Boden unter seinen Füßen nicht. Er ist nicht der, der verneint; er ist die Verneinung als Person. Das Glück steht weit am anderen Ende. Glück ist die Verneinung von Jago. Deshalb mutet uns sein Satz so merkwürdig an: Weil das Glück, das wir uns einzig für Jago denken können, identisch ist mit seinem Untergang.

Desdemona ist tot. Othellos Wahn hat sein Ziel erreicht. Er stellt sich der Gerechtigkeit. Auch der Wahn vermochte sein Selbstbewußtsein nicht zu schmälern. Gerechtigkeit ist für Othello etwas, das nur er selbst gewähren kann. Er nimmt sich das Leben. Mit Schaudern hören wir seine letzten Worte: Er habe Desdemona geküßt, bevor er ihr den Tod gab. Der Egomane geht.

Jagos Intrige fliegt auf. Ausgerechnet seine Frau, Emilia, beweist seine Schuld. Jago wird bitter dafür zahlen, Venedigs Gerichte verhängen erbarmungslose Strafen. Und wir können uns des Eindrucks nicht erwehren: Jago ist zufrieden damit.

Das Wintermärchen

Leontes, der König von Sizilien, und seine Königin Hermione sind glücklich. Sie haben Diener, die nichts anderes sein wollen als ihre Diener. Sie regieren über ein Volk, das nirgendwo anders leben möchte als in Sizilien unter der Herrschaft von König Leontes. Sie haben einen Sohn, Mamillius, ein herrliches Kind, ein Heilmittel für den Untertan, die Wärmequelle für das Herz seiner Eltern. Manchmal, wenn König und Königin nebeneinander im Bett liegen, zählen sie ihr Glück auf.

»Wir lieben uns«, sagt Leontes. »Ich dich, du mich.«

»Ja«, sagt Hermione. »Das erstens.«

»Wir lieben unseren Sohn.«

»Ja. Zweitens.«

»Das Volk.«

»Drittens.«

»Das Leben.«

»Das wäre ein Überbegriff, aber gut: viertens.«

Sie lachen gern und lachen oft. Gerade jetzt kann man sie lachen hören.

Und noch etwas: König und Königin sind sehr gescheit, sie kennen das Menschenherz. Sie ahnen: Das Glück wäre nicht vollständig, wenn da nicht noch eine Sehnsucht ihren Platz hätte. Der Mensch muß wünschen. Und so eine Sehnsucht gibt es: Leontes hat einen Freund: Polyxenes. Die beiden sind miteinander aufgewachsen. Die Kindheit dehnt sich in der Erinnerung zu einem einzigen langen Ferientag, bestehend aus vier Farben: blau der Himmel, grün die Wiesen, weiß die Spaghetti, rot die Tomatensauce.

»Das Paradies«, sagt Leontes und weint glückliche Tränen. »Das war das Paradies.«

»Lade Polyxenes zu uns nach Sizilien ein«, sagt Hermione.

Einen winzigen Augenblick zögert Leontes. Dann springt er aus dem Bett. »Das werde ich tun!«

Hermione hat sein Zögern nicht bemerkt. Es war ein winziger Augenblick hellsten Verstandes. Der Verstand warnte Leontes: Dann ist dein Glück nicht mehr vollständig, denn zum vollständigen Glück gehört wenigstens ein unerfüllter Wunsch. Der Trieb, die Sehnsucht zu befriedigen, aber ließ dem Verstand nur diesen winzigen Augenblick.

Polyxenes, Leontes' Freund, ist der König von Böhmen. Das ist weit weg von Sizilien. So weit weg, daß es sein kann, daß dazwischen noch ein anderes Böhmen Platz hat, eines, das nicht am Meer liegt; denn das Böhmen des Polyxenes liegt am Meer. Und mit dem Schiff kann man von dort aus nach Sizilien fahren.

Auch Polyxenes hat in all den Jahren den süßen Schmerz der Sehnsucht nach diesem fernen langen Ferientag mit den vier Farben in sich gespürt. Gern nimmt er die Einladung an.

Und er bleibt ein paar Monate. Der helle Verstand, der in jenem winzigen Augenblick Leontes gewarnt hatte, behielt nicht recht: Das Glück der Erfüllung ist noch größer als das Glück der Sehnsucht.

Und dann sind die paar Monate vorbei. Eine brüderliche, atemraubende, brillenverschiebende Umarmung nach dem Frühstück besiegelt das Ende der Ferien.

»Ich muß abfahren«, sagt Polyxenes.

»Bleib!« sagt Leontes.

»Ich darf nicht«, sagt Polyxenes. »Ich muß mein Böhmen regieren.«

Aber Leontes läßt Polyxenes nicht los. »Bleib, Freund!«

»Ich kann nicht.«

»Geh noch nicht, Bruder!«

»Ich muß.«

Und so weiter, kaum Variationen im Vokabular der Freunde.

Leontes gibt nicht auf. Während Polyxenes seine Koffer packt, nimmt er Hermione beiseite. »Wenn du ihn bittest, dann muß er bleiben. Aus Höflichkeit.«

»Aber wenn er doch nicht will, weil er nicht kann, weil er nicht darf.«

»Er will ja. Und wenn du ihn bittest, muß er.«

Hermione nimmt dem Polyxenes den Koffer aus der Hand und bittet ihn zu bleiben. Da kapituliert die Pflicht.

Polyxenes sagt: »Ja.«

Schön.

Nein, nicht schön!

Wäre die Seele des Leontes unser geliebter Planet, dann wäre dieses kleine Wort mit den zwei Buchstaben, das Polyxenes ausgesprochen hat, ein Komet in der Größe von Texas, und der würde einschlagen. Die Folge: Verheerung und Winter, ein verrückter Winter.

Wir haben Othello rasen sehen vor Eifersucht. Aber wir sahen auch Jago. Die Kunst der Intrige pflanzte den Wahn in Othellos Herz, hegte ihn, bis er die häßliche Frucht trug. Der Wahn des Leontes hat keinen Ziehvater.

Seine Eifersucht überspringt alle Stadien ihrer Entwicklung und beginnt beim Endpunkt: beim Wahn. Und der Wahn schlägt ein in das Herz des Leontes wie der Komet in die Erde.

Wie kann das sein, denkt er. Ziemlich schnell ja gesagt, der Herr Freund. Ich habe ihn eine halbe Stunde zu beschwatzen versucht. Sie, die Frau Gattin, braucht nur ein Wort zu sagen. Interessant! – Er selbst, er selbst hatte Hermione doch gebeten, mit Polyxenes zu sprechen! Vergessen? Alles vergessen! Leontes sieht klar: Die beiden haben etwas miteinander. Polyxenes vögelt Hermione.

Leontes hat einen Diener, Camillo. Dieser Mann ist treu. Jedes weitere Wort wäre unnötige Arabeske.

»Camillo?« ruft Leontes.

»Ja, mein König?«

»Camillo, bist du gewohnt zu tun, was ich dir befehle?«

»Ich bin dein Diener.«

»Kannst du den Degen führen, Camillo?«

»Wenn es notwendig ist, kann ich den Degen führen.«

»Es ist notwendig«, sagt Leontes. »Töte Polyxenes!«

Aus den Augen des Leontes blickt ein anderer. Der König will nicht seinen Diener prüfen, der König macht nicht einen Scherz mit seinen Dienern, nein. Aus den Augen des Leontes blickt ein anderer. Und diesen anderen kennt Camillo nicht. Und den will er auch nicht kennenlernen. Mit dem kann man nicht diskutieren. Da bleibt nur die Flucht.

Camillo eilt zu Polyxenes und schildert ihm, was Leontes gesagt hat. Und Polyxenes glaubt dem Diener. Ja, er glaubt ihm auf Anhieb. Warum eigentlich? Geht das nicht ein bißchen flott? Schließlich kennt der König von Böhmen den König von Sizilien seit seiner Kindheit. Der beste Freund! Die letzte Sehnsucht vor dem absoluten Glück! So haben die beiden noch vor einer Stunde übereinander gesprochen. Und dann kommt ein Lakai, erzählt absurdes Zeug, daß ein anderer aus den Augen des Leontes blickt und so weiter ... Warum kann Polyxenes glauben, daß es solchen Wahnsinn gibt? Das kann doch nur einer glauben, der solchen Wahnsinn für möglich hält. Und für möglich halten kann so einen Wahnsinn nur einer, der den Keim solchen Wahnsinns selbst in sich trägt ...

Polyxenes verläßt zusammen mit Camillo Sizilien, sie fahren nach Böhmen, wollen nie wieder hierher zurückkehren.

Faßt sich Leontes? Kann ja sein, daß der Wahn sein Hirn nur kurz durchgerüttelt hat. Nein, jetzt, da Polyxenes geflohen ist, kommt er erst richtig in Fahrt.

»Warum ist er weg? Na, warum wohl!«

Es gibt niemanden mehr in seiner Nähe, der ihm seine Fragen beantwortet. Der Wahn ist so mächtig, daß selbst die zynischsten Opportunisten die Nähe des Königs meiden. Der König ist allein. Aber darüber klagt er nicht. Denn eines weiß er: Alle haben sich gegen ihn verschworen. Und wer steckt hinter der Verschwörung? Hermione – die Hure!

»Hure!« sagt er zu ihr.

»Du bist krank«, sagt Hermione. Auch sie sieht den anderen, der aus seinen Augen schaut.

»Du bist keine Hure, nein?«

»Nein, ich bin keine Hure. Ich liebe nur dich, und ich habe nie einen anderen geliebt.«

»So. Und was ist das da?«

Das da? Was meint er damit? Er zeigt auf Mamillius. Der Knabe ist nicht das da, er ist ein Mensch, und er ist sein Sohn.

»Mamillius ist unser Sohn«, sagt Hermione.

»Und ihr lacht euch den Bauch hohl hinter meinem Rükken? Das habe ich geglaubt bis gestern, daß der da mein Sohn ist. Heute weiß ich, daß er ein Bastard ist.« – Das sagt Leontes in Gegenwart von Mamillius.

Hermione nimmt Mamillius, drückt ihn an sich, schließt sich mit ihrem Sohn in ihren Gemächern ein. Und Hermione weint. Sie kennt sich nicht aus. Sie sieht ja, ihr Mann ist krank, aber sie weiß nicht, was es für eine Krankheit ist, und sie weiß nicht, wie ihm zu helfen wäre.

Mamillius teilt sich in Verwunderung und Sorge. Er ist zehn Jahre, in einem Alter also, in dem Buben über einen klaren Verstand und eine rationale Sehweise der Welt verfügen wie nie wieder in ihrem Leben. Es hat ihn nicht gekränkt, daß sein Vater zweifelte, ob er sein legitimer Sohn sei. Zu deutlich stehen ihm die väterlichen Züge im Gesicht, schon so oft ist ihm das bestätigt worden. Und wie war das früher? Er ist erst zehn und spricht von früher! Und früher, das meint: vor wenigen Tagen erst. – Da haben sich sein Vater und er einen Spaß gemacht, haben vor dem Spiegel Gesichter geschnitten, und jedesmal sind sie nach einer Weile verstummt und haben ihr Bild betrachtet, andächtig beinahe, weil sie sich so ähnlich sehen. Hat der Vater das vergessen? Mamillius, obwohl er Angst hatte, empfand Interesse, ein beinahe wissenschaftliches Interesse, als der Vater vor ihm und der Mutter in solche Raserei verfiel, in einen Taumel, der über die simpelsten Wahrheiten hinweg seine Salti machte, dem nicht einmal einsichtig war, daß eins und eins zwei ist. Mamillius ist überzeugt, daß die »Krankheit« bald vorüber sein würde. Er tröstet seine Mutter.

»Es kann ja gar nicht anders sein«, sagt er. »Es ist, wie wenn ich Fieber hatte. Da sagtest du, je höher das Fieber, um so besser, das Fieber ist da, um die Krankheit zu besiegen.«

»Hoffen wir es«, sagt Hermione, aber sie hört nicht auf zu weinen.

Mamillius macht sich Sorgen, um seinen Vater und nicht weniger um seine Mutter. Der Vater wird erfrischt und gekräftigt aus seinem Wahn erwachen, denkt Mamillius. Aber die Mutter – aus ihren Augen blickt nicht eine andere, die durch Fieber vertrieben werden könnte. Mamillius fürchtet, die Mutter könnte unter der Krankheit des Vaters mehr Schaden erleiden als der Vater selbst. Und Mamillius kennt nur eine Medizin gegen ein schweres Herz: »Es war einmal …«

Er setzt sich auf das Bett der Mutter, läßt sie ihren Kopf in seinen Schoß legen, und dann erzählt er ihr. Alle Geschichten, die er kennt, erzählt er ihr. Und Mamillius kennt viele Geschichten. Seine Amme, Paulina, hat es so mit ihm gemacht, als er noch kleiner war. Er hat seinen Kopf in ihren Schoß gelegt, und sie hat ihm erzählt.

Mamillius kann den Kummer seiner Mutter nicht ermessen. Weil er zuwenig weiß. Zum Beispiel weiß er nicht, daß seine Mutter schwanger ist. Vielleicht hat Mamillius, der kleine, große, naive, kluge Mamillius, ja recht, und die Verrücktheit seines Vaters geht vorüber wie Fieber im Winter. Dann wird man nicht mehr darüber sprechen. Aber wenn der Wahn anhält? Wenn er gar bleibt? Das neue Kind wird einen Vater kennenlernen, wie Mamillius ihn nicht kennengelernt hat. Das neue Kind wird sagen: Mein Vater ist ein böser Mann.

Leontes ist ein böser Mann. Wenn Hermione meinte, er werde sich vielleicht beruhigen, wenn er sie nicht sähe, dann hat sie sich getäuscht. Leontes tobt. Zerschlägt das Mobiliar. Schickt Bedienstete in die Arbeitslosigkeit, weil sie den Blick vor ihm senken. Schickt sie in die Arbeitslosigkeit, weil sie den Blick nicht vor ihm senken. Und er hat sich eine neue Theorie zurechtgeklopft: Hermione ist eine Verbrecherin. Man hört ihn durch den Palast stampfen und laut Gerichtsverhandlung spielen. Er spielt den Kläger, den Anwalt, den Richter. Der Prozeß ist eine klare Sache. Dann hört man ihn sagen: »Wenn ich ihr sofort den Kopf abschlüge, kein Mensch auf der Welt, der Verstand hat, würde etwas daran finden. Aber Leontes ist ein gerechter Mann! Er wird sich heraushalten. Er wird die Hure dem Gericht übergeben!«

Leontes spielt nicht nur Kläger, Anwalt und Richter. Er spielt auch den Gendarmen. Er greift sich eine Axt und schlägt die Tür zum Gemach seiner Frau ein. Und er schleppt Hermione an den Haaren hinunter ins Verlies. Diesmal hat Mamillius nur Angst. Für solchen Gewaltausbruch kann sein zehnjähriger Verstand keine Spur wissenschaftlichen Interesses aufbringen. Er läuft davon.

»Dich krieg ich auch noch!« hört er den Vater brüllen, daß es im ganzen Schloß widerhallt.

Mamillius läuft durch die Gänge, über Stiegen hinauf und über Stiegen hinunter, bis er endlich vor der Wohnung seiner Amme Paulina steht. Er hämmert an die Tür. Paulinas Mann, Antigonus, öffnet. Er kann sich denken, was los ist. Schnell zieht er Mamillius herein, sperrt hinter ihm die Tür zu.

Antigonus ist ein gutmütiger Mann, im Gegensatz zu seiner Frau Pauline etwas schwer von Begriff. Außerdem ist er urteilsschwach. Was selten ein Problem ist, weil ihm seine Frau meistens die Entscheidungen abnimmt. Und ängstlich ist er auch. Das war bisher ebenfalls nie ein Problem gewesen, weil sich Paulina immer vor ihn hingestellt hat. Obendrein glaubt er an die Unfehlbarkeit des Königs.

»Wenn der König kommt und dich haben will«, sagt er zu Mamillius, »dann muß ich dich ihm geben.«

»Das wirst du ganz bestimmt nicht«, sagt Paulina und drückt Mamillius gegen ihre Röcke. »Ich werde mit dem König reden, wenn er an unsere Tür klopft.«

Sie bereitet für Mamillius ein Bett, und dann legt er seinen Kopf in ihren Schoß, und sie erzählt ihm Geschichten. »Es war einmal ...«

Der Wahn steigert sich noch. Der Rat tritt heimlich zusammen. Die Männer sind nicht sonderlich krisenfest, es hat ja bisher nie eine wirkliche Krise gegeben. Man beschließt: Ruhe bewahren. Alles gelassen sehen. Abfederungsmaßnahmen treffen. Auf den König eingehen, versuchen, ihn zu beeinflussen, damit er von seinem Plan läßt. Die absurde Gerichtsverhandlung gegen Hermione nennen die Herren »den Plan des Königs«.

»Wir geben uns mit seinem Plan einverstanden, regen aber an, jemanden zum Orakel nach Delphi zu schicken. Ganz egal, wie der Spruch des Orakels dann ausfällt, wir sind jedenfalls aus dem Schneider.«

Dann bringt Hermione im Gefängnis ein Mädchen zur Welt. Sie gibt ihm den Namen Perdita.

»Bring das Kind zu meinem Mann«, sagt sie zu ihrer Dienerin Paulina. »Sieh dir das Geschöpf doch an! So viel Unschuld wird sein Herz erschüttern und gesund machen.«

Paulina hat ihre Zweifel, aber sie tut, was ihre Herrin wünscht.

Paulinas Zweifel waren begründet.

»Dieses Ding da soll meine Tochter sein?« schreit Leontes. »Der Balg von dem Böhmen wird es sein! Weg mit dem Ding!«

Er gibt Antigonus Befehl, ein Schiff auszurüsten und das Kind auf dem ersten Land, wohin es die Winde treiben, auszusetzen.

»Das wirst du nicht tun«, sagt Paulina zu ihrem Mann.

»Ich muß«, sagt der.

»Was du mußt, das sage ich dir«, sagt sie.

Aber Antigonus muß. Und er tut es. Und als Paulina sagt, so wolle sie ihn nie wiedersehen, muß er doch und tut es doch. Hermione gibt ihm Gold und Edelsteine mit, er soll die Schätze in die Wiege legen; falls einer kommt und sich des Kindes erbarmt, so soll seine Güte belohnt sein.

Der Prozeß gegen die Königin beginnt. Der König, entgegen seiner Ankündigung, macht sich nun doch zum Kläger, zum Anwalt und zum Richter.

Der Bote aus Delphi kommt und hat Bemerkenswertes zu berichten: »Erstens: Hermione ist unschuldig. Zweitens: Polyxenes ist unschuldig. Drittens: Leontes ist ein verrückter Tyrann. Viertens: Er wird ohne Erben leben, wenn das Verlorene nicht gefunden wird.«

Leontes läßt den Boten verhaften.

Dann, eine traurige Meldung: Mamillius ist tot. Er ist am Kummer gestorben. An der Sorge gestorben. Er ist gestorben, weil er in einer Welt, in der der Wahnsinn regiert, nicht leben konnte.

Hermione fällt in Ohnmacht. Sie wird aus dem Gerichtssaal getragen. Leontes sieht keine Veranlassung, die Verhandlung zu unterbrechen. Der Wahnsinn läßt ihm die Augen hervorquellen.

Aber dann wird die Tür aufgerissen, und Paulina tritt ein, weiß im Gesicht, und sie geht durch den Saal, jeder Schritt ein Schlag, direkt auf den König zu.

»Du!« sagt sie mit leiser, aber fester Stimme. »Du! Du bist an deinem Ziel angelangt. Deine Frau ist deinem Sohn nachgefolgt. Hermione ist tot.«

Mit brachialer Gewalt hatte der Wahn in Leontes eingeschlagen. Ebenso plötzlich verläßt er ihn. Läßt ihn ausgebrannt zurück. Hat ihm alles genommen. Der König bricht zusammen. Aus seinen Augen blickt wieder der, der er in den guten Zeiten war. Und der sieht die Welt durch Tränen hindurch.

Antigonus wird von seinem Schiff über das Meer getragen. Die Winde treiben ihn vor sich her. Und dann landet er an einem Strand, und er weiß nicht, wo er ist. Aber wir wissen es. Es ist der Strand von Böhmen. Antigonus tut, was sein Herr ihm aufgetragen hat. Er setzt den Korb mit der kleinen Perdita ab, gibt ihr noch aus dem Fläschchen zu trinken und glaubt, damit alles getan zu haben, was der heilige Augustinus verlangt, daß ein Mensch für einen anderen tue.

Und weil er schon hier ist, will er sich die Gegend ansehen. Das sollte er besser nicht tun. Es ist nämlich ein merkwürdiger Strand, dieser Strand von Böhmen. Als Antigonus gemächlich die Fußzehen durch den Sand zieht, hört er hinter sich ein gräßliches Knurren. Er flieht, von einem Bären verfolgt. Wir werden nie mehr von ihm hören.

Da liegt nun der Korb mit der kleinen Perdita. Ein Schäfer kommt des Weges, der hört das schreiende Kind. Er sieht die Schätze, Gold und Edelsteine, und sagt sich: Schön, wenn für Güte bezahlt wird, da will ich mich nicht zieren. Er nimmt das Kind zu sich, will es großziehen wie sein eigenes, kauft sich vom Gold eine große Schafherde und zieht in eine andere Gegend. Es muß ja nicht gleich jeder alles wissen.

Als Perdita achtzehn Jahre ist und eine schöne, kluge, wendige Frau, trifft sie eines Tages einen schönen, klugen, wendigen jungen Mann. Er heißt Florizel. Sie verlieben sich ineinander. Perdita weiß nicht, daß Florizel der Sohn des böhmischen Königs Polyxenes ist. Und es wäre ihr auch gleichgültig. Es interessiert sie nicht, was einer besitzt oder welchem Stand er angehört, ob er über eine große Dienerschaft gebietet und welche Titel vor seinem Namen kleben. Nur was der Mensch ist, nicht was er scheint, interessiert sie.

Und Florizel hat ähnliche Ansichten. Er möchte sein, wer er ist. Und wer er ist, das muß auch durch die Tracht eines einfachen Bürgers zu sehen sein. Ich möchte eine liebe Frau kennenlernen, die mich vielleicht ein Leben lang küssen möchte. Aber ich möchte gemeint sein, ich, nicht der Königssohn und Erbe Böhmens, der ich zwar auch bin. Also hat er sich verkleidet und auf die Wanderschaft gemacht und kam auch in das Dorf, in dem Perdita lebt. Und so ist es geschehen. Die beiden schauten einander in die Augen, und sie sahen, was sie sehen wollten, was sie selbst sehen wollten, und auch, was der andere sehen wollte. Sie beschließen zu heiraten. Beim großen Fest der Schafschur wollen sie ihre Vermählung bekanntgeben.

Polyxenes, der König von Böhmen, ist in Sorge. Sein Sohn kommt am Morgen nicht zum Frühstück, am Mittag nicht zum Mittagessen, am Nachmittag nicht zum Tee, am Abend nicht zum Abendessen. Und dann wird ihm gemeldet, Florizel sei verschwunden. Aber Camillo beruhigt.

»Was habt Ihr gemacht, als Ihr im Alter Eures Sohnes wart?« fragt er den König.

»Ich bin hinaus, habe mir die Welt angesehen, und zwar nach Strich und Faden«, antwortet Polyxenes stolz. Gern hätte er hinzugefügt: Zusammen mit seinem damaligen Freund, Leontes, habe er sich die Welt nach Strich und Faden angeschaut. Aber dieser Name darf am böhmischen Hof nicht mehr genannt werden.

Was Camillo bedauert. Camillo liebt seinen sizilianischen Herrn immer noch. Und über all die Jahre, die er nun schon im böhmischen Exil verbringt, hat die Sorge nicht nachgelassen. Er hat sich einen privaten Kurierdienst eingerichtet; weiß also, was in Sizilien am Hof des Leontes geschehen ist – daß Mamillius gestorben ist, daß der König seine Tochter hat aussetzen lassen, daß Hermione gestorben ist. Aber er weiß auch, daß der Dämon den König verlassen hat, daß Leontes geheilt ist, daß er verzweifelt ist und bereut und alles daransetzen möchte, wiedergutzumachen, was er angerichtet hat.

»Dein Sohn«, sagt Camillo zu Polyxenes, seinem zweiten Herrn, »dein Sohn ist wie du. Auch er will sich in der Welt umsehen.«

»Du meinst, er sucht sich eine Frau?«

»Ich habe diese Umschreibung dafür gewählt.«

»Kann er das?«

»Jeder kann das.«

»Ich weiß«, sagt der König. »Wenn man es tut, kann man es. Wenn man es getan hat, weiß man nicht, wie man es getan hat. Ich würde gern sehen, wie er sich anstellt dabei.«

»Dazu reicht selbst die Macht des Königs nicht aus«, sagt Camillo.

»Man kann ja auch einmal so tun, als wäre man nicht der König«, sagt der König.

Er schickt Camillo los, damit er schlichte Bürgerkleider besorge. »Für zwei Männer.«

»Zwei? Warum für zwei.«

»Für dich und für mich. Wir wollen uns gemeinsam ansehen, wie Florizel das Glück sucht. Und wenn er es findet, dann wollen wir daran teilhaben. Denn das Glück meines Sohnes ist auch mein Glück.«

Camillo hat Bedenken. An allem, was seinen Sohn betreffe, könne und solle ein guter Vater teilhaben, sagt er, aber diese Sache sei eben genau die einzige, die nicht teilbar sei.

»Ich verspreche«, sagt der König, »ich werde meinen Mund halten, werde nur zusehen und zuhören. Werde mich nicht einmischen.«

»Aber es wird Euch vielleicht nicht alles gefallen, was Ihr seht und hört.«

»Ich bin ein toleranter Mann. Weißt du das nicht?«

Camillo besorgt die Kleider, und die beiden machen sich auf den Weg – in die Welt hinaus.

In der Welt draußen kommen sie in ein Dorf, und da sind viele Menschen auf den Wegen, und die Menschen haben ihre schönsten Sachen an. Und man erklärt den beiden Bürgersleuten, was heute für ein Tag ist, nämlich der Tag der großen Schafschur. Daß an diesem Tag die Schäfer von den Weiden kommen, wo sie gute zweihundert Tage mit den Schafen zusammengelebt haben, bis sie am Ende selbst fast wie Schafe aussehen, Fellmäntel bis zum Boden, und die Hälfte der Wörter haben sie vergessen und sich ein Blöken angewöhnt, und dann werde auf dem Dorfplatz ein Wettbewerb abgehalten, wer am schnellsten ein Schaf scheren kann, so daß das Fell in einer Decke daliegt. Und zu essen und zu trinken und zu tanzen gibt es auch.

»Wie in den Schäfergedichten«, flüstert Polyxenes dem Camillo ins Ohr.

Gern lassen sich die beiden Bürger zu dem Fest einladen.

Jahrmarkt findet auch statt. Was sich in der Stadt nicht verkaufen läßt, weil es veraltet oder angebrochen oder einfach Quatsch ist, auf dem Dorf kriegt man es los. Sogar Moritaten kann man kaufen. Der Verkäufer muß nur clever sein. Und der Cleverste von allen ist ein gewisser Autolycus. Der hat sogar etwas gemeinsam mit den beiden fremden Bürgern, die sich die Welt ansehen wollen. Auch er ist inkognito unterwegs.

Autolycus ist ein Dieb, der sich als Händler tarnt. Er ist ein Meisterdieb, und das Meisterliche liegt in seiner Mäßigung. Er nimmt nur so viel, wie er braucht, und er nimmt gerecht; nicht alles einem, sondern allen etwas. Das sichert ihm Kundschaft auf Lebenszeit und hält das schlechte Gewissen im Zaum. Alles Extreme ist Autolycus verhaßt. Der Mensch ist dem Menschen ein Wolf – und sein Name heißt »Wolf«. Daß also einer in den anderen hineinbeißt, daran läßt sich nichts ändern, aber es ist besser, wenn allen ein bißchen etwas weh tut, als wenn einer allein brüllt. So ungefähr ist sein Motto. Aber auch nur ungefähr. Autolycus will sich auf nichts festlegen. Wer auf einem Standpunkt beharrt, bleibt stehen. Das ist ein anderes – ungefähres – Motto von ihm. Was heißt schon Motto? Es ist die Überschrift über etwas, was ein anderer tun soll. Autolycus ist aber gar nicht der Meinung, daß alle so denken oder handeln sollen wie er. Das würde doch nur Konkurrenz schaffen. Er liebt die Vielfalt, schon aus beruflichen Gründen. Dann gibt es von allem etwas abzustauben. Kaum ein Beruf, der besser in einer Atmosphäre von Freiheit und Toleranz gedeiht als der Beruf des Diebes.

Auch Polyxenes gefällt es hier. »Hier sind die Menschen, wie sie sind«, begeistert er sich vor Camillo.

»Überall sind die Menschen, wie sie sind«, relativiert Camillo.

»Du relativierst immer alles!« lacht ihn Polyxenes aus. »Du bist ein Pessimist, Camillo! Kannst du dich denn an gar nichts erfreuen? Hast immer den sturen Königshof im Kopf! All die Formen und Zwänge! Hier herrschen Freude und Freiheit! Warst du nie jung, Camillo?«

Camillo ist bedrückt, er weiß selber nicht, weswegen. Er mag sich selber nicht. Wie er dasitzt, Mundwinkel nach unten, grau, ungesellig. Hat er Ahnungen? Ja, es ist ihm, als habe er Ahnungen. Aber was für Ahnungen? Und warum ist ihm so?

Und dann sehen sie Florizel. Sie erkennen ihn sofort. Er hat sich nur andere Kleider angezogen, hat das Prinzengewand eingetauscht gegen den Bürgerrock. Polyxenes und Camillo dagegen haben sich außerdem falsche Bärte und falsche Augenbrauen aufgeklebt und sich andere Frisuren machen lassen.

Florizel sitzt etwas abseits vom Geschehen, und er ist nicht allein. Ein hübsches Mädchen sitzt bei ihm, sehr nahe bei ihm, die sieht klug aus, die sieht wendig aus. Manchmal lehnen sie sich weit zurück und lachen aus süßem Herzen, dann wieder werden sie ganz still, berühren einander mit ihren Stirnen und haben die Arme aufgestützt und die Hände an ihren Schläfen, so daß ihre Gesichter wie in einem Zelt verborgen sind, und dieses Zelt ist warm von ihrem Atem.

»Ahaaaaa!« sagt Polyxenes und flattert mit seinen falschen Augenbrauen Camillo Bedeutung zu.

»Ein schönes Mädchen«, sagt Camillo und ärgert sich, daß ihm nur so etwas Karges eingefallen ist.

»Mehr als schön«, sagt Polyxenes. »Wir wollen ein bißchen näher heranrücken, damit wir verstehen, was die beiden sich zu sagen haben.«

Aber als sich die beiden in Lauschdistanz gebracht haben, steht das Mädchen auf und verläßt Florizel.

»Hat sie schon genug von ihm?« fragt Polyxenes.

»Vielleicht hat sie etwas zu tun«, flüstert Camillo zurück.

»Was gibt es Wichtigeres zu tun, als mit dem Sohn des Königs zu flirten?«

»Sie weiß ja nicht, daß er Euer Sohn ist.«

Perdita muß an diesem Tag arbeiten. Sie kann leider nicht die ganze Zeit bei ihrem Geliebten sitzen und Zelt spielen. Sie ist die Tochter des Schäfers, sie muß zusehen, daß die Gäste zu essen und zu trinken kriegen. Auch den beiden fremden Bürgern bringt sie Teller und Gläser, wundert sich über den einen, weil der die ganze Zeit so bedeutungsvoll grinst; wundert sich andererseits auch wieder nicht, weil sie oft von älteren Herren bedeutungsvoll grinsend angestarrt wird.

Als Florizel allein vor seinem Bier sitzt, weil Perdita bedienen muß, vergißt Polyxenes, was er Camillo versprochen hat, nämlich daß er den Mund halten wird, und setzt sich zu seinem Sohn. »Wie geht's, junger Mann?«

»Gut.«

Der falsche Bart und die falschen Brauen sind sauber gearbeitet, der Sohn erkennt den Vater nicht.

»Ich hoffe, Ihr verzeiht mir«, sagt Polyxenes. »Ich beobachte Euch schon die längste Zeit, Euch und dieses hübsche Mädchen.«

»Ich habe nichts dagegen«, sagt Florizel. Dieser Bürger ist ihm sympathisch, ja, irgendwie erinnert er ihn an seinen Vater. »Und ich gebe Euch recht: Sie ist hübsch.«

»Und sie sieht auch klug aus.«

»Sie *ist* klug.«

»Ich finde sogar«, sagt Polyxenes, »sie hat einen edlen Zug um das Kinn. Und ein edles Profil hat sie auch.«

»Edel sind nicht nur die Damen am Hof«, sagt Florizel.

»Da sind wir ganz Eurer Meinung.« Und Polyxenes stößt Camillo in die Seite. »Nicht wahr?«

»Ganz Eurer Meinung«, schluckt Camillo heraus und ärgert sich wieder über sich selbst: Nicht einen spritzigen Satz krieg ich heraus!

»Andererseits«, sagt Polyxenes, »hat es auch wieder Nachteile, wenn so ein Mädchen allzu hübsch, allzu klug, allzu edel ist.«

»Was für einen Nachteil könnte das haben?« fragt Florizel.

»Nun ja, es besteht die Gefahr, daß man sich in so ein Mädchen verliebt.«

»Die Gefahr?«

»Nun ja. Man ist ein junger Mensch, wie Ihr einer seid, man will in die Welt hinaus, das Leben kennenlernen, sich umsehen, wie man dazu sagt. Da will man sich ja nicht gleich verlieben. Da bleibt man ja kleben, noch ehe man den ersten Horizont erreicht hat.«

»Ich habe mich verliebt«, sagt Florizel.

»Was?«

»Ja, ich habe mich in dieses Mädchen verliebt«, wiederholt Florizel, und sein Gesicht wird glücklich.

»Aha.« Diesmal flattert Polyxenes nicht mit seinen falschen Augenbrauen dem Camillo zu. Dieses »Aha« ist ein baffes. »Ihr habt Euch in sie verliebt? Seid Ihr Euch da ganz sicher?«

»So sicher, wie meine Ohren heiß werden, wenn ich sie sehe.«

»Nun ja, das kann vorkommen.« Polyxenes' Stimme hat einen schroffen Klang bekommen. »Verliebt ist man schnell, und schnell ist es wieder vorbei.«

»Es wird nicht vorbei sein«, sagt Florizel. Und nun gerät er ins Reden. Eben weil ihm dieser Bürger so sympathisch ist. »Ihr seid der erste, dem ich es verrate. Perdita und ich wollen heiraten. Am Abend werden wir es verkünden.«

Da schluckt Polyxenes. »Dem Bauernvolk hier wollt Ihr es mitteilen? Habt Ihr kein Zuhause?«

»Habe ich schon«, sagt Florizel.

»So, habt Ihr. Und was sagt Euer Vater dazu?«

»Das ist das Problem«, seufzt Florizel. »Mein Vater ist ein ziemlich intoleranter Patron.«

»So, ist er das?«

»Voll von Vorurteilen.«

»Was für Vorurteile denn?«

»Ich glaube, er würde nicht erlauben, daß ich unter meinem Stand heirate.«

»Das sehe ich auch so«, sagt Polyxenes und reißt sich Bart und Brauen ab.

Ja, Camillo hat Ahnungen gehabt. Und nun weiß er, was es für Ahnungen waren. Wieder wird er Zeuge, wie ein Komet in der Größe von Texas einschlägt.

Der Sohn erkennt seinen Vater, und aus dem Vater bricht der Wahn.

»Nie und nimmer wirst du dieses Mädchen heiraten, diese Person, dieses Persönchen, dieses liederliche Stück! Der Vater ein Schäfer! Und ich ein König! Sollen wir nebeneinander an der Hochzeitstafel sitzen? Humpen hoch, Bruder! Auf deinen Sohn! Auf deine Tochter! Nein! Nein! Nein! Vorher werde ich ihren Vater töten lassen. Dann werde ich sie töten lassen, und dann werde ich dich töten lassen!«

Und der Rasende ruft Perdita herbei und beschimpft sie und tobt und wirft ihr solche Namen an den Kopf, daß die Dorfjugend aufspringt und sich bereit macht, dem Städter die Birne zu polieren.

Camillo drängt den König zum Rückzug. Mit Mühe kann er eine Rauferei verhindern. Camillo sieht aus den Augen von Polyxenes einen anderen blicken, einen, den er nicht kennt. Und den er auch nicht kennenlernen möchte. Weil man mit dem nicht diskutieren kann. Da bleibt nur die Flucht.

»Wir müssen fliehen«, sagt er zu Florizel. »Du mußt fliehen, auch Perdita und ihr Vater. Wir alle.«

»Aber wohin sollen wir fliehen?«

»Ich kenne einen Ort, dort sind wir gut aufgehoben. König Leontes von Sizilien wird uns Exil gewähren. Er kennt die Krankheit, die deinen Vater befallen hat. Ja, diese Krankheit kennt er wie kein anderer.«

Und so rüsten sie im Hafen von Böhmen ein Schiff aus und fahren übers Meer.

Leontes empfängt seinen ehemaligen Diener mit offenen Armen. »Kannst du mir vergeben, Camillo?«

»Mir hast du nichts angetan«, sagt Camillo.

Da bricht Leontes in Tränen aus. »Und mein Freund, Polyxenes, kann er mir vergeben?«

»Sicher kann er«, sagt Camillo. »Es wird die Zeit kommen, da Polyxenes selbst alle möglichen Leute um Vergebung bitten wird. Spätestens dann wird er Euch vergeben.«

Camillo erzählt, was vorgefallen ist. Er stellt dem König von Sizilien den Königssohn von Böhmen vor. Und da rollen wieder die Tränen. Denn Florizel sieht dem alten Freund so ähnlich, als wäre er derselbe, mit dem Leontes sich in der Jugend die Welt nach Strich und Faden angeschaut hat. Und dann stellt ihm Camillo Perdita vor, die Schäferstochter, die im Herzen von Florizel wohnt und sich im Palast des Leontes bewegt, als wäre sie hier zu Hause.

Und da strömen die Tränen aufs neue, und sie wollen gar nicht aufhören zu strömen, und Leontes braucht lange, bis er Worte findet, und während dieser wortlosen, tränenreichen Minute schüttelt er Perditas Hand, auf und ab, auf und ab, von Gürtelhöhe bis zum Kinn und wieder hinunter.

Warum weint Leontes so sehr? Die Antwort steht in Perditas Gesicht geschrieben. Hat es Camillo denn nicht bemerkt? Wie sehr Perdita ihrer Mutter Hermione ähnlich sieht? Was heißt ähnlich! Als wäre sie Hermione, als Leontes um sie warb!

»Wer bist du?« fragt Leontes.

»Eine Schäferin«, sagt Perdita. »Habt ihr Schafe in Sizilien?«

»Ich hatte eine Frau«, jammert Leontes, »sie hatte eine Nase wie du. Und Augen wie du. Und eine Stirn wie du. Und ein Profil wie du.«

»Ach«, sagt Perdita, »alle Frauen haben Nasen und Augen und ein Profil. Sicher auch hier in Sizilien.«

»Könnte ich sie nur einmal noch sehen!« schluchzt Leontes. »Nur einmal noch! Und wenn sie auch kein Wort zu mir sagen würde! Und wenn sie sich auch keinen Schritt auf mich zubewegen würde! Nur sie sehen! Nur einmal!«

Und weil er gerade beim Schluchzen ist, schluchzt er weiter: »Und eine Tochter hatte ich auch! Sie ist verlorengegangen. Und das Orakel sagte, wenn ich das Verlorene nicht wiederfinde, werde ich ohne Erben sein.«

Paulina deckt auf, entwirrt und klärt.

Nachdem ihr Mann verschollen war, aufgefressen vom Bären am Strand von Böhmen, ist Paulina seltsam geworden. Sie hat sich von den Leuten ferngehalten. War immer geschäftig, aber immer für sich. Nicht ein Wort hat sie mehr mit dem König gesprochen, seit jener unsäglichen Gerichtsverhandlung gegen ihre Herrin. Nun kommt sie, mit langen Schritten, damit jeder gleich weiß, die da hat etwas mitzuteilen.

»Das Verlorene ist wiedergefunden!« ruft sie durch die

Halle und schwenkt ein Ding in der Hand. Was ist das für ein Ding? Ein Schildchen aus Leder, schon dunkel. »Das da!« ruft Paulina, »Das da habe ich gefunden unter den Sachen dieser jungen Dame!« Sie zeigt auf Perdita. »Das da kenne ich!«

Und ehe Perdita etwas sagen kann, verschwindet ihr hübsches Gesicht zwischen Paulinas gewaltigen Brüsten. Fest drückt sie das Mädchen an sich und muß nun auch weinen.

»Sie ist Eure Tochter! War verloren und wurde wiedergefunden!«

Das große Umarmen beginnt.

Camillo bemerkt: »Dann könnte man ja den König von Böhmen verständigen, daß sein Sohn doch auf gewünschter Höhe heiratet.«

Sofort werden Boten nach Böhmen geschickt. Polyxenes soll zur Hochzeit seines Sohnes nach Sizilien reisen. Alles sei gut!

Nein, alles ist nicht gut.

»Ach, was gäbe ich dafür, könnte ich Hermione noch einmal sehen!« jammert Leontes weiter.

Paulina tritt nahe an den König heran. »Einmal wollt Ihr Eure treue Gemahlin noch sehen?«

»Ja.«

»Die immer treue Gemahlin?«

»Ja.«

»Sagt es!«

»Einmal noch möchte ich meine immer treue Gemahlin sehen!«

»Und Ihr seid zufrieden, auch wenn sie kein Wort mit Euch spricht?«

»Ich werde zufrieden sein.«

»Und auch, wenn sie keinen Schritt auf Euch zugeht?«

»Auch wenn sie stumm und starr ist wie eine Statue.«

»Dann kommt mit!«

Paulina nimmt Leontes an der Hand und führt ihn durch seinen Palast, führt ihn durch Gänge, die er noch nie gegangen, über Stiegen, über die er noch nie gestiegen ist. Und dann führt sie ihn in ihre Wohnung.

In der Mitte der Wohnung steht eine Statue, sie ist mit einem Tuch verhängt. Paulina zieht das Tuch beiseite. Es ist Hermione. Vor lauter Erschüttertsein fällt Leontes gar nicht auf, daß die Statue seine Frau nicht im Alter ihres Todes zeigt, sondern in dem Alter, in dem sie jetzt wäre, würde sie noch leben.

»Welcher Künstler hat sie geschaffen!« ruft Leontes aus. »Ich will ihn ehren!«

»Der größte Künstler, der sich denken läßt«, sagt Paulina.

Bewegt sich da nicht etwas? Ein Finger der Statue. Jetzt die Hand! Der Arm!! Und legt sich – um Gottes willen! – dieser Arm doch tatsächlich um den Hals des Leontes!

Was geht hier vor? Daß ein Stein zu leben beginnt? Weich gemacht durch Tränen etwa? Kann das einer glauben? Nein, gewiß nicht. Oder anders: Daß sich Hermione all die Jahre im Palast versteckt hat, in Paulinas Wohnung? Kann das einer glauben? Warum soll man unbedingt etwas glauben? Was man sieht, das muß man nicht glauben, das sieht man ja. Und wenn es schön ist, um so besser!

So kommt zu Ende, was begann mit: »Es war einmal…«

Was aber nicht heißt, daß alles gut ist. Ich kann nämlich den Mamillius nicht vergessen. Ich werde ihn nie vergessen können. Denn er war mir von allen der Allerliebste. Und deshalb ist für mich nicht alles gut! Gar nichts ist gut.

Ein Sommernachtstraum

Theseus, der König von Athen, gibt den Termin seiner Hochzeit bekannt. Er will Hippolyta heiraten, die Königin der Amazonen. In einem Feldzug hat er sie erobert und nach Athen verschleppt.

»Ist doch auch hier schön, oder nicht?«

Sie antwortet nicht.

»Sie bockt«, sagt Theseus. »Das wird schon.«

Rohling zu sein, das sei sicher ein gutes Image in Kriegszeiten, wird ihm gesagt. Für den Frieden reiche es allerdings nicht aus, wenn einer Ansehen gewinnen und das Ansehen auch halten will. Und bei Frauen komme der rein Derbe auf die Dauer schon gar nicht an. Also überlegt sich Theseus eine Imagekorrektur; er will Hippolyta beweisen, daß er durchaus auch ein kultivierter Mensch ist.

Irgendwo hat er gehört, daß Frauen Kultur mögen. Man muß ihnen auch ein Stück entgegenkommen, denkt er. Also, erste Frage: Was ist Kultur überhaupt? Theseus hat sich umgehört. Er bekam verschiedene Antworten. Die meisten unbefriedigend. »Wenn schon Kultur«, war seine Meinung, »dann muß sie etwas hergeben. Also, daß man sie auch sieht und hört.« Und dann kam einer und sagte: »Theater. Mach irgend etwas mit Theater, Theseus, das wird deiner Frau gefallen. Dann wird sie auch nicht mehr bocken.«

»Und wie macht man das, das Theater?«

Und der ihm den Rat gab, hat auch schon einen Plan: »Schreib einen Theaterwettbewerb aus! Alle Theatergruppen der Stadt und der Umgebung sollen ein Stück vorlegen. Das beste wird ausgesucht und an deinem Hochzeitsabend aufgeführt.«

»Kultur«, sagt Theseus zu Hippolyta und reibt sich die Hände. »Kultur! Du wirst sehen: Kultur!«

Da platzt ein Mitstreiter des Theseus aus den lustigen und brachialen Kriegstagen herein, Egeus. Er hat ein ganz anderes Problem. Kultur ist ihm völlig wurscht. Er wüßte gar nicht, wo er die in seinem Haus hinstellen sollte. Schon ohne Kultur weiß er nicht, wo ihm zu Hause der Kopf steht. Da spielt sich genug Theater ab. Da braucht es keinen Wettbewerb. Tochter Hermia heißt das Problem. Hübsch ist sie ja. Aber so eine Stirn! Hermia soll den Demetrius heiraten. Aber sie will nicht. Sie will den Lysander heiraten. Partout.

»Wieso denn?« brüllt Egeus seine Tochter an. »Um Himmels willen, wieso! Schau doch den Demetrius an! Einmal wenigstens! Er ist stark. Er sieht gut aus, ist gut gebaut. Und gesund soll er auch sein. Jedenfalls ist mir nichts Gegenteiliges gemeldet worden!«

»Ja«, sagt Hermia, »der Lysander ist auch stark und sieht auch gut aus und ist ebenfalls gesund. Aber obendrein liebe ich ihn, und er liebt mich auch.«

»Ja«, brüllt der Vater, »dann steht es eins zu eins. Der Demetrius liebt dich doch auch. Und wie der dich liebt! Stimmt's, Demetrius?«

»Und wie!« brüllt jetzt auch der Demetrius. »Und wie!«

»Siehst du, Hermia! Der Demetrius liebt dich. Ganz wahnsinnig liebt er dich sogar!«

»Eben«, sagt Hermia.

Der Demetrius ist ein Choleriker. Immer einen roten

Kopf. Ein Konflikt kann noch so winzig sein, sofort wird ihm der Hals dick, sofort pfeift ihm der Dampfkessel.

Ganz anders der Lysander: ein ruhiger, bescheidener Mann. Handlich. Volles Haar. Strich und Gegenstrich fühlen sich gleich weich an. Gesichtshaut entspannt blaß. Blutdruck nie über fünfundsiebzig zu einhundertfünfundzwanzig. Außerdem macht Lysander der Hermia die Führungsrolle nicht streitig.

Oft kommt es vor, daß Hermia sagt: »Lysander!«

Dann sagt er: »Ja?«

»Wollen wir zwei heute gemeinsam Stoff auf dem Markt aussuchen? Das tust du doch auch gern?«

»Ja.«

»Sag ruhig, wenn du es nicht gern tust!«

»Ja.«

»Du kannst ruhig nein sagen.«

»Ja.«

Hermia ist es gewohnt, daß ihre Wünsche erfüllt werden. Alle, immer und sofort. Ein Mundwinkel hängt ein wenig, nur ein wenig. Das kommt von der Verachtung gegenüber den Wünschen, die sich immer alle sofort erfüllen lassen. Es ist ihr noch nie in den Sinn gekommen, daß irgend etwas auf der Welt anders laufen könnte, als sie es will. Einerseits möchte sie genau in so einer Welt leben, andererseits kann so eine Welt nicht viel wert sein. Begeisterung kennt Hermia nicht. Lob auch nicht. Und danke hat sie noch nie gesagt.

Und nun stößt Hermia zum ersten Mal auf Widerstand. Ausgerechnet bei ihrem Vater! Er war's doch, der ihr von klein auf den Refrain beigebracht hat, daß Hermia kriegt, was Hermia will. Und jetzt ist er stur. Und penetrant.

Egeus wendet sich sogar an seinen Heerführer. »Theseus, du bist der König. Entscheide! Was muß meine Tochter tun?«

Entscheiden tut Theseus gern. Das ist für ihn wie Holzhacken, kompensiertes Holzhacken.

»Hermia«, sagt er, »es gibt da zwei Möglichkeiten: Entweder du gehorchst, oder du gehorchst nicht.«

»Ja«, sagt Hermia, »so weit habe ich die Sache auch schon überblickt.«

»Na gut«, sagt Theseus. »Angenommen, du gehorchst, dann brauchen wir nicht weiter zu debattieren, dann ist alles in Ordnung. Wenn du aber nicht gehorchst, gibt es wieder zwei Möglichkeiten: Entweder dein Vater steckt dich ins Kloster, oder ich lasse dir den Kopf abschlagen. Überleg dir die Sache gut! Ich gebe dir eine Frist. Bis zum Tag meiner Hochzeit darfst du nachdenken.«

Hermia hat da noch eine andere Möglichkeit entdeckt: Sie wird Athen verlassen. Wo nicht geschieht, was sie will, dort will sie nicht sein. Und Lysander soll mit ihr gehen.

»Wir schleichen uns aus der Stadt. Was meinst du, Lysander?«

»Ja.«

»Wir treffen uns in der Nacht.«

»Ja.«

»Im Wald.«

»Ja.«

»Was hältst du davon?«

»Ja.«

»Kannst ruhig auch einmal nein sagen.«

»Ja.«

Aber Hermia kann ihren Mund nicht halten. Sie hat eine beste Freundin, Helena. Ein Geheimnis vor der besten Freundin widerspricht ihrer Selbsteinschätzung: Gut ist, was Hermia tut, weil es Hermia tut. Also warum sollte es Helena nicht wissen?

Helena ist das Gegenstück zu Hermia. Sie hat ein Faible für das Unglück. Man kann sogar sagen, sie ist vernarrt ins Unglück. Sie hat das Unglück zu ihrem Markenzeichen gemacht. Sie spricht immer mit weinerlicher Stimme. Auch wenn es darum geht, welche Strumpfhose sie heute anziehen soll, spricht sie mit weinerlicher Stimme. Sensiblen Naturen macht sie ein schlechtes Gewissen. Zu kurz gekommen zu sein hält sie für attraktiv. Zu kriegen, was andere liegenlassen, füttert ihren perversen Stolz. Wundert es einen, daß sie ausgerechnet den Demetrius liebt? Es ist logisch. Denn Hermia, ihre beste Freundin, weist den Demetrius ja zurück. Und daß Demetrius Helena nicht ausstehen kann, macht ihr Unglück auf süße Art vollkommen. Ihr verkehrtes Herz gibt ihr verkehrte Ratschläge. So kann ich den Demetrius vielleicht gewinnen, denkt sie, wenn ich ihm verrate, was seine geliebte Hermia vorhat.

»Demetrius«, sagt sie.

»Was denn schon wieder?« stöhnt er. Helenas Stimme macht ihn rasend schon nach einem Wort, besonders wenn dieses eine Wort sein eigener Name ist.

»Ich möchte dich etwas fragen, Demetrius. Darf ich?«

»Was um Himmels willen möchtest du mich fragen?«

»Ob du eventuell schon weißt, daß Hermia, die du so sehr liebst, gemeinsam mit Lysander, den sie so sehr liebt, aus der Stadt fliehen will?«

»Was?«

»Sie wollen sich im Wald treffen.«

»Was!« Roter Schädel und Adern am Hals wie Ochsenstricke. »Im Wald!«

»Ja. Und das mitten in der Nacht. Was willst du tun, Demetrius?«

»Im Wald in der Nacht! Stellen werde ich die beiden! Stellen! Wo genau wollen sie sich treffen?«

Helena sagt: »Ich werde dich hinführen.« Und in ihrer Stimme klingt mit: Obwohl mir das sehr weh tut.

Zur selben Zeit treffen sich in der Werkstatt des Zimmermanns Peter Squenz Theaterleute. Laien, die sich zu einer Theatergruppe zusammengeschlossen haben. »Meisters« nennen sie sich. Sie haben von dem Theaterwettbewerb gehört, den Theseus ausgeschrieben hat. Sie wollen teilnehmen. Nicht einer von den »Meisters« zweifelt am Sieg.

Peter Squenz wird Regie führen. Er hat auch das Stück geschrieben. Auf ihn ist Verlaß. Er setzt die Charaktere, wie er die Dachbalken setzt. Er schnitzt die Dialoge, wie er die Verfugungen schnitzt. Die Handlung spannt sich über den Abend wie das Dach über die Wände eines Hauses.

Sein neues Stück trägt den Titel: »Die höchst klägliche Komödie und der höchst grausame Tod des Pyramus und der Thisbe«. Da ist alles drin: Liebe, Spannung, Tod, Schauder und Mitleid. Die Rollen sind für die Schauspieler geschrieben. Da spricht keine Person ins luftleere Allgemeine hinein.

Zum Beispiel der Kesselflicker Tom Schnauz. Glaubwürdig auf der Bühne bis in die letzte Silbe! Problem: Er nuschelt. Oder der Schreiner Schnock. Der braucht nur »Die Pferde sind gesattelt« zu sagen, und im Zuschauer geht eine Welt auf. Meistens halten sich die Zuschauer die Ohren zu, weil Schnock ein Organ hat, das das Schmalz gefrieren läßt. Oder Flaut, der Bälgenflicker. Muß gezielt eingesetzt werden, der Mann, aber wenn, dann trifft er.

In Frauenkleidern wirkt er wie ein Medikament, beruhigend, sehr beruhigend.

Der Meister der »Meisters« aber heißt Nicklas Zettel. Er ist von Beruf Weber. Stellt diesen Mann auf die Bretter, und er webt aus Worten alles! Tragödie genauso wie Komödie! Es gibt keinen Stoff, aus dem er nicht ein Segel machen kann, das ein kundiges Publikum zu Stürmen hochreißt. Nicklas Zettel ist ein Genie.

Nun werden die Rollen verteilt. Keine Frage: Zettel kriegt den Pyramus. Er könnte ebensogut die Thisbe spielen oder Thisbes Mutter oder Pyramus' Vater, er könnte auch die Rolle des Löwen übernehmen – so viel sei jetzt schon verraten: Ein Löwe kommt auch vor.

»Das wäre doch einmal ein interessantes Experiment«, sagt er. »Radikal: Alle Personen werden von einem einzigen Schauspieler gespielt!«

»Dann braucht es keine Theatergruppe«, sagt Flaut, der Bälgenflicker.

»Dann können wir ja wieder gehen«, sagt Schnock, der Schreiner.

Nein, es bleibt dabei: Zettel gibt den Pyramus. Flaut die Thisbe. Schnock den Löwen.

Diese Theatergruppe ist gut, verdammt gut sogar. Da gibt es Neider. Klar. Die Konkurrenz schläft nicht. Da gibt es Spione. Die schleichen sich an, verschanzen sich vor dem Werkstattfenster, Ohren wie Saugnäpfe, machen sich Notizen. Und dann wird geklaut. Deshalb beschließen die »Meisters«, die Proben nicht in der Stadt, sondern draußen im Wald abzuhalten, nachts im Wald.

Nachts im Wald herrscht Oberon, der Elfenkönig. Er teilt sich die Herrschaft mit seiner Gemahlin Titania. Sein

Atem streicht über die Bäume und Sträucher, über die Farne und die eifrigen Käfer. Titania dirigiert die Elfen, lenkt ihre Bahnen, setzt ihr Gewisper in Dur und Moll. So ergänzen sich König und Königin.

In der Zeit, in der unsere Geschichte spielt, streiten Oberon und Titania allerdings. Das kommt manchmal vor. Alle paar hundert Jahre einmal. Die Königin hatte plötzlich eine andere Meinung. In welcher Sache? In einer Elfensache. Wenn wir sterblichen Ehepaare streiten, dann sagt man: Der Haussegen hängt schief. Wenn Fürst und Fürstin des Elfenreichs streiten, dann ist die Harmonie der Natur gestört.

Das mag Oberon nicht, das kann er nicht leiden. Streit ist nicht notwendig. Es ist nicht notwendig, daß Titania eine andere Meinung hat. Was soll es überhaupt Meinungen geben in der Natur? Was für eine Meinung hast du über den Apfel? Darf ich deine Meinung über den Tannenzapfen hören? Hat Oberon etwa Meinungen? Er kennt nur Notwendigkeiten. Oberon mag nicht streiten. Aber er liebt Titania, und er möchte ihr nicht befehlen. Er will ihr demonstrieren, wohin es führt, Meinungen zu haben.

Oberon erinnert sich: Einst sah er den kleinen Gott Amor. Der war verliebt. Und wie verliebt er war! In eine Jungfrau, die Beeren pflückte im Wald. Oberon sah das sonst so fröhliche, pausbackige Gesicht des Amor abgezehrt, die Augen voll Gier, sah, wie ihm die Hände zitterten. Amor zog einen Pfeil aus seinem Köcher, wollte ihn auf die Jungfrau abschießen. Aber seine Hand zitterte so sehr, daß er nicht traf. Die Jungfrau merkte von all dem nichts. Sie pflückte Beeren, drei ins Körbchen, eines ins Mündchen. Statt die Jungfrau zu treffen, traf der

Pfeil eine Blume. Es war das kleine Stiefmütterchen. Oberon untersuchte die Blume und stellte fest, daß sie durch Amors Pfeil zu einer Zauberblume geworden war. Wenn man ihren Stengel auspreßte und den Saft einem Schlafenden aufs Augenlid träufelte, dann verliebte er sich nach dem Aufwachen in das nächste Wesen, das er sah. Ganz gleich, ob dieses Wesen ein Mensch oder ein Tier war.

Oberon ruft seinen Diener. Puck heißt der Diener. Er ist durchaus ein guter Geist, aber eben nicht nur ein guter Geist. Er ist auch ein böser Geist, aber eben nicht nur ein böser Geist. Er ist vor allem ein unberechenbarer Geist. Puck sagt über sich selbst: »Bevor ein Mensch sich auch nur einmal um seine eigene Achse drehen kann, habe ich schon viermal die ganze Welt umrundet.«

»Mein Puck«, sagt Oberon. »Such mir die Zauberblume! Bring mir ein Sträußchen!«

Puck rast los.

Oberon hat den Puck gern um sich. Er ist Feuer und Wasser, Wurzel und Ast, Sturm und Stein, Frost und glühender Augustnachmittag. Er ist Natur im Zeitraffer. Oberon hat ihn gern um sich, aber lange hält er ihn nicht aus. Oberon liebt die Natur in Zeitlupe. Die Blüte, die sich am Abend schließt. Das Moos, wie es an den Windschattenseiten der Bäume hinaufwächst. Der Stein, der im Bach vom Wasser poliert wird. Nach einer Minute mit dem Puck benötigt Oberon eine Stunde für sich allein. Aber heute nacht wird Oberon diese Stunde nicht gegönnt. Die Ruhe der Nacht und des Waldes wird gestört.

Was für ein Lärm! Der Choleriker und die Unglückliche sind unterwegs. Demetrius und Helena. Die beiden sind unterwegs, um die Glückliche und den Phlegmatischen zu stellen. Demetrius stapft vorneweg, Helena hatscht hinter ihm drein.

Einen Zorn hat Demetrius! Einen Kopf, rot wie ein Brennhafen. »Du!« schnaubt er. »Du hast mich doch nur in den Wald gelockt, damit du mit mir allein sein kannst! Wo ist da ein Lysander, ha? Wo ist da eine Hermia? Ich sehe nichts! Ich höre nichts!«

»Aber Hermia hat es mir doch gesagt ...«, wimmert Helena.

»Du lügst doch nur!«

Den Lärm macht Demetrius ganz allein. Helena trägt nichts dazu bei. Er flucht und stampft auf, beschimpft das Lämmchen, das hinter ihm hertrottet – obwohl er gar nicht schnell geht und sie ganz leicht neben ihm gehen könnte, was natürlich bei weitem weniger Mitleid auslöste. Aber Mitleid kennt Demetrius nicht. Und ein Benehmen hat er auch keines. Er schimpft und schimpft.

»Ich glaube, du hast noch nie einen Menschen so beschimpft wie mich«, klagt Helena.

»Ja, das glaube ich auch!«

Andererseits ist es ja auch eine Art von Bevorzugung, sagt sich Helena.

Für Oberon, den König der Harmonie, ist es nur Lärm. Von den Kompliziertheiten, Verrücktheiten und Verkehrtheiten der menschlichen Seele weiß er nichts. Er hört Lärm und sieht Unglück. Beides stört die Harmonie. Das mag er nicht.

Als der Puck mit dem Zauberblumenstrauß kommt, zupft Oberon ein Blümchen samt Stengel heraus, gibt es dem Puck und sagt: »Da, in diese Richtung geh! Wirst einen Mann und eine Frau treffen. Sie tragen Kleider, wie es die jungen Athener gern mögen. Daran wirst du sie erkennen. Der Mann ist böse. Er beschimpft die Frau. Sie weint. Er riecht streng. Sie hält Abstand von ihm. Warte ab, bis sich die beiden schlafen legen, dann träufle dem Mann den Saft auf die Augen.«

»Und wenn sie sich nicht schlafen legen?«

»Zorn macht müde, und einem Zornigen zuhören zu müssen, das macht auch müde. Sie werden sich schlafen legen.«

Der Puck rast los. Gern tut er, was ihm sein König befiehlt. Oberon hat interessante Befehle, findet der Puck.

Es ist Nacht, und Titania liegt in ihrem Feenbett und schläft. Oberon betrachtet sie zärtlich. Keine andere Meinung kräuselt ihre Stirn. Keine Meinungen dringen aus ihrem schönen Mund. So will Oberon seine Titania haben. Er streichelt ihr übers Haar, und dann träufelt er ihr den Saft aus dem Stengel des Stiefmütterchens auf die Augenlider. Was wird das erste sein, das sie sieht, wenn sie ihre Augen öffnet? Ein Käfer? Ein Wurm? Eine Amsel? Sie wird sich verlieben!

Doch längst ist nicht Ruhe im Wald. Das glückliche Paar tritt auf, Hermia und Lysander. Die beiden haben sich im Wald verirrt. Eigentlich wissen sie gar nicht, wohin sie wollen.

»Lysander«, sagt Hermia.

»Ja?«

»Was meinst du? Ist es nicht besser, wir legen uns ins Moos und schlafen, bis es hell wird?«

»Ja.«

»Du kannst es ruhig sagen, wenn du heute einmal anderer Meinung bist.«

»Ja.«

Sie legen sich ins Moos. Lysander will sich an Hermia schmiegen.

Sie sagt: »Findest du nicht, es ist besser, wenn wir damit warten?«

»Ja-a.«

»Wir machen es folgendermaßen«, sagt sie. »Hier ist ein Farnbusch. Du legst dich auf die eine Seite, ich lege mich auf die andere Seite. Was hältst du davon?«

»Ja-a-a.«

Und dann schlafen sie ein.

Da kommt der Puck und sieht die beiden. Mann und Frau sind sie. Athenisch gekleidet sind sie auch. Aha. Und er verwechselt den Lysander mit dem Demetrius; das heißt, er verwechselt nicht, er kennt ja weder den einen noch den anderen. Er hängt sich an einen Ast und träufelt dem schlafenden Lysander den Zaubersaft aufs Augenlid.

Demetrius und Helena stapfen immer noch durch den Wald. Demetrius ist inzwischen so böse, so unverschämt zu Helena, daß nicht einmal sie es mehr ertragen kann.

»Ich gehe nicht weiter«, sagt sie.

Aber Demetrius kennt keinen Bahnhof: »Nicht mehr weiter willst du gehen? Das ist das Schönste, was ich je aus deinem Mund gehört habe! Ich habe dich nicht gebeten, mit mir zu kommen! Bleib stehen, und halt deinen Mund! Wunderbar!«

»Aber«, schluchzt Helena, »es ist so dunkel hier!«

»Das ist das Beste des ganzen Abends, daß es dunkel ist. Da muß ich dich wenigstens nicht sehen.«

»Und wenn mich die wilden Tiere fressen?«

»Die werden sich hüten!«

»Und wenn sie es doch tun?«

»Dann Hut ab vor ihrem Mut!«

Und schon ist er davon. Der Ungehobelte rumpelt durchs Gezweig. Helena sieht ihn nicht mehr. Nur schimpfen hört sie ihn noch. Und dann hört sie ihn auch nicht mehr schimpfen. Sie setzt sich auf den Waldboden und krallt ihre Finger in die Erde. Bohrt ihre Augen ins Schwarze. Hat Angst. Nie in ihrem Leben war sie so allein.

Zorn macht müde. Da hat Oberon recht. Irgendwann ist der Zornbuckel zu hoch, so daß ihn die Beine nicht mehr tragen können. Demetrius haut sich zwischen die Tannen und schnarcht. – Wieder keine Ruhe im Wald!

Oberon hat inzwischen mitgekriegt, daß sein Puck die Sache vermasselt hat, daß er dem Falschen den Saft auf die Augenlider geträufelt hat. Dem Stillen anstatt dem Lauten. Oberon will den Fehler korrigieren. Er kniet sich neben den sägenden Demetrius und preßt den Zaubersaft aus dem Stengel des Stiefmütterchens auf seine Augen.

Am unglücklichsten ist Helena. Das wäre weiter nicht schlimm, sie ist ja vernarrt ins Unglück. Nur: Unglück bei Nacht im Wald ist etwas anders als bei Tag in der Stadt. Und Unglück allein hat sowieso keinen Sinn. Wenn niemand da ist, den man damit beeindrucken kann. Sie will nach Hause. Aus dieser Richtung sind wir gekommen, denkt sie. Oder aus der anderen Richtung? Sie will nicht mehr die Augen ins Schwarze bohren und die Finger in die Erde krallen. Sie fürchtet, sie könnte Wurzeln schlagen. Im Wald ist alles möglich. Wenn irgendwo der Zauber wohnt, dann im Wald. Auf allen vieren kriecht sie durch die Dunkelheit. Ihr Atem klingt wie Schnaufen. Schnauf ich so? Oder schnauft jemand neben mir?

Und dann hätte sie beinahe laut aufgeschrien. Ihre Hand hat etwas berührt! Fühlt sich wie ein Fuß an. Es ist ein Fuß! Ein Fuß, der in einem Schuh steckt. Ein Schuh mit Schnallen. Knöchelhoch. Lysander trägt solche Schuhe. Und sind das Hosen? Ja, das sind Hosen. Typische Athenerhosen.

Und da schickt barmherzig der Mond ein paar Strahlen hernieder.

Es ist Lysander, der hier liegt! Neben einem Farnbusch liegt er und schläft. Helena weint vor Glück. Und sie schämt sich gar nicht dafür. Ihr Leben lang hat sie sich für Glückstränen geschämt. Die waren zwar selten geflossen; aber wenn, dann hat sich Helena rasch das Gesicht trocken gerieben. Oder hat sie uminterpretiert in Tränen des Unglücks.

»Lysander!« ruft sie. »Wach auf! Ich bin es, Helena!«

Und Lysander? Er wacht auf. Reibt sich die Augenlider. Öffnet die Augen. Die verzauberten Augen. Und was sieht Lysander?

»Helena!«

»Ja, ich bin's!«

»Du Wunderschöne!«

»Was?«

»Geliebte!«

»Wie bitte?«

»Du Privilegienarchiv der Natur!«

»Träumst du?«

»Verketten will ich mein Herz mit deinem!«

»Spinnst du?«

»Ich liebe dich, Helena!«

»Seit wann?«

»Seit immer!«

Der Saft der Zauberblume wirkt.

Helena glaubt, Lysander verspottet sie. Sie läuft davon. Spott tut wirklich weh. Mehr als das Unglück. Und Spott macht angst. Mehr als der Wald. Sie läuft hinaus ins Schwarze. Und Lysander läuft hinter ihr her. Er kann nicht anders. Kein freier Wille ist mehr in ihm. Nur Notwendigkeit.

Da erwacht Hermia auf der anderen Seite des Farnbuschs. Und sie sieht: In dieser Welt gibt es nichts zu wünschen. Hier gibt es kein Immer, kein Alles und kein Sofort. Hier ist Hermia allein, ganz allein.

»Hallo?« ruft sie verzagt. »Hallo?« Und tastet sich durch die Dunkelheit. Irgendwohin.

Nicht weit auf einer kleinen Lichtung haben sich die »Meisters« versammelt, um die tragische Komödie von Pyramus und Thisbe zu probieren. Da wird am Text gefeilt und über Regie diskutiert. Nicklas Zettel, das Genie, hat Einwände. Die werden gehört. Wenn einer etwas von Theater versteht, dann Nicklas Zettel.

»Mein lieber Peter Squenz«, spricht Nicklas Zettel, »ein unsterbliches Stück hast du verfaßt. Aber ich sehe auch Schwierigkeiten.«

»Und was für Schwierigkeiten siehst du, Nicklas?«

»Die Damen, Peter Squenz, die Damen!«

»Aber in unserem Ensemble sind doch keine Damen.«

»Im Ensemble nicht. Aber im Publikum. Die Damen werden sich erschrecken, wenn sich Pyramus am Schluß das Schwert in den eigenen Bauch stößt.«

»Da hat der Weber recht«, sagt Schnauz, der Kesselflicker.

»Man sollte eine Vorrede schreiben«, sagt Zettel. »Mit Inhalt, daß das Schwert nicht echt ist. Und daß Pyramus es sich in Wirklichkeit gar nicht in den Bauch stößt.«

»Das ist gut«, sagt Peter Squenz und macht sich Notizen.

»Vielleicht sollte in der Vorrede sogar ausdrücklich darauf hingewiesen werden, daß Pyramus nicht der wirkliche Pyramus ist, sondern daß ich ihn in Wirklichkeit nur spiele, ich, Nicklas Zettel, der Weber.«

»Das ist gut«, sagt Peter Squenz.

»Und dann noch der Löwe«, fährt Nicklas Zettel fort.

»Was ist mit dem Löwen?« fragt Schnock, der Schreiner, der sich auf diese Rolle so prächtig vorbereitet hat. »Der darf doch auf keinen Fall fehlen.«

»Er sollte nur ein halbes Kostüm tragen«, legt Nicklas Zettel dar. »Man muß das Kostüm in der Hälfte auseinanderschneiden. Damit die Damen sehen, es ist kein richtiger Löwe, es ist Schnock, der Schreiner. Rechts der Löwe, links der Schnock. Oder umgekehrt.«

»Aber brüllen muß ich dürfen«, protestiert Schnock.

»Aber nur nach einer Vorrede.«

»Noch eine Vorrede?« fragt Peter Squenz.

»Dringend! Wenn Schnock, der Schreiner, brüllt«, gibt Nicklas Zettel zu bedenken, »dann würde ohne Vorrede selbst ein Löwe in Ohnmacht fallen.«

Das sehen alle ein. Nicklas Zettel, das Genie, hat eben ein Gespür fürs Theater wie sonst keiner.

Und dann beginnt die Probe. Zuerst tritt Thisbe auf. Man will ja nicht gleich am Anfang das ganze Pulver verschießen. Das ganze Pulver ist Nicklas Zettel. Sein Auftritt soll vom Publikum ersehnt werden. Also wartet Zettel hinter der Kulisse. Das heißt: hinter einem Baum.

Und wie er da hinter dem Baum steht und auf sein Stichwort wartet, schleicht sich der Puck heran. Leise wie Taubenflaum. Und berührt den Kopf des Genies mit seinem Zauberfinger. Und: Zack! Ohne daß Nicklas es merkt, verwandelt sich das Haupt des Webers in einen Eselskopf.

Und dann fällt das Stichwort.

Nicklas tritt vor: »O Nacht, so schwarz von Farbe ...«

Die Freunde kreischen, werfen sich die Hände vors Gesicht und rennen davon.

»He! Wollt ihr einen Spaß mit mir machen?«

Das hat der Zettel gern, wenn man einen Spaß mit ihm macht. Auch wenn so ein Spaß die Probe aufhält. Und er läuft ihnen nach. Durch den dunklen Wald. Er fühlt, daß ihm der Kopf schwer wird. Aber das kann vorkommen.

Und dann stolpert Nicklas Zettel. Worüber stolpert er? Über eine Wurzel? Einen Stein? Nein – er stolpert über die Königin Titania, die da in ihrem Elfenbett liegt und schläft. Sie wacht auf, reibt sich die Augen – was klebt denn da auf den Lidern? Sie öffnet die Augen, und was sieht sie vor sich? Einen wunderschönen Mann mit einem wunderschönen Eselskopf! Und sie verliebt sich in ihn. Umarmt ihn. Schmeichelt dem Zettel, wie ihm noch nie eine Frau geschmeichelt hat. Und Nicklas Zettel ist ja nicht nur ein Genie, er ist auch ein Mann.

»Komm mit mir«, säuselt Titania.

Und Nicklas Zettel geht mit ihr. Und läßt sich von den Elfen verwöhnen. Und Elfen können verwöhnen, wie Menschen es niemals können, nicht einmal auf dem Theater ...

Oberon hat alles beobachtet. Esel allein wäre schon gut gewesen, denkt er, aber Mann mit Eselskopf ist besser. Das wird der Gemahlin zeigen, wohin es führt, Meinungen zu haben.

Helena, die Unglückliche, läuft immer noch vor dem liebestollen Lysander davon. Angst hat sie, aber inzwischen auch schon eine Wut. Nein, verspotten will sie sich nicht lassen! Bemitleiden, ja. Verspotten, nein. Klar ist es schön, wenn ein Mann so verrückt nach einem ist. Aber es muß glaubwürdig sein. Muß sich entwickeln. Hier ein Wort, da ein Wort, hier ein Blick, da ein Blick, dann Briefe und Geschenke und so weiter. Helena ist schließlich nicht Hermia. Sie will nicht alles, jedenfalls nicht immer und schon gar nicht sofort.

Und dann stolpert auch sie. Nicht über eine Wurzel, nicht über einen Stein. Sie stolpert über Demetrius, der da liegt und seinen Zornbuckel niederschnarcht.

Demetrius wacht auf. Er reibt sich die Augen, öffnet sie.

»Helena!« Völlig ungewohnter Ton in der Stimme, widerlich süß irgendwie. »Helena, meine Helena!«

So kann man ihr nicht kommen, nicht einmal am hellichten Tag in der heimeligen Stadt könnte man ihr so kommen. Wie gesagt, plötzlichen Liebesausbrüchen mißtraut die im Unglück Geübte. Im nächtlichen Wald mißtraut sie sowieso allem. Vor allem dem Säuselton jenes Mannes, der sie noch vor keiner halben Stunde beschimpft hat wie noch niemand auf der Welt.

»Helena«, schmachtet Demetrius weiter, »meine Helena!«

»Du willst mich also auch verspotten?«

»Ich liebe dich!«

»Wie bitte?«

»Ich liebe dich, Helena, meine Helena.«

»Viele Worte gibt dir diese Liebe aber nicht ein.«

Helena hätte den Demetrius gern gefragt: Was bin ich für dich? Womit läßt sich die Schönheit meines Gesichtes vergleichen? Womit die Eleganz meiner Figur? Womit der Duft meines Mundes? Was würdest du alles für einen Kuß von mir tun? Was für eine Umarmung? Was für eine Umbeinung? Sie hätte ihm die hübschesten Worte in den Mund gelegt. Aber es soll dieses Glück nicht für sie sein.

Lysander braust durch den Forst auf sie zu. »Verschwinde, Demetrius!« donnert er, der bisher nur ja gesagt hat. »Helena gehört mir!«

Hermia, die Alleingelassene, das verwöhnte Fräulein, hat sich weiter durch die Dunkelheit getastet. Sie will heim, alles tun, was der Papa will. Nur hinaus aus diesem Wald. Da hört sie Männergebrüll, denkt sich: Wo Männergebrüll, dort Zivilisation. Und was sieht sie? Lysander und Demetrius, beide kniend! Und vor wem? Vor Helena! Brüllen um die Wette ihre Brunft in Helenas Ohren. Ihr Lysander, der ihr schon tausendmal ein Jawort gegeben hat. Und Demetrius – gut, sie wollte ihn nicht; aber das heißt doch nicht, daß er eine andere wollen darf.

»Gelte ich denn gar nichts mehr?« ruft sie. Und weil niemand antwortet, sagt sie es noch einmal, und diesmal sehr, sehr laut und sehr, sehr deutlich: »Ob – ich – jetzt – gar – nichts – mehr – gelte?« Sie wartet die Antwort nicht ab, stürzt sich auf Helena, reißt sie an den Haaren und zerrt sie nieder. Und Lysander zerrt Demetrius nieder. Und alle Harmonie ist dahin.

»Puck!« ruft Oberon. »Mach, daß sie schlafen. Alle. Und zwar sofort!«

Das kann der Puck und macht es.

Und dann wird sortiert. Lysander neben Hermia. Gesicht an Gesicht, eng. Damit beim Aufwachen kein Blick etwas anderes treffen kann. Demetrius neben Helena. Gesicht an Gesicht.

»Puck! Mach, daß Titania und ihr Esel schlafen. Und dann bring sie her!«

Auch das kann der Puck und macht es.

Oberon beugt sich über die Paare und träufelt auf die Augenlider Gift und Gegengift nach Bedarf und Ordnung.

Und endlich herrscht Ruhe im Wald. Aber nur noch wenig von der lieben Nacht ist übrig.

Als Eos, die Morgenröte, die Rosenfingrige, die Safrangewandete, ihr Haupt erhebt, erwacht Titania. Sie reibt sich die Augen und öffnet sie. Und was sieht sie neben sich liegen? Einen Mann mit Eselskopf!

»Alles ist Notwendigkeit«, begrüßt sie Oberon, »nichts ist freier Wille.«

Und Titania sieht ein, daß Meinungen nicht ins Elfenreich gehören, jedenfalls nicht andere Meinungen.

Der Puck nimmt dem Nicklas Zettel den Eselskopf vom Hals und setzt ihm das Haupt des Genies wieder auf, und Nicklas Zettel erwacht.

»Wenn ich jetzt der Squenz wär!« ruft er aus. »Ich könnte es niederschreiben! Was der Mensch so zusammenträumt! Ein Roman war das! Ein Buch so groß wie ein Grabstein! Dreispaltig gedruckt! Und den Titel hätte ich auch schon: Zettels Traum.«

Da ertönt das Jagdhorn. Theseus beginnt den Tag seiner Hochzeit mit dem Abschießen von Tieren. Und Zettel eilt in die Stadt, zu den »Meisters«. Wo sind sie denn? Wir müssen probieren für den Wettbewerb!

Das Jagdhorn schmettert, und die Schlafenden erwachen. Demetrius öffnet die Augen, sieht Helena, verliebt sich, umgekehrt dito. Lysander öffnet die Augen, sieht Hermia, verliebt sich, umgekehrt dito. Alles, wie es sich gehört.

Theseus entscheidet: »Dann soll es so sein! Und damit es so bleibt, wird dreifach Hochzeit gefeiert.«

Jedenfalls herrscht Ordnung. Harmonie ist ohnehin mehr etwas für den Kirchenchor.

Meine Damen und Herren, es ist mir ein großes Vergnügen, Ihnen mitteilen zu dürfen, daß unsere »Meisters« den Theaterwettbewerb gewonnen haben.

Auf der königlichen Einladung steht: »Ein kurz langweiliges Stück vom jungen Pyramus und seiner Geliebten Thisbe. Spaßhafte Tragödie.«

Und das ist der Inhalt: Pyramus, ein junger Mann, liebt Thisbe, eine junge Frau, sie können nicht zueinander kommen, denn zwischen ihnen steht eine Wand. – Diese Wand wird dargestellt vom Kesselflicker Tom Schnauz. Der kann eine Wand spielen wie sonst keiner. – Durch eine Ritze in der Wand tauschen Pyramus und Thisbe ihre Liebesworte aus. – Auch die Ritze wird dargestellt von Tom Schnauz, dem Kesselflicker. Der kann eine Ritze spielen wie sonst keiner. – Pyramus und Thisbe verabreden, sich auf dem Friedhof zu treffen. Denn einmal wollen sie einander umarmen. Thisbe ist zuerst da. Ein Löwe erscheint – Schnock, der Schreiner mit halbem Kostüm und entsprechender Vorrede –, der Löwe fällt Thisbe an, reißt ihr das Kleid vom Leib, sie flieht. Dann kommt Pyramus, findet das zerrissene Kleid, denkt, Thisbe ist vom Löwen zerrissen worden, nimmt sein Schwert und tötet sich selbst – ebenfalls nach einer Vorrede. Thisbe kommt zurück, sieht den toten Pyramus, nimmt ihm das Schwert aus der Hand und tötet sich ebenfalls selbst. Ende des Stückes.

Das Publikum? Ein lahmer Haufen. Theseus hat die ganze Zeit mit seinem alten Kumpan Egeus politisiert, nicht ein einziges Mal hat er auf die Bühne geblickt. Hippolyta bockt sowieso den ganzen Abend über. Lysander? Immer den Körper leicht schräg an Hermia gelehnt, die ihm Aufgaben ins Ohr zischt, und er immer und zu allem und sofort sein »Ja, ja«. Nur Demetrius und Helena haben zugeschaut und zugehört. Wäre aber besser gewesen, sie hätten nicht. Nur saudumme Bemerkungen! Den ganzen Abend lang. Kein gutes Haar haben sie an dem Stück gelassen und keines an der Regie, und an den Schauspielern sowieso nicht. Beim Sterbemonolog des Pyramus haben sie herausgeprustet, daß sich Zettel das Gesicht abwischen mußte.

»Waren wir nicht gut?« fragt Peter Squenz besorgt, als der Vorhang fällt.

»Wir waren gut«, versichert ihm Nicklas Zettel. »Und wir werden immer besser. Und, lieber Peter Squenz, wir werden unser Können an unsere Kinder weitergeben. Und die werden wie wir Theater spielen und neues Können erwerben und es an ihre Kinder weitergeben. Und wenn das Athener Publikum sich nicht grundlegend bessert, dann werden die Kinder unserer Kindeskinder eines Tages das Land verlassen, um auf einer fernen Insel vor einem besseren Publikum zu spielen ...«

Und auf dieser fernen Insel, so wollen wir die Geschichte des Nicklas Zettel, die eine Trostgeschichte für seinen Freund Peter Squenz sein soll, weiterspinnen –, auf dieser fernen Insel wird ein Städtchen sein mit dem Namen Stratfort-upon-Avon, und dort werden ferne Nachfahren unseres genialen Webers einen Sohn zur Welt bringen. Und der … der …

Aber am Ende ist fast alles gut. Für eine Nacht jedenfalls. Vielleicht für eine Nacht. Vielleicht aber nicht einmal für eine Nacht. Denn der Puck schwirrt über das Land und taucht in die Häuser hinein. Klappert in der Küche. Knackt im Gebälk. Hustet in Zimmern, in denen keiner schläft. Manche Menschen streichelt er, manche Menschen kitzelt er, manchen haut er auf den Schädel, daß sie meinen, sie hätten geträumt. Manchen zieht er die Augenlider auseinander und schlüpft hinein, so daß sie brennende Häuser sehen oder Rohrbrüche oder Blumenwiesen. Manchen Menschen schlüpft er ins Ohr, so daß sie Wölfe heulen und Löwen brüllen hören. Und manche Menschen ignoriert er. Die werden tief schlafen, bis diese Sommernacht an ihr Ende gekommen ist.

Timon von Athen

In Athen lebte ein Mann, der hieß Timon. Er war reich. Er war sehr reich. Die Leute sagten: »Sehr-Reich ist erst der Vorname.« Es hieß, er verfüge über Quellen, die nie versiegen. Und solche Quellen hatte Timon auch dringend nötig, denn er gab viel Geld aus. Er ließ sich ein Haus bauen, einen Palast, und er ließ den Palast mitten in die Stadt bauen, direkt an die lange schöne Seite des Marktplatzes.

In der Mitte des Palastes war ein Saal. Die Deckengewölbe zeigten Fresken vom Kampf um Troja – die Ankunft der griechischen Schiffe, prächtig schimmerten die Rüstungen in der Morgensonne; Agamemnons Raub der Chryseïs; Apollo, der seine Pestpfeile ins Lager der Griechen abschießt; Diomedes verletzt den Kriegsgott Ares; der Tod des Patroklos; zuletzt der Zweikampf zwischen Achill und Hector. Die besten Maler des Landes waren ein Jahr lang auf den Gerüsten gelegen. »Nicht einmal der Senat, und stünde ihm die gesamte Staatskasse zur Verfügung, könnte sich solche Ausschmückung des Rathauses leisten«, hieß es.

Und wozu diente dieser prächtige Saal? Er war ein Geschenk Timons an seine Freunde. Hier sollten sie essen, trinken, Musik hören, Gespräche führen. Wann immer sie wollten. Tag und Nacht war Timons Haus für seine Freunde geöffnet. Und wer waren die Freunde des Timon? Alle. Jeder Bürger der Stadt Athen war Timons Freund. Oder anderes: Timon war der Freund eines jeden Athener

Bürgers. Sicher, es gab welche, die wollten das gar nicht. Am Anfang waren es noch recht viele, die keinen Wert auf Timons Freundschaft legten. »Aber dann«, hieß es, »haben sie sich doch von Timons Liebe überzeugen lassen.« Timons Liebe? Ja, das waren seine Worte: »Ich liebe meine Freunde.« Und wer seine Freunde liebt, der gibt. Und nie hat ein großzügigerer Mann gelebt als Timon von Athen.

Die Bürger kamen in Timons Haus, setzten sich an die riesige Tafel im großen Saal, betrachteten die Fresken auf dem Deckengewölbe; aßen, tranken, hörten Musik, unterhielten sich. Alles gratis. Zwei Dutzend Köche standen in Timons Dienst. Die Lieblingsspeisen der besten Freunde warteten Tag und Nacht darauf, daß es den besten Freunden danach gelüstete. Ein Heer von Dienern sorgte dafür, daß die Wünsche der Freunde umgehend erfüllt wurden.

Und noch etwas: Wenn da einer meinte – und am Anfang gab es einige, die das meinten –, daß Timon den dikken Onkel mit der fetten Brieftasche spielte, also: von oben herab, gönnerhaft, großkotzig, der mußte nur einmal in Timons Haus gehen, um sich vom Gegenteil zu überzeugen. Jeden einzelnen begrüßte der Hausherr mit Handschlag, erkundigte sich nach seinem Wohlergehen, hörte zu, legte die Hand auf die Schulter des Gastes, wies ihm persönlich einen Platz an der Tafel zu. Einen hervorragenden Platz. Es gab nur hervorragende Plätze. Jeder, der auch nur einmal bei Timon war, mußte den Eindruck gewinnen: Der mag mich, der mag mich ganz besonders.

Kritiker gab es natürlich auch, gibt es überall. Und weil sie rein gar nichts finden konnten, stellten sie die alten Fragen immer wieder und noch einmal: Woher hat der Timon so viel Geld? Wer ist dieser Timon überhaupt? »Da gibt's kein Geheimnis«, wurde ihnen geantwortet. »Wer's wissen will, dem werden wir's erzählen!«

Timon war einst General, wurde erzählt. Er war oberster Heerführer von Athen. Er hat die Feinde Athens geschlagen, zerhauen, zerrieben auf alle Ewigkeit. Und er hat für Ruhe und Sicherheit in der Stadt gesorgt. Zu seiner Zeit konnte einer bei Nacht und Nebel durch die Straßen von Athen gehen, die Geldbörse offen auf der Hand, und wenn er Lust hatte, konnte er laut vor sich hinsagen: »Diebe! Wo seid ihr? Ich hab Geld in der Hand!« Es gab keine Diebe. Es gab keine Diebe in Athen, als Timon die Sicherheitspolitik der Stadt verantwortete, und keine Meuchler, keine Betrüger und keine Verächter.

Athen war groß und reich. Und es wurde größer und reicher. Denn Timon zog aus und eroberte fremde Länder und fremde Kassen. Und damals – so hieß es – sei eben auch einiges für ihn abgefallen. Das habe er gut angelegt. Und dies seien die Quellen, die nie versiegen. Und wen speisen heute diese Quellen? Die Freunde des Timon. Und wer sind die Freunde von Timon? Die Bürger von Athen. Also komme sogar das, was damals für ihn abgefallen ist, heute der Stadt zugute.

»Ein Menschenfreund?«

»Wie es keinen vor ihm gab und keinen nach ihm geben wird.«

»Und warum liebt er die Menschen?«

Wer das fragt, bekommt einen empörten Blick. Andererseits – seien wir ehrlich – liegt Menschenliebe nicht unbedingt auf der Hand.

Es gibt eine Geschichte über Timon: Nach seinem letzten Sieg über die Feinde Athens wurde ihm die größte

Ehre der Stadt zuteil. Eine Feier wurde organisiert, bei der jeder Senator eine Rede hielt. Das ging stundenlang und war wunderbar – wenn auch ein wenig anstrengend zum Schluß hin. Und nach der Feier saßen Timon und einige Vertraute beisammen und diskutierten. Es ging um Ehre. Und alle waren der Meinung, Ehre sei ein Verdienst, Ehre müsse man sich erwerben; wer geehrt werden will, muß etwas dafür tun. Der muß in Ehre investieren. Aber wenn man investiert, kriegt man mehrfach zurück. Der beste Beweis für diese These war Timon. Und dann fragte einer, wie das mit der Liebe sei. Ob Liebe auch ein Verdienst sei. Ob man in die Liebe ebenso investieren könne wie in die Ehre. Die Mehrheit der Anwesenden sagte ja.

Ja, selbstverständlich, auch die Liebe könne erworben werden. Wer sich darum bemüht, der bekommt sie. Alles andere wäre ungerecht. Aber einen gab es, der stritt das ab. Die Liebe ist eine Gnade, sagte der. Du kannst dich um sie bemühen, sosehr du willst. Wenn sie dir geschenkt wird, dann bestimmt nicht, weil du dich um sie bemüht hast. Die Liebe ist kein Verdienst. Es gibt Menschen, die werden geliebt, ohne daß sie es verdienen. Und es gibt Menschen, die werden nicht geliebt, obwohl es gerecht wäre, sie zu lieben. Liebe kennt keine Gerechtigkeit. Liebe kennt keine Dankbarkeit. Man kann nicht in Liebe investieren. So sprach der eine.

Und Timon, heißt es, sei empört gewesen. Nie habe man Timon so aufgebracht gesehen. »Wer liebt, wird zurückgeliebt!« habe er ausgerufen. »Das ist ein Gesetz!«

Von nun an, so erzählte man, habe Timons Leben nur noch einen Sinn gehabt, nämlich, diese These zu beweisen.

So besuchen die Bürger von Athen das Haus des Timon. Der eine schaut einmal in der Woche vorbei, der andere kommt jeden Tag. Nicht wenige kann man zum Frühstück und zum Mittagessen hier antreffen. Die meisten aber nehmen ihr Frühstück, ihr Mittagessen und ihr Abendbrot im Haus des Timon ein. – »Er hat doch so eine Freude, uns zu sehen!« – Und dann kommen sie selbstverständlich auch in der Nacht, wenn getanzt und gesungen wird. – »Was würde sich Timon denken, wenn wir plötzlich nicht mehr kämen! Es wäre ein Affront!«

Da ist zum Beispiel der Dichter. Der hat einen festen Platz an der Tafel. Mit Namensschildchen aus Messing hinten an der Lehne – eine kleine Aufmerksamkeit von Timon. Timons Gegenwart inspiriert den Dichter. Selten, daß eine Woche vergeht, ohne daß er eine Ode mitbringt, die er auf Timon verfaßt hat. Die liest er dann vor dem Nachtisch vor, und nach dem Nachtisch übergibt er sie Timon. Timon besitzt schon eine dicke Mappe voll von Oden. Nur Autographen, nichts Getipptes!

Oder der Maler. Er hat schon lange ein Gemälde versprochen. Aber so einfach ist es nicht, einen Mann wie Timon in Leinwand und Öl zu übersetzen. Das braucht Zeit. Und viele Studien. Aber heute endlich ist es soweit, das Bild ist fertig. Auf dem freien Markt würde es einen Spitzenpreis erzielen. Aber der Maler sagt: »Dieses Bild gehört Timon. Ich schenke es ihm.«

Oder der Juwelier. Er kennt Timons Schwäche für schöne kleine Dinge. Er hat eine Schatulle mit Edelsteinen mitgebracht. »Ich bin ein Geschäftsmann«, sagt er. »Zum Verschenken habe ich nichts.« Er sagt es laut und in die Runde. Alle sollen hören, daß der Juwelier kein Schmeichler, kein Einschmeichler, kein Erschmeichler ist, daß er korrekt ist und absolut nicht käuflich. Dem Timon allerdings wird Rabatt gegeben. Das ist ja wohl das mindeste!

»Ihr seid ein Fachmann«, wendet sich der Juwelier an den Dichter. »Auf wieviel schätzt Ihr diese Steine?«

Der Dichter pflückt sich ein Juwelchen aus der Schatulle, zieht die Mundwinkel nach unten, verengt die Augen zu kritischen Schlitzen. »Auf hundert?«

»Gut geschätzt!« sagt der Juwelier. »Ich verkaufe sie dem Timon für neunzig.«

»Sehr großzügig«, sagt der Dichter und grinst. Warum grinst er? Jeder weiß, warum er grinst. Man kennt ja den Timon. Wer ihm gibt, der kriegt von ihm. Das trifft auf Geschenke ebenso zu wie auf Waren zu nachgelassenen Preisen. Timon pflegt exakt doppelt soviel zu geben, wie er bekommt. Und damit der Juwelier auch weiß, daß man rechnen kann, flüstert ihm der Dichter zu: »Gratuliere! Das Doppelte von neunzig ist hundertachtzig. Angenommen, deine Steine sind wirklich hundert wert, dann hast du achtzig gewonnen. Gratuliere!«

Der Juwelier grinst nun auch: Man hat richtig gerechnet.

Timon tritt vor sein Haus und begrüßt die Gäste. Hebt vor Entzücken die Arme, als ihm der Dichter seine neue Ode ankündigt. Ruft Flavius, seinen Verwalter, damit er dem Juwelier die Hundertachtzig gebe.

Flavius – was hat er denn? Querfalten auf der Stirn, als wär er unter den Rechen geraten. Und was zupft er dauernd an Timons Rock herum?

»Was gibt es denn, Flavius?«

»Ich muß Euch unter vier Augen sprechen, mein Herr.«

»Worum geht's denn?«

»Um Euch. Um Eure Angelegenheiten, Herr.«

»Ich habe Gäste, Flavius, die mich beschenken! Die soll ich stehen lassen? Beleidige mich nicht, indem du mich als Mann ohne Manieren hinstellst!«

Beleidigen will Flavius seinen Herrn bestimmt nicht. Sorgen hat er. Aber er kommt nicht zu Wort. Also geht er und holt die Hundertachtzig für den Juwelier.

»Und bring die gleiche Summe für den Maler mit!« ruft ihm Timon nach.

»Aber mein Bild ist doch ein Geschenk!« protestiert der Maler.

»Und das Geld ist mein Geschenk«, kontert Timon.

Ja dann! Geschenke darf man bekanntlich nicht zurückweisen.

Aber wer kommt denn da gelaufen? Das ist doch der Diener von Ventidius. Ganz außer Atem ist er.

»Herr Timon! Herr Timon!« ruft er. »Verratet mich nicht an Euren Freund Ventidius! Er würde mich auspeitschen lassen, wenn er wüßte, was ich im Begriff bin zu tun!«

»Was ist denn passiert? Erzähl schon!«

Das ist passiert: Ventidius – der Freund des Timon, er sagt, sein bester –, Ventidius sitzt im Gefängnis. Er hat Schulden. Und kann sie nicht zurückzahlen. Darum hat man ihn eingelocht.

Und wieder lamentiert der Diener: »Ventidius würde mich auspeitschen lassen, wenn er wüßte, daß ich zu Euch gelaufen bin, um Euch sein Unglück zu melden. Denn lieber würde er sich den Mund zustöpseln, als vor Euch über seine Geldsorgen zu reden.«

»Auf wieviel belaufen sich denn die Schulden des Ventidius?« fragt Timon.

»Tausend.«

Der Maler grinst, der Dichter grinst, der Juwelier grinst. Flavius, Timons Verwalter, grinst nicht. Er weiß, was folgt.

»Flavius!«

»Ja, mein Herr?«

»Geh und hol tausend!«

Timon will sich endlich dem Fest und seinen Gästen zuwenden, da ruft ihn jemand zurück: »Halt!«

Es ist ein vornehmer Athener Bürger, den man im Haus des Timon nur selten sieht. Und wenn er sich doch das eine oder andere Mal an die Tafel unter dem wunderbaren Deckengemälde setzt, dann mit einer Miene verzweifelter Herablassung, wie man sie bei Altreichen beobachten kann, die mit hoffnungslos brennendem Neid auf die Neureichen herunterzublicken versuchen.

Ohne Timon zu begrüßen, herrscht er ihn an: »Steht ein gewisser Lucius bei Euch im Dienst?«

»Das ist wahr.«

»Er wagt es, meine Tochter zu lieben!«

»Warum braucht es dazu Mut?«

»Weil ich ihr Vater bin.«

»Und Eure Tochter, liebt sie den Lucius zurück?«

»Ja, ja, aber das spielt keine Rolle. Wer ist sie, und wer ist er? Sie eine Patriziertochter, er ein Lakai.«

Das interessiert Timon. »Läßt sich dieser Unterschied irgendwie messen?« fragt er.

»Wie meint Ihr das?«

»Ob sich ein Äquivalent denken läßt?«

»Ein Äquivalent wofür?«

»Für die Liebe.« Und schließlich wird Timon deutlich: »Was ist der Preis für die Liebe Eurer Tochter.«

Der vornehme Bürger blickt sich um, dann tritt er nahe an Timon heran und flüstert: »Zweitausend.«

»Flavius!« ruft Timon.

Aber es gibt auch Gäste, die nichts von Timon wollen. Das sind die, die auch nichts mitbringen. Genaugenommen sind es nur zwei: Alkibiades und Apemantus. Alkibiades ist ein junger Mann, aber bereits General; ein Schüler des Timon, er hat von ihm das Kriegshandwerk erlernt. Timon ist sein Vorbild. Ein Held, wie Timon einst einer war, so einer will Alkibiades werden. Wenn er Timon besucht, bleibt er nicht lange. Das Publikum liegt ihm nicht. Meistens setzt er sich nicht einmal. Hebt das Glas auf den Hausherrn, geht wieder und ist traurig.

Apemantus ist ein Sonderfall. Er kleidet sich in Lumpen. Weil er nichts anderes besitzt und weil er nichts anderes besitzen will. Er wäscht sich nicht, er riecht wie ein verregnetes Lagerfeuer. Er schläft in Hauseingängen, leeren Fässern oder auf dem Moos des Waldes. Er schleicht durch die Stadt, spuckt aus, und pünktlich vor dem Abendessen erscheint er vor dem Haus des Timon. Er bringt nichts und nimmt nichts, und dennoch kommt er täglich. Und er schimpft. Auf alle. Auch auf Timon. Aber der scheint ihn zu mögen.

»Heute, mein lieber Apemantus, heute werde ich dich überreden. Du weißt, der Sessel neben mir ist immer für dich reserviert. Eine neue Weinlieferung ist angekommen. Es wäre mir eine Freude, die erste Flasche gemeinsam mit dir zu trinken!«

Apemantus zeigt seine faulen Zähne. »Ich habe alles, was ich brauche, bei mir.« Er wühlt in seinen Taschen, zieht ein Stück schimmliges Brot heraus und eine Flasche halb voll Wasser. »Das hat mir ein Misthaufen geschenkt, und er erwartet dafür nichts weiter, als daß ich es ordnungsgemäß wieder zurückgebe.«

»Gut, dann tauschen wir. Ich gebe dir Rebhuhn und Wein, und du läßt uns dafür an deiner Philosophie teilhaben.«

»Rebhuhn gibt es? Dann hat man mir falsch berichtet. Ich habe gehört, hier wird ein reicher Mann aufgefressen.«

»Das würden die Damen nie zulassen!«

»Warum nicht? Nichts macht schneller einen dicken Bauch, als wenn man einen reichen Mann auffrißt.«

Die Gäste stehen im Kreis um Timon und Apemantus. Dieses Schauspiel bietet sich ihnen jeden Abend. Die Dialoge sind immer ähnlich. Timon und Apemantus werfen sich die Worte zu wie zwei Conférenciers auf der Bühne.

»Was wirst du heute abend tun, Apemantus?«

»Ich geh in die Stadt und such mir einen ehrlichen Athener.«

»Das ist gut, Apemantus. Und was werdet ihr unternehmen?«

»Gar nichts. Ich hau ihm das Hirn heraus.«

»Aber, Apemantus, man wird dich dafür hängen.«

»Das wird man nicht.«

»Warum nicht?«

»Weil es keinen ehrlichen Athener gibt.«

»Aber wenigstens einen wird es doch geben.«

»Aber der hat kein Hirn.«

Timon amüsiert sich köstlich. Seine Gäste lachen mit ihm mit. Aber lustig finden sie diese Auftritte nicht.

»Apemantus«, sagen sie, »du bist der Antipode der Menschlichkeit!«

Diese Formel hat es in sich. Sie trifft den Punkt. An ihr ist gefeilt worden. Was ist der Mensch? Was macht ihn aus? Antwort: seine Tauschfähigkeit. Ein Mensch ist Apemantus zweifellos, denn er tauscht Worte gegen Worte. Das kann jeder Barbar. Denn jeder Barbar ist ein Mensch. Menschlichkeit aber ragt über das bare Menschsein hinaus – und zwar genau so weit, wie die Tauschfähigkeit kürzer ist als die Mehrwertfähigkeit. Erst der Mehrwert macht den Menschen menschlich. Wann aber bin ich mehrwertfähig? Ich gebe, um zu bekommen, und ich will ein wenig mehr bekommen, als ich gegeben habe. Ohne Mehrwert würde nichts vorwärtsgehen, die Menschheit würde immer auf derselben Stelle treten, wie die Hühner im Hof. Typen wie dieser Apemantus streben offensichtlich einen solchen halbtierischen Zustand an. Darum sind sie Antipoden der Menschlichkeit.

Timon widerspricht dieser Argumentation nicht, und seine Gäste sind stolz auf ihre Sophistik.

Endlich kann das Fest beginnen!

Zur selben Zeit: außerordentliche Sondersitzung im Senat von Athen! Einziger Tagesordnungspunkt: Timon. Seine Schulden. Was? Timon hat Schulden? Ja, bei der Stadt. Die Quellen, von denen man meinte, daß sie nie versiegen, sie sind versiegt. Die Senatoren beschließen: Die Stadt gewährt keinen weiteren Kredit mehr.

Der Gerichtsvollzieher wird ins Haus des Timon geschickt.

Das Fest gestern nacht hat lange gedauert. Timon schläft noch. Also spricht der Gerichtsvollzieher mit Timons Verwalter.

»Du kennst die Situation«, sagt er.

»Ja«, seufzt Flavius. »Laß erst mich mit ihm reden. Timon ist ein guter Herr.«

Der Gerichtsvollzieher hat Verständnis. Er sieht es auch nicht gern, wenn jemand vor ihm blaß wird und sich setzen muß.

»Mein Herr«, sagt Flavius zu Timon. »Wir sind bankrott.«

Wie reagiert Timon? Wird er blaß, muß er sich setzen, wie der Gerichtsvollzieher befürchtet? Oder beschuldigt er Flavius der Fahrlässigkeit? Gerät er in Panik? Nein. Nichts von alldem. Er lächelt. Er scheint beinahe glücklich. Er ist glücklich. Er ist am Ziel. Er hat investiert. Sein ganzes Vermögen hat er investiert. Er hat gegeben, nun will er haben. Und er will ein wenig mehr haben, als er gegeben hat.

Timon stellt eine Liste zusammen. Namen von Bürgern der Stadt. Jeder von ihnen seit Jahren sein täglicher Gast. Jeder ein Freund. Timon hat nur Freunde. Jeder Bürger von Athen ist Timons Freund.

»Geh zu ihnen, Flavius! Sag ihnen, Timon braucht Hilfe. Sie werden glücklich sein, mir helfen zu dürfen. Du wirst sehen, am Abend sind wir reicher, als wir es je waren.«

Flavius spricht bei Nummer eins vor. Der Mann wohnt in einem Palast, nach Timons Palast der prächtigste der Stadt. Duftiger Vorgarten, rechts und links des Eingangs Springbrünnlein, Veranden, Terrassen und Balkone für jeden Sonnenstand.

»Flavius! Freund!« so wird Timons Verwalter hier begrüßt. »Treuer Flavius, Freund meines Freundes! Hat dich Timon geschickt? Hast du Geschenke mitgebracht? Ich sehe deine Hände leer. Bist du mit dem Wagen gekommen? Ein so großes Geschenk hat Timon für mich?«

»Ich bringe keine Geschenke«, sagt Flavius.

»Nicht? Will Timon ein Fest für mich geben? Mir allein zu Ehren?«

»Nein. Timon braucht Hilfe. Er ist bankrott.«

Da braucht Nummer eins eine Weile, um durchzurechnen, was das für ihn bedeutet. »Und was will er von mir?«

»Geld.«

»Geld! Natürlich Geld! Alles dreht sich nur ums Geld in unserer heutigen Zeit! Ich habe ihn immer gewarnt. Du bist Zeuge, Flavius. Wie du lebst, Timon, habe ich gesagt. Immer die vielen Leute in deinem Haus, die sich durchfüttern lassen. Ich bin zum Frühstück gekommen, um ihn zu warnen, und zum Mittagessen und dann am Abend noch einmal. So große Sorgen habe ich mir um ihn, meinen Freund, gemacht, daß ich sogar meine Nächte geopfert habe, um ihn zu warnen. Nein, Flavius, mehr kann ein Freund nicht tun.«

Nichts gibt es.

Flavius spricht bei Nummer zwei vor. Der wohnt in einer strengen Villa, nur die feinsten Materialien wurden hier verarbeitet, Stahl, Marmor, Glas, amerikanische Eiche. Der Mann ist wie sein Haus, streng in Anthrazit und Grau gekleidet, getönte Brillengläser. Bestellt und geliefert von Firmen, die nie in Mode waren und deshalb auch nie aus der Mode kommen.

»Au!« sagt Nummer zwei.

»Er braucht Eure Hilfe«, sagt Flavius.

Nummer zwei ist ein Feigling. Er tut, als wäre er eine Maschine, alles Notwendigkeit, nichts Willkür und Verzierung. Er hat nämlich Angst vor seinem feigen Herzen; daß es den, der es in seiner Brust trägt, blamiert, wenn er sich zeigt, wie er ist. Aber wie ist er? So ist er: »Flavius«, druckst er geheimnisvoll in seinem eigenen Haus herum. »Sag dem Timon ...« Nun holt er eine Rolle mit Scheinen aus der Tasche, zieht einen Zehner heraus, zieht noch einen Zehner heraus, überlegt, zieht einen Fünfer heraus. »Für deine Mühe, Flavius. Sag Timon ... sag einfach: Ich war nicht da.«

Das Geld läßt Flavius liegen.

Dann spricht er bei Nummer drei vor. Dick ist der. Die Hälfte der Kilos geht auf Timons Konto. Ringe trägt er an den Fingern. Die gehen alle auf Timons Konto.

»Und warum kommst du ausgerechnet zu mir?« fragt er.

»Weil Ihr Timons Freund seid«, antwortet Flavius.

»Freund! Freund! Klar bin ich sein Freund! Will er mir auf die Moralische kommen? Es gibt ja schließlich auch noch andere Freunde. Die mehr haben als ich. Die ganze Stadt ist Timons Freund. Und du kommst ausgerechnet zu mir.«

Flavius zeigt dem Dicken die Liste, die ihm Timon diktiert hat. »Zuerst war ich bei diesem, dann bei diesem.«

»Ich bin also der dritte?«

»Ja.«

»Aha. Der dritte. Das tut weh. Das tut weh. Und ich dachte, ich stehe seinem Herzen am nächsten.« Die Stimme des Dicken vibriert ein wenig. »Das enttäuscht mich, Flavius. Wärst du zuerst zu mir gekommen, ja dann! Wie gern hätte ich Timon geholfen! Aber nun, da ich mit eigenen Augen sehe, daß ich nur drittrangig für ihn bin ... nein.«

Flavius tritt vor seinen Herrn. »Ich komme mit leeren Händen.« Sprach's, atmet schwer wie nach einem

Ringkampf und verharrt eine Weile in Schweigen. Dann folgt die Wahrheit: »Du hast keinen Freund unter denen, Timon. Und du hattest nie einen.«

Timon ist ein kluger Mann. Er braucht nicht lange, um eine Situation zu erfassen. Die erste Wahrheit hat eine zweite im Gefolge: Man kann nicht in Liebe investieren. Timon hat alles gegeben und bekommt nichts dafür. Seine Welt bricht zusammen. Das sind zehn Sekunden stilles Gedröhn.

Dann sagt er zu Flavius: »Noch ein großes Fest gebe ich, es wird mein größtes Fest sein.«

»Aber die Köche mußten entlassen werden«, sagt Flavius.

»Ich werde kochen.«

»Aber die Diener wurden bereits ausbezahlt.«

»Ich werde bedienen!«

Alle kommen.

Da kann man hören: »Hat der noch etwas?

»Dann schnell, bevor es weg ist.«

»Oder denkst du, er hat uns nur auf die Probe stellen wollen?«

»Au! Wenn, dann habe ich mich ungünstig benommen.«

»Er habe, weiß ich aus sicherer Quelle, alles nur inszeniert. Um zu testen, wer ein wirklicher Freund ist und wer nicht.«

»Ich werde sagen, ich wollte meinerseits testen. Ob das eine gute Idee ist?«

Dann treten sie vor Timon hin, und einer beteuert: »Du weißt doch, Timon, Freund, was du für mich bist! Genau im entscheidenden Augenblick habe ich meine Kopfschmerzen bekommen! Kaum krieg ich meine Gedanken wieder in die richtige Reihenfolge, dreht sich dein Flavius um und geht davon! Timon, Freund! Wieviel? Wieviel brauchst du?«

Oder: »Das ist wahr, Timon! Du solltest dir einen neuen Verwalter zulegen! Was hat Flavius dir gemeldet? Ich sei nicht dagewesen? Ich war da! Ich rufe zum Fenster hinaus, und der hört mich nicht oder will mich nicht hören.«

Oder: »Was hat Flavius über mich gemeldet? Daß ich beleidigt gewesen sei, weil du nicht zuerst zu mir gekommen bist? Wahr ist: Ich sagte, Timon hätte doch viel früher schon kommen sollen!«

Timon antwortet nicht. Warum antwortet er nicht, denken die Freunde. Ist er böse auf uns? Oder ist er nicht böse auf uns? Und sie denken: Er ist nicht böse auf uns. Er war ja bisher auch noch nie böse auf uns. Sie setzen sich auf ihre Plätze. Besteck in der Faust. Erwartungsvoll.

Timon deckt auf. Aber in den Schüsseln dampft nicht leckere Suppe, da schwappt schmutziges Wasser. Und unter den Silberstürzen schmort nicht buntes Gemüse, Steine liegen da. Und statt Schweinebraten gibt's Hundefleisch. Aber lebendiges Hundefleisch mit allem dran – Fell, Krallen, Zähnen und Gebell. Und das Fell ist räudig, und die Krallen stinken nach dem Dreck, in dem sie gewühlt haben, und die Zähne sind gefletscht und gierig. Es geht drunter und drüber, die Gäste fallen, rennen, stürzen zu den Ausgängen. Werden mit Steinen beworfen und mit Spülwasser angeschüttet. Timon hat viel zu tun. Flavius hilft ihm. Flavius lacht, und es ist ihm eine lange herbeigesehnte Freude. Timon lacht nicht.

Timon wird nie mehr lachen.

Timon verflucht die Stadt. Und er verflucht ihre Bürger. Verhungern, verdursten, verfaulen, ersticken, ersaufen, verbrennen, erfrieren, verbluten, verbrühen, verdorren sollen sie! Die Fäuste schüttelt er gegen die Stadt. »Weiber, betrügt eure Männer! Kinder, wendet euch gegen eure Eltern. Sklaven, erhebt euch! Ihr Wahnsinnigen, ergreift die Macht! Verrecken sollt ihr! Alle!«

Er verläßt seinen Palast. Sperrt nicht einmal hinter sich ab. Sollen sie doch holen, was noch da ist! Sollen sie doch das Fresko von der Decke schlecken! Wohl bekomm's! Dem Timon hat diese Pracht ohnehin nie etwas bedeutet. Nichts nimmt er mit. Kein zweites Paar Socken, keine frische Unterhose. Nichts. Nichts zum Kauen, nichts zum Schlucken.

Er taumelt durch die Vorstadt und hinaus in den Wald. Dort hockt er sich hin und schimpft. Er haßt die Menschen, und nun weiß er, er hat sie immer gehaßt. Des Timons Leben war ihre Chance. Ja, die Menschen hätten die Chance gehabt zu beweisen, daß sie besser sind, als Timon über sie denkt. Timon hat ihnen diese Chance gegeben. Das Böse hat mit dem Guten gewettet, und Timon war der Einsatz. Sein Leben war das Pfand. Er hat in das riskanteste Unternehmen investiert, das es gibt: die Liebe. Er hat verspielt. Die Menschen hatten die Chance, die ihnen Timon geboten hatte, nicht genutzt. Timon ist das Opfer. Er ist der geprellte Erlöser. Wenn einer das Recht hat, Verhungern, Verdursten, Verdorren, Verblühen, Verbrühen, Verfaulen, Ersticken, Ersaufen, Verbrennen, Erfrieren und elendes Verbluten den Menschen zu wünschen, dann Timon.

Sein Menschenhaß ist nicht minder sensationell, als es seine Menschenliebe gewesen war. Die Bürger von Athen schleichen in den Wald, verstecken sich hinter Baumstämmen und Steinbrocken, hören sich an, was Timon von sich gibt. Das ist spannender als Theater.

»Der kann ja noch dem Apemantus das Schimpfen beibringen«, heißt es.

Apemantus sieht sein Geschäft bedroht. »Was äffst du mich nach!« stellt er Timon zur Rede. »Du redest wie ich. Aber du bist nicht wie ich.«

»Nein«, gibt ihm Timon bitter recht. »Ich bin in der Tat nicht wie du. Dein Elend kann dem meinen nicht das Wasser reichen. Du hast nie etwas besessen. Du hast nie an das Gute im Menschen geglaubt. Du hast immer nur gespottet. Armut, schlechter Glaube und Spott sind dein Beruf von Anfang an. Du hast dir diesen Beruf selbst gewählt. Niemand hat dich gezwungen zu hassen und zu spotten. Am Abend legst du dich nieder und sagst: Heute war ich wieder einmal gut arm, heute habe ich wieder einmal blendend an das Schlechte im Menschen geglaubt, heute habe ich wieder einmal bravourös über alles geflucht. Du bist zufrieden wie ein Zimmermann. Und auch wenn Schimpfen und Hassen nicht im Berufsregister eingetragen sind, sie sind doch dein Beruf. Ich aber hatte alles, ich liebte alle. Ich habe alles verloren und mußte erkennen, daß mich nie einer geliebt hat. Ich wohne im Elend, du, Apemantus, bist nur ein Tourist hier.«

»Und gefällt es dir im Elend?« fragt Apemantus. »Nein? Warum machst du es dann nicht wie die, die du haßt? Werde ein Schmeichler! Raff dich auf zum Schmarotzer! Krieche in ihre Häuser, lecke ihre Schwellen, preise ihre Dummheiten, verneige dich vor der Niedertracht! Bring etwas Kleines ins Haus, du wirst mit etwas Großem das Haus verlassen. Am Ende werden ihre Häuser leer sein, und deines ist voll. Dann kann das Spiel von vorne beginnen. Das nennt man Wirtschaft.«

»Dann bist du weniger als ein Tier!«

»Und wenn schon! Dann hast du wenigstens ein Ziel, nämlich: wie ein Tier zu werden. Die Natur hat uns als Tiere konzipiert. Scheckbücher sind in ihrem Plan nicht vorgesehen.«

»Willst du ein Tier sein, Apemantus? Ein Löwe? Den der Fuchs betrügt? Ein Fuchs? Den der Wolf frißt? Ein Esel, der an seiner eigenen Dummheit verzweifelt? Komm mir nicht mit der Natur! Sie ist die Mutter der Lüge, des Betrugs, des Raubes. Schau die Sonne an! Nimmt sie nicht der Erde das Wasser? Schau den Mond an? Er stiehlt der Sonne das Licht!«

»Und dich selbst?« fragt Apemantus. »Kannst du dich selbst lieben?«

»Das kenn ich nicht!«

»Kannst du dich wenigstens achten?«

»Das kenn ich nicht!«

»Du wünschst dem Menschen Verachtung und Tod. Auch dir selbst?«

»Mir zuerst.«

Apemantus ist betroffen. Ein Leben lang war er stolz gewesen, weil er dachte, es leuchtet die Sonne, und ihn schert es nicht, es ziehen die Sterne ihre Bahnen, und er wischt sich den Staub von der Schulter. Wenn ich zum schönsten Wunder »na und!« sage, so hatte er gedacht, dann kann ich nie enttäuscht werden, und wenn ich hinter dem freundlichsten Lächeln den Mörder vermute, dann kann ich nie verletzt werden. Allem und jedem fühlte er sich überlegen. Weil er nichts vom Leben erwartete und alles verachtete. Nun beweist ihm Timon, daß sein

Hohnlachen Lüge war, und faules Wasser und schimmliges Brot waren Manier und Pose. Apemantus hat sich vom mißbilligenden Kopfschütteln der Leute ernährt, von ihrer heimlichen Bewunderung, ihrer offenen verzweifelten Feindschaft. Aber in Wahrheit war er nicht anders als die Schmeichler und Schmarotzer, die Timon ausgesaugt haben: Er gab kleinen Spott und bekam dafür einen großen Ruf. Apemantus war immer ein Tauschfähiger und immer auch ein Mehrwertfähiger! Apemantus hat keine Freude mehr, ein Zyniker zu sein.

Timon krallt sich am Boden fest. Mit den Händen schaufelt er sich ein Loch. Eine Pflanze will er werden. Wurzeln will er schlagen. Ein verrückter Baum, den die Natur in ihrer verehrungswürdigen Gleichgültigkeit verdorren lassen wird.

Aber Achtung! Wir sind im Wald von Athen. Wir wissen, einen solchen Wald gibt es auf der Welt kein zweites Mal. Zauber und Wunder sind hier möglich, die schreiendsten Zufälle sind an der Tagesordnung. Timons Finger stoßen auf etwas Hartes. Es ist eine Kiste. Und was befindet sich in dieser Kiste? Gold!

»Ah! Der Verderber!« Timon häuft das Gold vor sich auf. »Die Natur hat das Scheckbuch nicht gemacht. Aber dich hat sie gemacht, Gold! Wozu? Damit du den matten Schimmer an Güte in unseren Seelen, falls es so einen Schimmer je gab, sofort auslöschst? Du bist der Verderber!«

Nein, nicht einen Augenblick lang kommt Timon die Idee, sein bisheriges Leben fortzuführen. Das Gold würde ausreichen für die breiteste Verschwendung bis an sein Lebensende. Ihm war nie an Luxus gelegen. Liebe wollte er. Was nützt ihm Gold, wenn es sich nicht in Liebe investieren läßt?

Aber vielleicht läßt es sich in Haß investieren ...

Es spricht sich herum, daß Timon Gold gefunden hat. »Er ist eben doch ein Glückspilz!« rufen die einen aus. »Wir haben es immer gewußt und immer gesagt!« Sie haben es nicht gewußt und nicht gesagt, jedenfalls nicht seit Timons Fall. Das Gegenteil haben sie gesagt. Aber nun – nun kann sich alles schnell wieder wenden, und dann ist es gut, zu denen zu gehören, die schon immer ... Andere wiederum glauben nicht an Timons Glück. Sie glauben nicht daran, weil sie es ihm nehmen wollen. Das sind die Diebe.

Die Diebe fallen über Timon her.

Der aber begrüßt sie wie Freunde: »Was wollt ihr mir nehmen? Ich gebe euch alles freiwillig. Greift zu! Ich habe auf euch gewartet. Ich wußte doch, als erstes werden die kommen, die es am eiligsten haben, verdorben zu werden.«

»Wir sind Diebe«, sagen die Diebe, »und Diebe sind eben so.«

»Ihr seid Diebe?« höhnt Timon. »Billige Diebe seid ihr! Was ist das Beste, das es gibt?«

»Gold«, sagen die Diebe. »Gold ist das Beste. Darum sind wir hier.«

»Kleindenker!« beschimpft sie Timon. »Das Beste ist das Leben! Nehmt Leben! Das Gold kriegt ihr als Prämie!«

»Aber wenn wir Leben nehmen, dann sind wir Mörder.«

»Ja!« ruft Timon aus. »Morden ist Stehlen in Konsequenz! Steckt mein Gold ein! Soviel ihr tragen könnt! Kauft Dolche und Gift dafür. Äxte und Spieße. Und dann nehmt Leben! Macht die Stadt nieder!«

»Wenn Morden und Stehlen gleich sind«, sagen die Diebe, »dann wollen wir keine Diebe mehr sein.«

Und sie schleichen aus dem Wald, nachdenklich, und das Gold lassen sie liegen.

Timon will sich schon ans Aussäen machen. Damit in diesem Zauberwald vielleicht Bäume wachsen aus Goldbarren, Bäume, die böse Früchte tragen. – War da nicht Pferdegetrappel zu hören? Und jetzt: Waffenklirren, Soldatenfluchen. Tatsächlich! Ein kleines Heer zieht durch den Wald. Und das Heer wird angeführt von Alkibiades.

»Was tust du hier?« fragt Timon.

»Was tust du hier?« fragt Alkibiades zurück.

Sie erzählen sich gegenseitig ihre Geschichte. Alkibiades zürnt der Stadt Athen. Weil sie undankbar ist. Grausam und ungerecht. Er hat einen Freund. Einen Freund, wie man einen zweiten nicht hat. Dem wird eine Sache unterstellt. Er soll jemanden um die Ecke gebracht haben. Alkibiades ist von seiner Unschuld überzeugt. Alkibiades behauptet seine Unschuld! Alkibiades begab sich höchstpersönlich in den Senat. Er legte sein Wort auf die Waagschale. Er bürgte für seinen Freund. Er stehe, sagte er, mit dem Gewicht seines Namens hinter seinem Freund und halte ihn fest. Die Senatoren schauten nur und schüttelten den Kopf. Ob sich die Herren denn nicht erinnern, empörte sich Alkibiades. Woran erinnern? Woran erinnern! An das, was Alkibiades für die Stadt getan hat! Er ist der General! Unter seinem Schutz stand die Stadt! Und unter seinem Schutz steht nun der Freund! Aber die Senatoren verzogen die Münder zu Hufeisen. Das eine habe nichts mit dem anderen zu tun, sagten sie. Dann habt ihr es von nun an mit mir zu tun! Damit beendete Alkibiades die Verhandlung.

Das ist seine Geschichte. Nun zieht er gegen Athen.

»Gut«, sagt Timon. »Aber.«

»Was aber?«

»Dein Heer ist zu schwach! Hier, nimm Gold! Nimm Gold, soviel deine Pferde tragen können! Kauf dir dafür die grausamsten Halunken ein! Ruf die gierigsten Mörder des Landes zusammen! Töte alle! Brenne ihre Häuser nieder! Mach einen Acker aus der Stadt! Säe Disteln darauf! Noch in hundert Jahren sollen dem Wanderer die Waden bluten, wenn er über die Stelle geht, wo einst Athen stand!«

Alkibiades nimmt das Gold. Aber sein Haß kühlt ein wenig ab. Daß es einen gibt, der Athen noch mehr haßt als er, das läßt Alkibiades nüchtern werden. Dennoch rückt er weiter auf die Stadt vor.

Im Senat von Athen herrscht höchste Aufregung. Nach den Jahren der Sicherheit hat man der Verteidigung zuwenig Aufmerksamkeit geschenkt. Es gibt niemanden, der die Stadt gegen Alkibiades verteidigen könnte.

»Das heißt«, wird auf der einen Seite überlegt, »das heißt, einen gäbe es schon.«

»Wen? Wen?« wird auf der anderen Seite gefragt.

»Den Lehrer.«

»Welchen Lehrer? Werdet deutlicher, um Himmels willen!«

»Den Lehrer von Alkibiades. Den ... Timon ...«

Das ist wahr. Da gibt es keine Diskussion. Timon, wer sonst? So oft hat Timon die Stadt schon gerettet. Wenn einer die Stadt vor Alkibiades beschützen kann, dann Timon. Aber Timon ist beleidigt. Er haßt die Stadt.

»Wir müssen Zugeständnisse machen.«

»Wir werden Zugeständnisse machen!«

»Seine Schulden sollen gestrichen werden.«

»Mehr noch. So viel, wie er Schulden hat, soll er Honorar bekommen.«

Die vornehmsten Senatoren werden ausgewählt, sie sollen in den Wald gehen und mit Timon verhandeln. Demut, aber nicht Unterwürfigkeit, so lautet die Devise. Unterwürfigkeit würde Timon durchschauen.

Und wider Erwarten läuft die Mission gut an. Timon ist gesprächsbereit. Er schimpft nicht ein einziges Mal. Hört sich die Argumente und Wünsche der feinen Senatoren geduldig an. Er hat seinen Rappel gehabt, nun ist wieder alles in Ordnung. So sieht es aus. Gut, er ist ein wenig merkwürdig geworden hier draußen im Wald. Kann man ihm das verübeln? Er stellt merkwürdige Forderungen.

»Ich will, daß sich die Bürger der Stadt von mir beschenken lassen.«

»Gut. Aber ...«

Fast wäre es einem der feinen Senatoren herausgerutscht: Aber du hast doch gar nichts, was du verschenken könntest, hätte er fast gesagt.

»Ich möchte jedem Bürger der Stadt einen Baum schenken«, sagt Timon. »Das ist meine Bedingung.«

»Und wie soll das abgewickelt werden?«

»Die Bürger sollen zu mir kommen.«

»Alle? Hierher in den Wald?«

»Ja.«

»Aber dieses Geschenk ... ein Baum für jeden ... wie sollen all diese Bäume in die Stadt transportiert werden?«

»Gar nicht«, sagt Timon. »Die Bäume bleiben im Wald. Die Bürger sollen sich daran aufhängen!«

Und nun rast er. Alle Schimpfwörter, die er in seiner Einsamkeit gefunden und erfunden, ausprobiert und für ausreichend schändlich empfunden hat, schleudert er den feinen Senatoren an den Kopf. Und sie laufen aus dem Wald, und Timon wirft ihnen seinen Dreck nach.

Athen ist nicht untergegangen. Alkibiades hat die Stadt nicht zerstört. Das Unmaß des anderen Hasses hat seinen eigenen Haß gelöscht. So gesehen, hat Timon die Stadt tatsächlich gerettet. Alkibiades erklärte sich zu Verhandlungen mit dem Senat bereit. Es wurde getauscht. Der Senat gab dem Alkibiades den Freund heraus. Alkibiades ließ dafür die Stadt in Ruhe. Als Mehrwert für Alkibiades wurde sein Generalsgehalt erhöht. Als Mehrwert für die Stadt baute er dafür die Verteidigungskräfte aus.

Und dann kommt Nachricht aus dem Wald: »Timon lebt nicht mehr.«

Er hat sich in die Erde gewühlt. Und hat sich selbst den Grabstein aufgesetzt. Und hat auf den Grabstein geschrieben: »Hier liegt einer, der alle haßt.«

König Lear

Der König ist ein alter Mann geworden. Nur wenige Menschen leben noch, die sich an die Zeit erinnern, als er zum König gekrönt wurde. Die Kinder sagen: »Kann es einen anderen König denn überhaupt geben?« Die Jungen fragen: »Was war vor Lear?« Die Alten aber sorgen sich: »Was kommt nach Lear?«

Lear wird respektiert, er wird verehrt – und er wird geliebt. Er sei ein warmherziger Mann, heißt es. Und er sei ein barmherziger Mann. Jeder kennt einen, der einen kennt, der die Warmherzigkeit und die Barmherzigkeit des Königs bezeugen kann: »Er erzählt, er habe den König aufgesucht, und der König habe ihn gefragt, was kann ich für dich tun, und er habe gesagt, nichts, und der König habe gefragt, warum kommst du dann zu mir, und er habe gesagt, mein Herz ist so schwer, und ich weiß nicht warum, und der König habe ihn nicht weggeschickt, sondern habe gesagt, das kenne ich, setz dich zu mir, und dann seien die beiden eine halbe Stunde lang einfach nur so dagesessen, und am Ende sei alles gut gewesen.« Jeder kennt ähnliche Geschichten.

Und Negatives gibt es nichts zu berichten über König Lear? Nein, eigentlich nicht. Wenn Negatives, dann als Kollateralschaden des allzu Positiven. Was heißt das? Das heißt: Lear hat viel Gefühl – das ist das Positive; Lear hat zuviel Gefühl – das ist das Negative. Gefühl kennt nur das Besondere, es hat kein Verständnis für das Allgemeine. Lear liebt nicht die Menschheit, aber er liebt den Menschen. Und er liebt immer nur den Menschen, mit dem er sich im Augenblick beschäftigt. So hat jeder, den Lear liebt, das Recht zu sagen: Er liebt nur mich. Das gleiche allerdings gilt für die anderen Gefühle ebenso. Wen Lear haßt, der darf sich denken, er haßt nur mich. Schön wäre es, wenn Gefühl ausschließlich die Liebe meinte.

Als Lear in jungen Jahren zum König gekrönt wurde, machte er sich viele Gedanken über dieses höchste Amt. Er wollte ein guter König sein. Und er sagte sich: Ein guter König muß vor allem klug sein. Klugheit dirigiert den Verstand ebenso wie das Herz und die Seele; Klugheit mißt das eine und das andere und stellt ein richtiges Verhältnis her zwischen beiden. Was aber ist Klugheit? Und der junge König kam zu der Ansicht: Klugheit bedeutet die Fähigkeit, zu erkennen, was der Fall ist. Alles, was der Fall ist, ist der Name der Welt, und der Erkennende ist ein Teil davon. Also muß ein König, der ein guter, kluger König sein will, zuvorderst in der Lage sein, sich selbst zu erkennen. Und Selbsterkenntnis, so sagte sich Lear, heißt: Erkenntnis der eigenen Schwäche. Und er wußte: Seine Schwäche war sein starkes Herz. Dort wohnte eben nicht nur die Liebe, sondern auch der Zorn. Er wußte, wenn er zornig war, konnte er um sich schlagen und dabei Dinge zerschlagen, die sich nicht mehr reparieren ließen. Als Privatmann kann man sich so etwas manchmal ja leisten. Als König nicht. Ich werde, wenn ich ein guter, kluger König sein will, Sicherheitsventile einbauen müssen, sagte sich Lear als junger Mann. Und das tat er. Er holte sich Berater an den Hof. Drei Berater: Kent, Gloster und den Narren.

Kent ist ein Mann, der die Dinge der Welt in seinem Kopf vom Allgemeinen zum Besonderen hin ordnet. Er sieht zuerst die Menschheit und dann den einzelnen Menschen. Nur was der Menschheit als Ganzes guttut, kann auch dem einzelnen Menschen guttun. Erst wenn sein Verstand eine Angelegenheit in ihre Einzelteile zerlegt und jedem Teil das ihm zustehende Gewicht zugeordnet hat, erlaubt Kent seinen Gefühlen, sich an dieser Angelegenheit zu erfreuen oder sich über sie zu ärgern. Wenn das Herz seines Königs zu explodieren droht, ist Kent der erste Mann, der gerufen wird. In den meisten Fällen kann er den König beruhigen. »Versuchen wir doch, die Sache einmal anders zu sehen«, so lautet sein Einleitungssatz. Lear vertraut Kent. Er weiß, daß Kent unbedingt loyal ist. Aber Lear kennt die Sprengkraft seines eigenen Herzens. Er weiß, daß Situationen eintreten können und immer wieder eintraten, in denen Kents besonnene Ratschläge nicht angehört werden und nicht angehört wurden, eben weil das eigene Herz solchen Lärm machte. Dann tritt das zweite Sicherheitsventil in Kraft: Gloster.

Auf den ersten Blick mutet es seltsam an, daß Lear ausgerechnet den Grafen von Gloster zu seinem zweiten Berater gewählt hat. Was erwartet er von ihm? Gloster ist in seinem Charakter dem König zum Verwechseln ähnlich. Vor allem in puncto Gefühl. Wenn Lear den Gloster fragt, dann antwortet der, was Lear sich ohnehin denkt; nicht, weil er ein Opportunist ist, sondern weil er tatsächlich so denkt. Also was kann Glosters Ratschlag dem König nützen? Nicht Glosters Ratschläge helfen Lear, seine Schwäche zu beherrschen, sondern vielmehr die Tatsache, daß er sich selbst in diesem Mann wiedererkennt. Gloster ist Lears Spiegel. Ein Spiegel zeigt unsere Schwächen als Karikatur, und die spricht deutlicher als jedes Argument. Wenn Kent versagt, dann tritt Gloster auf.

Und der Narr? Der Narr übt Kontrolle in Permanenz.

Er ist der einzige, der jederzeit Lear kritisieren darf. Er darf als einziger sich über alle Höflichkeitsformen hinwegsetzen. Er darf den König verspotten, wenn er es für nötig hält, er darf ihn beschimpfen, wenn er glaubt, sich anders nicht Gehör verschaffen zu können. Seine Aufgabe ist es, das Feuer im Herzen des Königs klein und wärmend zu halten.

Lear ist ein alter Mann geworden. Er hat sein Land gut und klug regiert. Nun glaubt er, es sei genug. Er weiß, das Alter neigt zu Sturheit und Rechthaberei. Er will die Macht an Jüngere abgeben. An seine Töchter: Goneril, Regan, Cordelia.

Regan ist mit dem Herzog von Alba verheiratet, Goneril mit dem Herzog von Cornwall. Um Cordelia bemühen sich der Herzog von Burgund und der Herzog von Frankreich. Lear hat sich ein Spiel ausgedacht; zugegeben ein kindliches, vielleicht sogar ein kindisches Spiel. Er möchte, daß vor den Edlen des Landes seine Töchter vortreten und ihm, dem Vater und König, sagen, wie sehr sie ihn lieben. Die Liebe ist ungerecht, das weiß niemand besser als Lear, und jeder am Hof weiß, daß der König seine jüngste Tochter Cordelia mehr liebt als Regan und Goneril.

Lear hat ein schlechtes Gewissen deswegen. Er will gerecht sein, und er will sein schlechtes Gewissen beruhigen. Er denkt sich: Die schönsten Worte für ihre Liebe wird ohne Zweifel Cordelia finden, denn sie liebt mich am meisten. Dann werden alle verstehen, warum auch ich sie am meisten liebe, und werden mir die Ungerechtigkeit, die in all den Jahren in meinen Blicken und Worten lag, verzeihen. Aber dann werde ich dennoch jeder meiner Töchter den gleichen Teil meines Reiches überschreiben. Cordelia soll nicht ein Buchenwäldchen mehr bekommen als Regan und nicht einen Weiher mehr als Goneril. Und alle werden sich davon überzeugen können, daß ich die Ungerechtigkeit meiner Liebe mit meinem Erbe ausgleiche, wie es sich für einen klugen und guten König geziemt.

Soweit die rationale Begründung, die Lear sich selbst für dieses Spiel gibt. In Wahrheit will er nach all den Jahren der königlichen Selbstbeherrschung endlich, endlich in Zeugenschaft der ganzen Welt hören, wie sehr er geliebt wird. Jeder am Hof, jeder im Reich gönnt dem König diese Genugtuung, und es gibt keinen, der sein Spiel mißbilligt.

»Goneril«, sagt Lear, »tritt vor, meine Tochter. Sag mir, wie sehr du mich liebst!«

Goneril hat sich vorbereitet.

»Mein König, mein Vater«, beginnt sie, »ich liebe dich mehr, als Worte es ausdrücken können. Darum müßte ich eigentlich verstummen. Ein Wort kann doch nur beschreiben, was es schon einmal gegeben hat. Wenn ich aber meine Liebe mit dem vergleiche, was es schon einmal gegeben hat, dann erniedrige ich sie. Deshalb wiederhole ich: Ich liebe dich mehr, als Worte es ausdrücken können.«

Das klang ein wenig hölzern und auch ein wenig auswendig gelernt, aber es ist ja nichts dagegen einzuwenden, wenn sie ihr Statement vorbereitet hat, und ihre Art ist eben ihre Art. Lear ist zufrieden. Er hat gerade so viel bekommen, wie er erwartet hat.

»Nun, Regan, du! Sag mir, wie sehr du mich liebst.«

»Meine Schwester macht es mir schwer, dir zu antworten«, sagt Regan mit bebender Stimme. »Jedes Wort, das sie sagte, hätte ebenso ich sagen können. Nur eines noch dazu: Meine Liebe zu dir füllt mich so sehr aus, daß keine andere Liebe mehr Platz in mir hat, weder die Liebe zu einem Mann noch die Liebe zu Kindern, sollte ich jemals welche haben.«

Hört sich übertrieben an. Aber macht nichts. Sie hat ja selbst gesagt, es fällt ihr schwer, nach Goneril aufzutreten. Lear ist zufrieden.

»Cordelia!«

Jeder weiß, dieses kleine, kindliche Spiel meint doch in Wahrheit nur sie. Von Cordelia will der König hören, wie sehr sie ihn liebt. Gonerils und Regans Liebe vermag vielleicht Lears Verstand zufriedenzustellen; Cordelias Liebe allein nährt sein hungriges Herz.

»Cordelia!«

Cordelia liebt ihren Vater. Sie trägt das Herz ihres Vaters im Busen. Nur Cordelia hätte das Recht zu sagen, was Goneril zu Anfang behauptet hat: Wenn ich meine Liebe mit dem vergleiche, was es schon einmal gegeben hat, dann erniedrige ich sie. Aber noch tiefer fühlte sich ihre Liebe erniedrigt, wenn sie in eine Reihe mit diesen schamlosen Schmeicheleien gestellt würde. – Cordelia schweigt.

»Cordelia, ich warte auf deine Antwort.« – Seht doch, wie Lear lächelt! Seht doch seine glücklichen Augen! So hat er es sich vorgestellt. Daß Cordelia eine Pause läßt, ehe sie antwortet. Denn die Antworten des Herzens brauchen mehr Zeit, bis sie sich zu Worten formen, als die Antworten des Verstandes.

»Cordelia, wie sehr liebst du mich?«

»Ich liebe dich, wie es meine Pflicht als Tochter ist.«

Das Lächeln erlischt, die Augen des Königs sind ohne Glück. »Wie? Nicht mehr?«

»Nicht mehr und nicht weniger.«

Was ist mit den Sicherheitsventilen? Sie versagen. Alle. Mit dem heutigen Tag, haben sich Kent, Gloster und der Narr gesagt, ist unsere Aufgabe beendet. Heute ist der glücklichste Tag des Königs, was wären wir für pedantische Fleckenputzer, wenn wir an seinem glücklichsten Tag versuchten, sein Herz klein zu halten. – Und da explodiert das Herz des Königs!

»Aus nichts wird nichts!« donnert er los. »Dann werde ich das Reich neu aufteilen müssen! In zwei anstatt in drei Teile!«

Und in einem Ausholen wendet er sich an den Herzog von Burgund, der in den letzten Wochen seine Absichten so herzlich vorgetragen hat: »Wenn Ihr sie trotzdem haben wollt? Bitte sehr! Aber ohne einen Schuh Boden unter den Füßen, der ihr gehört!«

Kent erwacht. »Versuchen wir doch, die Sache ...«

Lear hört nicht auf ihn, er hört nichts als sein schreiendes Herz. »Hinweg mit dir! Ich will dich nicht mehr sehen, Cordelia! Das wird das letzte Mal sein, daß ich deinen Namen ausgesprochen habe! Verlaß mein Reich!«

»Was tust du, alter Mann!« Kent ist laut geworden. Nicht in den brenzligsten Situationen bisher hatte er laut werden müssen. Jetzt muß er. »Siehst du denn nicht die Wahrheit? Kannst du ein falsches Herz denn nicht mehr von einem wahrhaftigen Herzen unterscheiden?«

»Wer sich auf ihre Seite stellt, der soll mit ihr gehen!« Und der König gibt gleich Befehl. »Wer Kent trifft, der hat das Recht und die Pflicht, ihn zu erschlagen!«

Da verliert der Herzog von Burgund jedes Interesse an Cordelia. »Also, wenn ich gewußt hätte ...«, stammelt er. Er meint, wenn er gewußt hätte, daß es keine Mitgift gibt.

Der Herzog von Frankreich jedoch stellt sich neben Cordelia. »Ihr Herz ist ohne Lüge. Sie haßt die Schmeichler, wie ich sie hasse. Keine schönere Mitgift habe ich erwartet.«

»Nimm sie mir aus den Augen!« brüllt der Löwe.

Ja, wie ein Löwe ist der König in seinem Zorn. Alle Sicherungen sind durchgebrannt. Der Narr hat gerade noch seine Schelle schlagen können.

Bevor Cordelia zusammen mit dem Herzog von Frankreich das Land verläßt, bittet sie den treuen Kent: »Bleib bei ihm! Du kennst ihn und weißt, daß er ohne deinen Rat in großer Gefahr schwebt.«

Kent weiß den Namen dieser Gefahr: Goneril und Regan. »Ich werde in seiner Nähe sein«, verspricht er.

Kent und Cordelia kennen das Herz des Königs, und sie lieben ihn. Und diese Liebe ist stärker als der Zorn des Königs, und der Zorn kann ihr nichts antun.

Das Reich wird in zwei Teile geteilt. Lear wohnt ein halbes Jahr bei Regan, das andere halbe Jahr wohnt er bei Goneril. So soll es sein. So wird es vereinbart.

Was ist mit Gloster? Er hat keine Worte gefunden. Er hat Cordelia gesehen und hat gehört, was sie sagte, und es hat ihm im Herzen weh getan. Er ist verwirrt, und auf dem ganzen Weg vom Schloß nach Hause muß er den Kopf schütteln.

Gloster hat zwei Söhne, Edgar und Edmund. Edgar ist sein legitimer Sohn, Edmund der Sproß eines Seitensprungs. Gloster liebt sie beide, und er liebt sie beide gleich. Das sagt er. Das würde er jedem und immer sagen. Aber sein Herz weiß: Den Edmund liebt er ein wenig mehr. Obwohl der ja ein Bastard ist und eigentlich gar nicht richtig geliebt werden dürfte. Die Liebe ist ungerecht und mit Argumenten nicht zu überzeugen.

Als Gloster an diesem Tag nach Hause kommt, ist er von der Schlechtigkeit der Welt überwältigt. Er will seine Söhne sehen, um sich zu überzeugen, daß sie aus anderem Holz sind als diese Cordelia. Edgar befindet sich nicht in seinem Zimmer. Er sei ausgegangen, heißt es.

Aber Edmund ist da. Als Gloster sein Zimmer betritt, bemerkt er gerade noch, wie Edmund etwas in seinem Ärmel verschwinden läßt.

»Was war das eben?«

»Was meinst du, Vater?«

»Du hast etwas verschwinden lassen.«

»Es war nichts, nicht der Rede wert.«

»Ich will es sehen.«

»Du würdest es nicht richtig deuten, Vater.«

»Was soll das heißen? Ich befehle dir, mir zu zeigen, was du in den Ärmel gesteckt hast!« Ist das heute so, denkt Gloster, daß sich die Kinder gegen die Väter erheben? Ist Edmund, mein Edmund, einer wie diese Person, deren Namen auszusprechen der König verboten hat?

Edmund tritt nahe an seinen Vater heran. Er schaut seinem Vater frei in die Augen, er sieht dort Sorge und Verwirrung. »Was ist mit dir, Vater? Ich fürchte, es ist etwas Schreckliches passiert. Ich will nicht, daß dich dieser Brief noch mehr …«

»Ein Brief? Von wem? Zeig ihn mir!«

Widerwillig zieht Edmund das Blatt aus seinem Ärmel, reicht es dem Vater. Gloster liest. Er muß sich setzen. Was hier steht, ist ungeheuerlich: »Lieber Edmund … während unser Vater dem alten König wie ein Fuchsfell zu Füßen liegt …«, und so weiter, »… es wird höchste

Zeit, daß die Alten den Jungen Platz machen ...«, und so weiter, »... und wenn er nicht freiwillig abdankt, dann muß man eben entsprechend nachhelfen ...«, und zum Schluß: »Ich hoffe auf Deine Unterstützung. Dein Bruder Edgar.«

»Edgar meint das nicht so«, stammelt Edmund.

Der Vater sieht die Tränen in den Augen des Sohnes. Daß sich Edmund so vehement für seinen Bruder einsetzt, stimmt Gloster etwas milder. »Wie kann er es denn sonst meinen, Edmund?«

»Er hat einen etwas derben Charakter«, versucht Edmund seinen Bruder zu verteidigen.

»Es ehrt dich, daß du ihn in Schutz nimmst«, sagt Gloster. »Aber ich kann lesen.«

»Bitte, Vater, gib Edgar noch eine Chance!«

Jede Chance will Gloster seinem Sohn Edgar geben, jede Chance, die beweisen könnte, daß nicht wahr ist, was in diesem Brief steht.

»Ich werde Edgar zur Rede stellen«, schlägt Edmund vor. »Du, Vater, versteckst dich und hörst zu, was wir reden. Dann sollst du sehen, daß er nicht meint, was er mit ungeschickter Hand niedergeschrieben hat.«

Gloster ist einverstanden. Er umarmt Edmund, den geliebten Sohn, der zwar nicht legitimiert werden darf, der aber ein so gutes, treues, naives Herz hat.

Wie ist es tatsächlich um das Herz des Edmund bestellt? Hat er überhaupt eines? Ähnlich wie Lear in seiner Jugend hat sich Edmund die Frage gestellt: Was ist Klugheit? Und er gab sich die gleiche Antwort: Klugheit bedeutet, die Welt zu erkennen, wie sie ist. Und er kam sogar zur gleichen Ansicht, daß Welterkenntnis Selbsterkenntnis einschließen muß. Aber anders als Lear versteht Edmund unter Selbsterkenntnis nicht Erkenntnis seiner Schwächen, sondern seiner Stärken.

Und dies sind Edmunds Stärken. Erstens: Er ist schön und wird begehrt. Beweise dafür liefern Goneril und Regan, die Töchter des Königs. Sie sind verrückt nach ihm. Wenn Alba aus dem Haus ist, schickt Regan einen Boten. Wenn Cornwall sich auf die Jagd begibt, wartet Goneril in ihrem Schlafgemach. Alle lieben Edmund und sind verrückt nach ihm – wobei ihm das eine für das andere gilt. Sein Gesicht ist ein Spiegel, in dem jeder sehen kann, was er will. Ja, diesbezüglich ist Edmund wie sein Vater Gloster. Nur daß Glosters Gesicht die Schwächen und Edmunds Gesicht die Stärken der Menschen widerspiegelt. Und wer möchte sich nicht gern stark sehen?

Zweitens: Edmund ist intelligent. Er ist intelligenter als alle. Und viel intelligenter als sein Bruder Edgar. Doch was nützt es ihm? Gar nichts. Edgar wurde gezeugt mit einer langweiligen Frau in einem langweiligen Bett. Aber legitim. Er, Edmund, ist die Frucht einer Affäre. Die war sehr leidenschaftlich. Doch was nützt ihm das? Gar nichts. Er ist ein Bastard. Für ihn gibt es nichts zu erben, kein Land, keinen Titel, kein Sparbuch – jedenfalls nicht, solange es Edgar gibt.

Gloster soll sich also hinter einer Säule verstecken, Edmund will seinen Bruder zur Rede stellen. Edmund hält einen genau berechneten Abstand zu der Säule. Der Vater soll hören können, aber er soll nicht alles verstehen können. Edmund weiß, die Angst wird das Fehlende ergänzen. Und er weiß, die Angst wird das Fehlende in ihrem Sinn ergänzen. Gloster hat Angst, daß er von seinem Sohn

Edgar hintergangen wird. Die Angst wird ihm einreden: Ja, du wirst hintergangen.

»Jemand unterstellt dir Böses«, sagt Edmund zu seinem Bruder, laut und deutlich. »Unser Vater glaubt, du willst ihn töten.«

»Ich will meinen Vater töten?«

Wir kennen das Spiel: Edgar fragt einfach; aber die Angst macht aus dem Fragezeichen ein Rufezeichen, und Gloster hinter der Säule hört: »Ich will meinen Vater töten!«

Nun flüstert Edmund: »Unser Vater belauscht uns. Er hat gehört, was ich zu dir gesagt habe. Du mußt mit größerer Empörung reagieren, sonst glaubt er tatsächlich, du willst ihn töten.«

»Was soll ich tun?« flüstert Edgar zurück.

»Also, wenn du so etwas zu mir sagen würdest, ich täte dich niederschlagen. Zieh deinen Degen! Geh auf mich los!« flüstert Edmund.

Edgar tut, was ihm sein Bruder rät. Und er ist ihm obendrein auch noch dankbar.

Der Vater sieht, und er deutet es nach dem Diktat seiner Befürchtungen: Edgar will nicht nur mich, seinen Vater, töten, er will auch Edmund, seinen Bruder, töten. Und er verflucht Edgar. Erklärt ihn für enterbt und für vogelfrei.

»Wer Edgar trifft, der hat das Recht und die Pflicht, ihn zu erschlagen!«

Jetzt muß nur noch der Alte fallen, dann darf sich Edmund Graf von Gloster nennen.

Lear hat das Reich unter seine Töchter Regan und Goneril aufgeteilt. Er selbst beansprucht für sich Unterkunft, Königswürde in Form von würdiger Behandlung und ein kleines Heer von hundert Mann zu Repräsentationszwecken. Zur Zeit wohnt er bei Regan.

Es geht ihm nicht gut. Es geht ihm nicht gut, weil er nicht gut behandelt wird. Wären da nicht sein Narr, der ihn mit seinen frechen Späßen doch immer wieder aufzuheitern vermag, und ein fremder Mann, der sich ihm angeschlossen hat, der König wäre längst schon in eine starrende Depression versunken.

Dieser fremde Mann war eines Tages erschienen und hatte gesagt: »Lear, du hast mir geholfen, als du noch König warst. Jetzt, da du nicht mehr König bist, will ich dir helfen.«

»Und wie sieht diese Hilfe aus?« fragte Lear.

»So zum Beispiel«, sagte der fremde Mann und stellte dem Verwalter von Regan ein Bein, so daß er längelang hinschlug.

Dieser Verwalter ist ein übler Bursche, der durch unverschämt mauliges Verhalten dem alten König gegenüber auffällt.

»Und wenn ich noch einmal sehe, daß du unserem König einen frechen Rand ziehst«, schimpfte ihn der fremde Mann aus, »dann schlag ich dir den Schädel ein!«

Das hat dem Lear gefallen, und er hat ihn in seine Dienste genommen.

Dieser Fremde ist niemand anderes als Kent, der sich verkleidet hat, um in der Nähe seines Königs zu sein und darauf zu achten, daß ihm nichts zustößt. Kent hat einen Kurierdienst nach Frankreich eingerichtet. Laufend meldet er Cordelia, wie sich Regan ihrem Vater gegenüber benimmt. Und leider hat Kent nichts Gutes zu berichten. Regan ist niederträchtig zu ihrem Vater. Sie hört ihn nicht an, wenn er sich beschweren möchte, oder dreht sich mitten in seiner Rede um und geht. Sie kümmert sich nicht um Essen und Kleidung, wie es ausgemacht war. Sie nörgelt an ihm herum. Sie demütigt ihn. Beleidigt ihn mit jedem Wort.

Cordelia ist empört. »Stellen wir ein Heer zusammen!« entrüstet sie sich vor ihrem Mann, dem Herzog von Frankreich. »Marschieren wir ein! Stürzen wir sie!«

Der Herzog von Frankreich will beschwichtigen, relativieren, verschiedene Sehweisen ins Feld führen. Er kennt Cordelia erst wenig. Dann aber lernt er sie besser kennen. Schließlich mobilisiert er. Das Heer Frankreichs steht bereit, den Kanal zu überqueren und in England zu landen.

Eines Tages stellt sich Regan breit vor ihren Vater hin und sagt: »Das kann nicht so weitergehen! Deine Leute führen sich auf, als ob mein Schloß ein Bordell wäre!«

»Das ist nicht wahr!« wehrt sich Lear. »Meine Soldaten sind die besten, die es gibt. Anständig, ruhig, verläßlich, loyal.«

»Sie saufen, machen Lärm, fressen alles auf und kotzen in den Brunnen. Was brauchst du hundert Soldaten! Fünfzig genügen!«

Nein, das kann er nicht hinnehmen! Er hat schon viel hinnehmen müssen in den letzten Wochen. Das nicht. Dann geht er lieber. Das hätte er sich nicht träumen lassen! Daß am Ende seines Lebens zwei seiner Töchter seine Liebe so vergelten!

»Es gibt noch eine!« hält er Regan entgegen. »Zum Glück gibt es noch Goneril! Sie liebt mich, und sie wird mich ehren, wie es ihr die Liebe befiehlt.«

Lear bricht auf mit all seinem Gefolge. Er diskutiert nicht. Ehre und Stolz dürfen nicht Gegenstand von Verhandlungen sein.

Der Narr treibt seinen Spott. »Schau mich an, Lear!« sagt er. »Was siehst du?«

»Einen Narren sehe ich.«

»Wie viele Narren gibt es denn hier?« fragt der Narr.

»Einen, denke ich. Dich.«

»Seltsam, auch ich sehe einen Narren«, sagt der Narr.

»Du meinst, daß ich mich nicht von dir unterscheide?« sagt Lear.

»Du kannst ja auch eine Schlange nicht von einer Rose unterschieden«, sagt der Narr.

Regan ist ihren Vater losgeworden. Aber jetzt macht sie sich ihre Gedanken. Was, wenn sich der Alte nun mit Goneril verbündet, gegen sie, Regan? Sein Einfluß im Land ist immer noch groß. Und noch eine Sorge drückt sie: Sie hat in letzter Zeit auffallend selten Besuch von dem hübschen Edmund bekommen. Sie ahnt, daß sich da etwas tut. Nämlich zwischen Edmund und ihrer Schwester. Da gab es Blicke und Farbwechsel im Gesicht. Womöglich bildet sich da eine geheime Allianz heraus – Edmund, Goneril, Lear... Regan traut allen alles zu, so wie eben ihr alles zuzutrauen ist.

»Ich will sehen, was er für Geschichten über uns erzählt«, sagt sie zu ihrem Mann, dem Herzog von Alba.

»Die Wahrheit wird er erzählen«, sagt Alba. »Wie du ihn behandelt hast.«

»Du machst dich lächerlich«, fährt ihm Regan über den Mund.

Der Herzog hat Not mit seiner Frau, weiß er doch längst, was sie für eine ist, eine ohne Herz, eine, die ihn betrügt, eine, die vor nichts haltmacht. Und was tut er dagegen? Nichts. Und warum nicht? Wegen Schwäche auf allen Ebenen.

So macht sich also auch Regan auf den Weg.

Der König wird von Goneril nicht empfangen. Lear muß im Hof warten.

»Sagt Goneril, ihr Vater ist hier!«

Die Dienstboten grinsen sich einen. So ist ihnen befohlen worden: Wenn der alte König kommt, ignoriert ihn, aber nicht so, als ob er gar nicht da wäre, sondern so, als ob er schon da wäre, ihr ihn aber trotzdem ignoriert. Erst als auch Regan im Schloß eintrifft, lassen sich Goneril und ihr Mann, der schreckliche Herzog von Cornwall, herab, die Gäste zu begrüßen.

»Was gibt's denn?« fragt Goneril.

»Er führt sich auf«, sagt Regan.

Wie brennt das Herz im Busen des Königs! Kent unter der Maske eines Fremden hat es aufgegeben, die Dinge aus verschiedenen Gesichtswinkeln zu betrachten. Nichts will er aus dem Gesichtswinkel dieser beiden Ungeheuer Regan und Goneril betrachten, den schäbigsten Hundsdreck nicht!

»Wie führt er sich denn auf?« fragt Goneril ihre Schwester, tut so, als stünde ihr Vater nicht drei Schritte von ihr entfernt.

»Ich sage zu ihm, fünfzig Soldaten reichen aus für sein Schmuckheer. Er will die hundert behalten.«

»Ich finde, fünfundzwanzig sind sogar genug«, sagt Goneril.

»Das finde ich auch«, sagt Regan.

»Warum überhaupt einen einzigen Soldaten?« sagt Goneril, und nun erst wendet sie sich ihrem Vater zu: »Du hast doch alles, was du brauchst. Wir passen doch auf dich auf.«

»Ich habe euch alles gegeben, was ich besaß!«

»Und wir geben dir alles, was du brauchst.«

»Oh!« ruft Lear aus. »Der ärmste Bettler besitzt irgend etwas im Überfluß! Gib dem Menschen nur, was er braucht, und sein Leben ist wie das Leben eines Tieres!«

»Tja dann«, sagt Goneril.

»Tja dann«, sagt Regan.

»Tja dann« heißt: Dann geh halt! Sie grinsen. Der König kann nämlich nicht gehen. Warum nicht? Weil draußen ein Unwetter losbricht. Noch ehe ein kleines »Tja dann« ausgesprochen werden kann, gehen fünf Blitze nieder. Und wär's der räudige Hund des verhaßten Nachbarn, man würde ihm in so einer Nacht Obdach geben.

»Tja dann«, sagt Regan.

»Tja dann«, sagt Goneril.

»Dann brauch ich nichts mehr von euch«, sagt Lear.

Und er stemmt das Tor auf. Der Sturm bauscht seinen Mantel, das weiße Haar weht um sein Haupt. Der Regen durchnäßt seine Schultern. Aber der König hat Männer bei sich, die ihn lieben: den Narren und Kent. Die lassen den König nicht allein. Sie begleiten ihn in die grausige Nacht hinaus.

»Verriegelt das Tor!« befiehlt Goneril. »Und wenn jemand klopft, dann fragt! Und wenn es der Alte ist, dann antwortet nicht, und öffnet nicht!«

Wieso soll man erst fragen? Erwartet Goneril jemanden? Regan macht sich wieder ihre Gedanken. Sie läßt die Schwester nicht aus den Augen. Und tatsächlich: Mitten im Sturm wird an das Tor gepocht. Und es ist nicht der alte König. Es ist Edmund. Was will der hier? Sich ins Bett der Schwester schleichen?

»Ich bringe schlechte Nachricht«, sagt Edmund. »Das französische Heer ist in Dover gelandet. Cordelia will rächen, was ihr eurem Vater angetan habt.«

»Wir ihm angetan? Was haben wir ihm angetan?«

Edmund hebt die Schultern. Was kümmert's ihn.

»Jemand hat Lügen verbreitet!« sagt Regan.

»Wer hat Lügen verbreitet?« fragt Cornwall. »Ist ein Verräter unter uns?«

Edmund ist aufmerksam. Er hört zu. Mischt sich nicht ein. Meine Intelligenz – so denkt er über sich selbst – besteht vor allem darin, eine Chance sofort zu erkennen und sie zu nutzen. Jetzt mischt er sich doch ein.

»Der Verräter ...«, sagt er und senkt den Blick, und es ist ihm anzusehen, wie er mit sich ringt. »Der Verräter ...«

»Wenn du ihn kennst«, poltert Cornwall, »dann rate ich dir, seinen Namen zu nennen.«

»Das kann ich nicht ...«

»Mir wirst du seinen Namen sagen«, spricht Goneril mit sanfter Stimme.

Ich hätte es sagen sollen, denkt Regan, jetzt ist sie mir einen Schritt voraus. »Uns kannst du es sagen, Edmund.« Ich muß aufpassen, daß ich bei ihm nicht ins Hintertreffen gerate, denkt sie.

»Es ist so schwer ...«, druckst der Hübsche weiter herum, »... ich kann mich nicht entscheiden ...« Und schließlich rückt er damit heraus: »Zwischen der Treue zu meinem Vaterland und der Treue zu meinem Vater muß ich mich in der Stunde der Not fürs Vaterland entscheiden. Der Verräter ist mein Vater, Graf von Gloster.«

Cornwall, der Schreckliche, gibt Befehl, auf der Stelle Gloster in seinem Haus zu verhaften und hierher zu bringen, auch Sturm und Unwetter können keinen Aufschub erwirken.

Gloster weiß gar nicht, wovon die Rede ist. »Ich soll ein Verräter sein? Ich? Ich, der ich ein Leben lang dem König gedient habe?« Er wendet sich an Edmund. »Sag ihnen, wie absurd dieser Verdacht ist!«

»Du fragst den Rechten«, höhnt Cornwall, »er hat deinen Verrat ja erst aufgedeckt!«

Ob Gloster in diesem Augenblick die Zusammenhänge von Intrige, kalter Schurkerei und Unschuld durchschaut? Es bleibt ihm nicht viel Zeit. Cornwall reißt ihm die Augen aus dem Kopf, wirft sie zu Boden und tritt darauf. Dann stößt er den Blinden hinaus in den Sturm.

»Jetzt kannst du den Weg zu deinen Freunden riechen!« ruft er ihm nach.

Ein Diener faßt sich als erster. »Ich will nicht weiterleben und mir sagen müssen, ich habe das gesehen und nichts dagegen getan«, sagt er.

Er zieht seinen Degen und ersticht Cornwall.

Alles furchtbar, alles entsetzlich, unausdenklich und grauenhaft ohne Frage – aber: Goneril hat einen beträchtlichen Vorteil gewonnen. Denkt Regan. Goneril ist jetzt frei. Frei für Edmund. Und dann baut die Schwester ihren Vorteil sogar noch aus.

»Edmund«, wendet sich Goneril mit königlicher Geste an den künftigen Grafen von Gloster, »ich vertraue dir den Befehl über meine Truppen an! Führe sie gegen Frankreich in die Schlacht!«

»Meine Truppen auch!« hinkt Regan hinterher, versucht, einen Blick von Edmund zu erhaschen.

Einen solchen Sturm hat England noch nie erlebt! Er reißt die Wolken vom Himmel, bringt eisigen Regen, fährt auf die Schultern der Männer nieder, beugt sie krumm, wechselt die Richtung, taucht ab und sticht in die Gesichter hinter den schützend erhobenen Armen.

Kent, der Narr und Lear irren über die Heide. Regen, Eis und Sturm schmerzen nicht, wo andere Wunden ins Herz geschlagen wurden. Barhäuptig geht der König voran. Singt er? Oder hört sich der Wind so an? Kent weiß, wenn sie nicht bald Schutz finden, werden sie die Nacht nicht überleben.

Sie finden eine Hütte. Dort wohnt aber schon einer. Ein Verrückter, schäbig, verdreckt, das Gesicht unkenntlich gemacht mit Ruß. Ein Tom. Die Bettler heißen Tom. Und die Wahnsinnigen auch. Jeder Bettler ist ein Tom, jeder Verrückte ist ein Tom. Wer nichts hat außer Haut und dem, was die Haut zusammenhält, der ist ein Tom.

»Auch der König ist ein Tom«, sagt Lear und streichelt dem Mann die Wange.

Es ist Edgar, Glosters verstoßener Sohn. Ihn hat Edmund aus dem Spiel gedrängt. Der Vogelfreie, den man ungestraft erschlagen darf, wenn man ihn trifft. Er hat aus sich einen Tom gemacht. Um davonzukommen.

Als der Sturm etwas nachläßt, macht sich Kent auf den Weg. Er will sich zum französischen Heer durchschlagen, will Rettung holen. Der Narr muß ihm versprechen, so lange auf den König achtzugeben.

Nun sind sie allein. Drei Verrückte im Sturm. Der erste ist verrückt, weil es sein Beruf ist; der Narr verdient mit Verrücktsein seinen Lebensunterhalt. Der zweite, Edgar, ist verrückt, weil Verrücktsein sein Leben rettet. Und der dritte, Lear, droht verrückt zu werden; ihm verspricht der Wahnsinn Heilung. Die er am meisten geliebt, haben seine Liebe nicht angenommen. Die er am meisten geliebt, haben seine Liebe nicht erwidert. Die er am meisten geliebt, haben ihn, den Liebenden, verspottet, gedemütigt, klein gemacht vor den Leuten. Lear steht an der Klippe des Wahnsinns, es wäre Erlösung für ihn zu fallen. Warum springt er nicht? Weil er im Narren und im Tom sein Spiegelbild sieht? Weil er hinter der Verrücktheit seines Narren zum ersten Mal den Mann sieht, der mit seiner Narretei vielleicht eine Familie zu ernähren hat? Weil er im Gesicht des verrückten Tom die Not erkennt, die einen vernünftigen Mann den Narren spielen läßt?

Und dann ist die Nacht vorbei, der Sturm ist verebbt, Soldaten stehen vor der Hütte. Sie verneigen sich vor dem König. Sie richten Grüße aus von ihrer Königin, von Cordelia. Sie legen einen Mantel um die Schultern des Greises. Sie geleiten den König und seinen Narren ins französische Lager.

Lear fällt vor Cordelia auf die Knie, bittet sie um Vergebung. Ein kleines großes Glück dürfen die beiden teilen. Ein großes Glück, weil es die Liebe ist; ein kleines Glück, weil es nur kurz dauert.

Edgar ist allein. Er steht vor seiner Hütte und blickt über die Heide, die der Sturm verwüstet hat. Da sieht er eine Gestalt. Wer kann das sein, der eine solche Nacht im Freien verbringen mußte? Edgar sieht die blutigen Augenringe. Und als er sich der Gestalt nähert, erkennt er seinen Vater; den Mann, der ihm so schmerzhaftes Unrecht angetan hat. Wer hat ihm solche Schmerzen zugefügt?

Aber Edgar gibt sich nicht zu erkennen. Er tut so, als wäre er ein Hirte.

»Was ist mit dir, alter Mann?«

»Ich suche die Felsen von Dover.«

»Was willst du dort?«

»Ich will einen Schritt tun.«

»Nur einen Schritt willst du tun?«

»Nur einen Schritt.«

Edgar nimmt den Arm seines Vaters. »Ich werde dich führen.«

Aber nicht zu den Felsen von Dover führt er ihn. Er führt ihn im Kreis über die Heide. Schon zum zweiten Mal münden sie in ihre Fußstapfen.

Gloster klagt. Er erzählt dem Fremden sein Leid. Daß er dem Falschen geglaubt hat. Daß er den Richtigen verstoßen hat. Daß die schmerzenden Augenhöhlen den Schmerz des Gewissens nicht wettmachen können.

»Sind wir bald an meinem Ziel?«

»Nur wenige Schritte noch, dann stehen wir auf den Klippen von Dover.«

»Aber der Weg müßte doch schon längst aufwärts gehen.«

»Aber er geht ja schon längst aufwärts.«

»Ich merke es nicht.«

»Du merkst es nicht? Setz einen Fuß vor den anderen! Merkst du jetzt, daß der Fuß, den du vor den anderen setzt, höher ist?«

»Wenn du es sagst. Ja, jetzt merke ich es.«

»Und hörst du nicht, wie unten das Meer an die Klippen schlägt?«

»Ich höre es nicht.«

»Und wie die Möwen schreien? Hörst du es nicht?«

»Wenn du es sagst. Ja, jetzt höre ich es.«

Es gibt nichts zu hören. Da dehnt sich nur Heide um sie herum. Kein Fels ist da, keine Möwen sind da, keine Klippen. Sie gehen im Kreis. Bereits zum fünften Mal ziehen sie über ihre eigene Spur. Nun stehen sie mitten im Gras. Gloster meint, er stehe auf den Felsen von Dover, und unter ihm, weit unter ihm, schreien die Möwen und schlägt das Meer gegen die Klippen.

»Tritt zurück«, sagt Gloster. »Damit ich meinen Schritt tun kann.«

Edgar tritt zurück, und Gloster springt – springt über den Fels von Dover, springt ins Meer. Aber da ist kein Fels, und da ist kein Meer, und sein Sprung ist nur ein trauriger, lächerlicher, komischer, verzweifelt tragischer Hupfer. Gloster liegt hilflos am Boden, meint, er sei tot, meint, so schaut es drüben aus. Daß er drüben blind ist, wie er herüben blind gewesen war, daß es drüben riecht, wie es herüben gerochen hat, nämlich nach dem Gras der Heide.

Edgar verstellt abermals die Stimme, tut diesmal, als wäre er ein Fischer. »Was ist denn das! Hat man so etwas schon gesehen! Da fällt der Mann von den Klippen, und nichts tut ihm weh!«

Edgar nimmt den Gefallenen in seine Arme. So viel Liebe ist in dieser Umarmung, zu viel Liebe, als daß sie sich verstecken ließe. Und Gloster erkennt seinen Sohn Edgar. Und sein Herz bricht.

Frankreich hat die Schlacht verloren. Das französische Heer wurde aufgerieben. Edmund, der Oberbefehlshaber der englischen Truppen, hat gesiegt. Cordelia und Lear sind seine Gefangenen. Gefährliche Gefangene, die eine große, unberechenbare Anhängerschaft haben. Edmund hat deshalb Meuchler gedungen. Sie sollen die beiden in ihren Zellen aufsuchen und sie erdrosseln.

Edmund hat neue Ambitionen. Daß er sich mit dem Titel eines Grafen von Gloster zufriedengeben könnte, das ist längst vorbei. Warum nicht König werden? Lebt da einer, dem die Natur mehr Talente zur Verwaltung vermacht hätte? Nein. Der Bastard als König. Warum nicht? Und wer wird seine Königin sein? Das kann er sich aussuchen. Sind ja beide verrückt nach ihm, Goneril und Regan. Edmund entwirft nicht überhitzte Pläne. Das ist nicht sein Stil. Er vertraut auf den Zufall. Der Zufall ist der Plan der Natur. Und der Zufall schafft Gelegenheiten. Und Edmund wird sie nutzen.

Da wird gemeldet, Goneril sei tot. Sie sei ermordet worden. Von Regan. Regan hat es nicht mehr ertragen, in Konkurrenz mit ihrer Schwester um Edmund zu werben. Sie hat Gift in Gonerils Becher geschüttet.

Dann ist es eben, wie es ist, denkt Edmund. Dann halt Regan. Sie ist zwar noch verheiratet mit dem Herzog von Alba, aber das soll dem Walten der Natur doch nicht im Weg stehen.

Und dann wird gemeldet: Auch Regan ist tot. Sie hat sich das Leben genommen.

Das versteht Edmund nicht. Selbstmord? Nun hätte Regan doch alles haben können, sagt er sich. Alba wären wir losgeworden. Wir beide hätten das Land regiert. Sie an meiner Seite. Aber dann fragt er sich: Was hätte sie haben können? Mich? Mich hätte sie haben können? Nein, mich hätte sie nicht haben können. Den Edmund kann nämlich niemand haben. Und warum nicht? Weil er nicht liebt. Weil er noch nie geliebt hat. Und weil er nie lieben wird. Regan wußte es. Aber was ist schon Liebe! Bringt man sich um, weil man sie nicht bekommen kann? Ja, wenn man selbst liebt.

Dieser Gedanke erschüttert Edmund: »Ist Edmund also einer, der geliebt werden kann? Ist Edmund also einer, der geliebt wurde? Ist Edmund also einer, dessen Liebe mehr wiegt als das Leben?« Er weiß nicht, was Liebe ist. Er hat keine Ahnung davon. Er weiß nur, Regan fand das Leben nicht mehr lebenswert, wenn sie von Edmund nicht geliebt wird. Dieser Gedanke erschüttert ihn.

Und macht ihn weich.

Edgar muß tun, was ihm die Ehre befiehlt. Er ist kein Mann der Ehre. Er ist kein Mann der öffentlichen Angelegenheiten. Er wäre Edmund nicht im Weg gestanden. Er wäre freiwillig beiseite getreten. Nie hatte er den Ehrgeiz, der Grafschaft seines Vaters vorzustehen. Nie fühlte er Überlegenheit Edmund gegenüber, weil der nicht Glosters legitimer Sohn ist. Nun aber sieht Edgar keine andere Möglichkeit, der Intrige entgegenzutreten, als mit dem Schwert. Und er zweifelt nicht, daß sein Bruder auch diesen Kampf gewinnen wird. Edgar rechnet mit dem Tod, und er erwartet den Tod als gerechte Strafe. Es war ihm nicht gelungen, den alten Vater zu schützen, wie es seine Pflicht als Sohn gewesen wäre. Er hat sich ein falsches Bild gemacht von seinem Bruder, das ist seine Schuld.

Edgar trifft auf Edmund, und er sieht in seine Augen, und er zögert. Aus diesen Augen soll das Böse blicken? Edgar will nicht kämpfen, er will nicht töten.

»Ich will es nicht«, sagt er, »aber ich muß dich töten.«

»Dann tu es!« sagt Edmund.

Edgar kann nicht. Den ersten Streich führt Edmund. Aber er führt ihn ohne Kraft und ohne Willen.

»So kämpfst du gegen mich?« fragt Edgar.

»Du mußt dich wehren«, sagt Edmund und schlägt ein zweites Mal zu. Und dann noch ein drittes Mal.

Dann schlägt Edgar zurück. Und Edgar besiegt den Bruder.

»Gib mir die Gelegenheit, etwas Gutes zu tun«, flüstert der Sterbende.

»Diese Gelegenheit habe ich dir immer gegeben«, sagt Edgar.

»Geh! Beeil dich! Rette Lear! Rette Cordelia!«

Aber es ist zu spät. Der König trägt seinen Liebling auf den Armen durch das Schloß. Cordelia ist den Mördern nicht entkommen. Lear hat die Mörder erschlagen. Dann ist er gestorben. Zuerst ist sein Geist gestorben. Dann seine Seele. Seine Liebe ist gestorben. Nun sinkt er nieder, die Arme schützend über seinen toten Liebling gebreitet, so stirbt er.

Der treue Kent ist da, und der Herzog von Alba ist da, und Edgar ist da. Alle anderen sind tot. So sieht diese Welt an ihrem Ende aus.

»Kent soll König sein«, sagt Edgar.

»Nein«, antwortet Kent. »Ich habe mein Leben lang dem König gedient. Ich habe ihm noch gedient, als er glaubte, ich sei sein Feind. Ich werde ihm dienen bis zu meinem Tod.«

»Dann du, Alba!«

»Nein«, sagt Alba. »Ich habe die Welt nicht so gesehen, wie sie ist. Und als ich sie sah, wie sie ist, habe ich die Augen vor ihr verschlossen. Ich bin kein König.«

Edgar wird König, ein König wider Willen.

Wie es euch gefällt

Es war einmal ein Herzog, der hatte ein hochsommerliches Gemüt. Den Sommer lieben die fröhlichen Geschöpfe; der Melancholiker wartet mit leicht verächtlicher Ungeduld, bis er vorbei ist. Diesen unfrohen Trauermienen konnte der Herzog nichts abgewinnen; er produzierte Späße wie der Webstuhl Tücher, und wer nicht darüber lachen wollte, dem erklärte er die Witze nicht, dem drehte er einfach den Rücken zu.

Die Sonne scheint auf alle, und sie wärmt auch jene, die im Schatten sitzen. Der Herzog hatte einen Bruder, der war ursprünglich durchaus wohlgemut, aber eben nicht so wohlgemut wie der Herzog, und er saß im Schatten. Wenn du am heißesten Tag des Jahres im Schatten sitzt und auf die schaust, die in der Sonne herumtollen, dann fängst du nach einer Zeit zu frieren an, und dein ehedem durchaus wohlgemutes Gemüt wandelt sich in Richtung Bitternis. Dann kommt noch hinzu: Der Ehrgeiz ist eine Kraft, die im Schatten besser gedeiht als in der Sonne. Der Herzog hatte keinen Ehrgeiz, sein Bruder schon.

Der Herzog wurde einfach nur »Herzog« genannt, der Bruder hieß Friedrich.

Friedrich, nachdem er über Jahre hinweg dem Sommer außerhalb seines Herzens ganz ohne jede Hoffnung zugesehen hatte, holte eines Tages tief Luft, spannte die Muskeln, warf einen hoffnungsvoll begehrlichen Blick auf den Thron – und: Das genügte. Der Herzog räumte das

Feld und zog mit seinen Getreuen in den Ardennerwald. Es gab nicht einen im Land, der da behauptet hätte, der Herzog sei geflohen oder gar verbannt worden. Er war gegangen, hatte mit der Schulter gezuckt und war einfach gegangen.

Friedrich empfand den kraftlos kampflosen Rückzug seines Bruders als Demütigung. Was dem Pessimisten ohne Mühe in die Hände fällt, das schätzt er nicht, dem mißtraut er. Was hat der mehr als ich, daß er mit weniger zufrieden ist? Tatsächlich hieß es: Auch wenn ihn Friedrich auf Knien und singend darum bäte, der Herzog würde nicht in sein Schloß zurückkehren. Der Wald, der Ardennerwald, sei nämlich das Paradies.

»Was ist dort besser als hier?«

»Nichts. Aber alles ist gut.«

Sogar im Schlechten erwischt er es besser als ich im Guten, dachte sich Friedrich.

Friedrich fühlte sich einsam. Wenn er Inventur in seinem Herzen machte, mußte er sich eingestehen, daß es da keine einzige Kammer gab, die rein weiß oder gar rein golden ausgemalt war. Es gibt nichts, was ganz und gar gut ist an mir, sagte er sich. Und weil ich nicht gut bin, geht es mir auch nicht gut. Allen anderen schien es gutzugehen; er hatte lediglich die Hoffnung, daß es ihm eines Tages bessergehen könnte. Hoffnung aber ist etwas für Nichts.

Er lud einen der Klügsten ins Schloß ein und fragte ihn: »Wie geht es dir?«

»Gut geht es mir«, sagte der.

»Und du hoffst nicht, daß es dir bessergehen könnte?«

»Nein.«

»Was hoffst du überhaupt?«

»Nichts, um Himmels willen!«

»Willst du denn überhaupt nichts hoffen?«

»Nein, nein, um Gottes willen! Weißt du denn nicht, was Hoffnung ist?«

»Sag es mir!«

»Wer gut ist, kennt sie nicht, wem es gutgeht, der braucht sie nicht.«

Friedrich war verzweifelt.

»Siehst du«, sagte der, der einer der Klügsten war. »Die verzweifelte Hoffnung ist die einzig wirkliche Hoffnung. Da hast du es!«

Eine Mode kam auf, nämlich: Niemand wollte, daß es ihm bessergehe. Mancher Bursche und manches Mädchen, denen es bereits besserging, meinten, es genüge, wenn es ihnen nur gutgehe. Sie verließen ihre aussichtsreiche Zukunft und folgten dem Herzog nach. Die Eltern lockten mit Barem, die Lehrer drohten mit Karrieren, es nützte alles nichts. Mochte es den Lehrern besser und den Eltern am besten gehen, gut ging es denen im Ardennerwald. Allein das Wort »Ardennerwald« bewirkte, daß die Augen einer ganzen Generation aufleuchteten.

»Geh in den Ardennerwald! Schneide eine Kerbe in einen beliebigen Baum, halt dein Töpfchen darunter, und mir nichts dir nichts ist es voll köstlichem Sirup! Leg dich auf eine Lichtung, Augen zum Himmel! Kein Theater kann dir solche Pracht bieten. Trink vom Wasser der Quellen, pflück Himbeeren vom Strauch, dreh das Wildbret am Spieß! Schlaf im Moos!«

Da rumpelte es in einer bestimmten Herzkammer, als wär ein Regal mit Äxten und Hämmern, mit Spießen und Ketten umgefallen. Es war die Kammer, in der der Haß aufbewahrt wird. Und eines Morgens erwachte Friedrich und wußte: Ich hasse meinen Bruder! Und von da an ging es ihm besser.

»Warum sind die kleinen Tiere meistens braun?«

»Vielleicht weil der Boden auf sie abfärbt.«

»Aber auch die großen Tiere sind meistens braun.«

»Vielleicht, weil sie an den Baumstämmen streifen.«

»Und warum sind die Baumstämme ebenfalls braun?«

»Vielleicht weil die kleinen Tiere das Braune vom Boden hinauftransportieren.«

Über solche Themen unterhielt man sich im Ardennerwald. Nicht über gesicherte Pensionen oder Aktienfonds oder Wohnbaukredite oder politische Programme. Es wurde nicht gestritten, niemand war wegen niemandem beleidigt, und keiner pochte darauf, recht zu haben. Ja, hier herrschte tatsächlich das Paradies.

Der Herzog und sein Volk waren ein alberner Haufen. Kein Tag, an dessen Abend nicht die Rippen vom Lachen weh taten. Später, als sie alle wieder nach Hause zurückgekehrt waren, fragten sie sich manchmal: »Worüber haben wir damals eigentlich so gelacht?« Und sie wußten keine gescheite Antwort. »Über alles haben wir gelacht.« »Aber das ist doch nicht normal«, wurde ihnen geantwortet. »Was heißt schon normal! Wir waren halt damals so, solche Typen«, sagten sie und lächelten verklärt, und in dem verklärten Lächeln war eine Spur des ehemals verrückten Lachens.

Manchmal aber kehrte sich die Miene des Herzogs nach innen. Allerdings nur ein bißchen. Und höchstens für knapp zehn Minuten, und das maximal einmal pro Woche. Da erinnerte er sich nämlich an seine Tochter. Er seufzte und sagte: »Rosalinde!«

Nicht, daß er sich Sorgen um seine Tochter gemacht hätte. Es wäre ihm nur lieb gewesen, sie hier im Paradies um sich zu haben. Denn diese Rosalinde ist weiß Gott ein seltenes Exemplar …

Rosalinde lebt im Schloß ihres Vaters, in dem nun ihr Onkel das Sagen hat, und auch sie hat manchmal Sehnsucht. Aber auch sie macht sich keine Sorgen. Das ist ja allgemein bekannt, daß es denen im Ardennerwald an gar nichts mangelt. Sie hat Sehnsucht nach dem Vater, weil er eben ihr Vater ist.

Warum ist Rosalinde nicht zusammen mit dem Herzog in den Ardennerwald gezogen?

Rosalinde hat eine Cousine, Celia heißt sie, sie ist des schattigen Friedrichs Tochter. Und Celia und Rosalinde können ohne einander nicht sein. Sie sind nebeneinander geboren worden, haben am selben Tisch gelernt, den Löffel zu halten, den ersten Liebeswunschseufzer haben sie gemeinsam zum Himmel geschickt, sie lachen über punkt das gleiche und weinen über genau dasselbe. Und als der Herzog von Friedrich in die Freiheit verdrängt wurde, stand fest, entweder sie gehen beide mit, oder sie bleiben beide da. Und weil Friedrich mehr Druck machte, daß sie bleiben, als sein Bruder, daß sie gehen, blieben sie. Friedrich, das muß ihm zugute gehalten werden, liebt seine Tochter Celia, und auch wenn er sich innerlich heftig dagegen sträubt, er liebt auch seine Nichte Rosalinde. Wer Rosalinde kennt, der wird sich nicht darüber wundern.

Einmal trifft Celia ihre Cousine mit traurigem Gesicht an. »Ist es wieder, weil du den Vater vermißt?«

»Er fehlt mir nicht, aber ich vermisse ihn.«

»Da geht es dir umgekehrt wie mir. Ich vermisse meinen Vater nicht, aber er fehlt mir«, sagt Celia. Celia achtet sehr darauf, in Wortspielen zu reden. Weil nämlich Rosalinde oft in Wortspielen redet. Der Unterschied ist: Bei Rosalinde spielen die Wörter mit sich selbst und ohne Anleitung, bei Celia dagegen herrschen doch meistens Pointenstreß und Witzkommando. Was aber nicht heißt, daß Celia eifersüchtig auf ihre Base wäre. Im Gegenteil: Celia bewundert Rosalinde.

Rosalinde ist Celias Vorbild. In allem. Und das verbirgt sie weder vor ihr noch vor sich selbst. Aber ist es ein Wunder? Rosalinde kann einem in die Augen schauen, und es ist die Unschuld selbst, die ihr sanftes Licht aussendet. Und wenn sie spricht und einer bis dahin der Meinung war, die Unschuld müsse zwangsläufig naiv sein, denn Ironie und Unschuld liegen so weit auseinander wie auf der Erde Nordpol und Südpol, muß er nun seinen Vorurteilskasten von Grund auf neu zusammensetzen, denn er wird zu seinem Entzücken mit einer solchen Überfülle an Witz in Wort und im Gedanken beschenkt, daß er an der Doktrin von der Langweiligkeit des Himmels zu zweifeln beginnt und nimmer aufhören möchte, diesem Fräulein zuzuhören.

Und wie wunderbar neugierig Rosalinde ist! Alles will sie wissen. Und es kann ihr gar nicht schnell genug gehen, über die Menschen etwas Neues zu erfahren. Heißt das, sie ist an Tratsch interessiert? Nein, ja, nein, ja, nein! Sie liebt die Menschen, alle Menschen, und sie denkt über jeden nur das Beste, und sie möchte nicht, daß ein Gutes, und sei es noch so klein, vergessen wird.

Celia liebt und verehrt Rosalinde, und wenn sie ihre Freundin traurig sieht, schaut sie sich um, wo Ablenkung sein könnte.

»Laß uns auf den Marktplatz gehen!« sagt sie.

»Was gibt es denn dort?«

»Dort gibt es immer etwas.«

»Gib zu, du weißt es schon!«

Ja, Celia weiß, was heute auf dem Marktplatz los ist. Ein Ringkampf soll stattfinden: der berüchtigte Rippenentzweibrecher Charles gegen einen ambitionierten Nobody.

Auch Friedrich will sich den Kampf ansehen. Ergänzend zu seinem Charakter sei angemerkt: Er hat ein Imageproblem. Er tut hart, um sich von seinem Bruder abzusetzen. Die Ringkämpfe hat er eingeführt. Unter der Devise: Mein Bruder liebt das Weiche, ich das Harte. Nur, als er den Gegner von Charles dann sah, schmolz seine Härte dahin. Ein hübscher, zarter Bursche ist das, und Chancen gegen den Rippenentzweibrecher hat er keine, und ewig schade wäre es um die schönen Rippen.

Friedrich wendet sich an Tochter und Nichte: »Celia, Rosalinde, schaut ihn euch doch an! Das wird kein guter Kampf werden. Setzt Charme und Vernunft ein, um ihn davon abzuhalten!«

Ein so zerbrechlicher junger Mann, dieser Nobody! Nur ein Blick genügt, und Rosalinde hat sich in ihn verliebt. Aber mehr als ein Blick war ebenfalls nicht nötig, damit sich der junge Kämpfer in Rosalinde verliebte. Und das geht ja unmöglich zusammen, Verliebtheit und Feigheit.

»Und wenn es mein Untergang wäre, die Ehre befiehlt mir ...« Und so weiter.

»Was versteht Ihr unter Untergang?« fragt Rosalinde.

Da stützt der hübsche Kämpfer den Kopf in seine

Hände. »Wenn ich sterbe«, sagt er, »bringt das niemandem ein Leid, denn ich bin ganz allein auf der Welt.«

Er ist ja wie ich, denkt Rosalinde, und weiß gleichzeitig, daß es nicht so ist, denn sie hat ja Celia, die Freundin, und den Vater hat sie auch, nur ist der im Augenblick nicht verfügbar. Aber es tut ihr wohl, in dem jungen Mann ein gemeinsames Schicksal zu erkennen, auch wenn sie ihr eigenes Schicksal dafür ein wenig umdeuten muß. Sie nimmt ihr Kettchen vom Hals und hängt es dem jungen Kämpfer um.

»Wenn meine Augen Donnerkeile wären, ich wüßte, wen sie treffen«, sagt sie.

Und wer weiß, vielleicht waren ihre Blicke wenigstens Faustschläge, denn es geschieht ein Wunder: Der junge Mann siegt.

Friedrich überreicht den Siegerkranz: »Wie heißt du?«

»Ich bin Orlando, der Sohn von Roland de Boys.«

Da schrickt Friedrich zurück. Roland de Boys war der beste Freund seines Bruders, des Herzogs. Roland de Boys ist gestorben, und noch auf dem Totenbett soll er gesagt haben, Friedrich könne dem Herzog nicht das Wasser reichen. Darum schiebt Friedrich den Sieger jetzt grob beiseite.

»Ich sag es, wie es ist. Ich konnte deinen Vater nicht leiden, und er konnte mich nicht leiden, und darum kann ich dich auch nicht leiden.«

Und weil er gerade dabei ist, streckt er den Finger auch gleich gegen Rosalinde aus: »Und dich will ich schon gar nicht mehr sehen!« fährt er sie an. Und er denkt sich: Warum lieben alle meinen Bruder, warum nicht mich?

Celia, zwischen ihrem Vater und ihrer Cousine, entscheidet sich für Rosalinde. »Wenn sie geht, geh ich mit ihr!«

Das tut dem Friedrich weh; aber zwischen seiner Tochter und seinem Image entscheidet er sich für Letzteres.

»Dann geh!«

Wohin sollen sie gehen? Natürlich in den Ardennerwald! Und die beiden sind ja keine armen Emigranten, sie rüsten sich ordentlich mit Mitteln aus, Geld, Gold, Edelsteine. »Von irgend was muß der Mensch ja leben.« Zwei weltfremde, besser: waldfremde Mädchen, die sich nicht vorstellen können, daß es im Forst der Ardennen weder Supermärkte noch Imbißstationen gibt.

Auf alle Fälle romantisch stellen sie sich den Wald vor. Romantik bedeutet immer auch irgendwie Gefahr. Gefahr besteht vor allem in zwei Punkten: was das Geld betrifft und was das Geschlecht betrifft. Also besorgen sie sich vom Gesinde Bauernkleider.

»Sollen wir uns bewaffnen?« fragt Celia.

»Wir sind zwei Mädchen«, sagt Rosalinde, »und mit Waffen sind wir zwei bewaffnete Mädchen. Gut wäre, wenn wir ein Mädchen und ein Bursche wären.«

»Dann wären wir aber nicht wir.«

»Das ist richtig«, sagt Rosalinde, »aber vielleicht ist es auch besser, wir sind nicht wir.«

Das ist Rosalindes Idee: Sie tauscht ihre Bauernmädchenkleider gegen Bauernburschenkleider, und sie nennt sich von nun an Ganymed, und Celia soll Aliena heißen, und Aliena ist Ganymeds Schwester.

Als der Morgen anbricht, teilen sie die Büsche und betreten den Wald.

Bis zum Mittag wächst die Freude von Schritt zu Schritt. Das Licht ist so angenehm im Wald! Wenn die

Sonne ihre Strahlen durch die Äste schickt, so etwas haben sie noch nie gesehen! Und die Geräusche! Da ein Vogelpiepen, dort das Hämmern eines Spechtes, dann das heitere Knarren eines Baumstammes und das Zerspreißeln der kleinen Zweige unter den Schuhen!

Gegen Mittag wird die Freudenskurve flacher. Viel haben sie kennengelernt in den paar Stunden, der Wald wiederholt sich. Außerdem haben die Mädchen – Pardon: Bruder und Schwester – Hunger. Da haben sie die Taschen voll Geld, aber an etwas zu essen haben sie nicht gedacht! Sie reden jetzt auch nicht mehr so viel miteinander.

Und als der Abend hereinbricht, wird das Licht unheimlich, und die Geräusche klingen, als wären sie hämische Kommentare, und wenn ein Baum knarrt, zucken die beiden zusammen.

»Rosalinde«, sagt Celia.

»Ganymed heiße ich.«

»Entschuldigung.«

»Aliena, Schwesterchen«, sagt Rosalinde, »geh du dicht hinter mir!« Und sie sagt es mit tiefer Stimme. »Für einen wie mich bricht jetzt die gute Zeit an.«

»Was meinst du damit, Ganymed?«

»Wir Männer mögen das Abenteuer.« Und Rosalinde fühlt tatsächlich etwas Männliches in sich. Zum Beispiel die Hände. Eine kleine Bewegung, und schon ballen sie sich zu Fäusten. Aber noch nie ist beobachtet worden, daß Fäuste, nur weil sie geballt waren, einen knurrenden Magen gefüllt hätten.

Dann kommt die Nacht. Meine Güte, ist die einsam hier! Und dann kommt der nächste Tag und dann der übernächste.

»Ich sterbe, Ganymed«, haucht Celia und sinkt auf das Moos nieder.

Der Hunger hat alle Angst genommen, außer die vor dem Hunger.

»Ich will sehen, ob ich etwas Eßbares auftreiben kann«, versucht Rosalinde – Ganymed – mit der tiefsten Stimme, die ihr hungriger Hals zustande bringt, sich Mut zu machen. »Leg dich, Schwester, hier hin, ich komm bald zurück!«

Rosalinde macht sich allein auf den Weg und erreicht eine Lichtung. Und da wartet bereits Rettung in Form einer Schafherde und eines Schäfers. Der lädt die beiden in sein Haus ein und deckt auf, was die Speisekammer bietet, Schafskäse, Lammbraten, Schafsjoghurt mit Honig und ein wunderbar saures Brot.

»Schön hast du's hier«, sagt Celia-Aliena.

»Sehr schön«, sagt Rosalinde-Ganymed.

»Immer das gleiche«, sagt der Schäfer.

»Aber immer schön.«

»Aber immer gleich schön.«

»Was ist so eine Schäferei eigentlich wert?« fragt Aliena.

»Nichts, wenn sie keiner will.«

Aliena und Ganymed legen auf den Tisch, was sie bei sich tragen: Geld, Gold, Edelsteine. Dem Schäfer klemmt der Kiefer vor Schauen und Staunen. Und eine halbe Stunde, nachdem sie satt geworden sind, gehört den beiden Geschwistern alles – die Herde, der Stall, das Haus, die Vorratskammer und die Dienste des Schäfers. Und am Abend setzen sich die beiden vor die eigene Tür und schauen auf die eigene Wiese.

»Schön so eine Existenz«, sagt Aliena.

»Besser als jedes Schloß«, sagt Ganymed.

Rosalinde und Celia leben glücklich und zufrieden, und der Schäfer sieht gut aus, was ein schöner Anblick für die schöne Aliena ist, die ja keinen Schatz in ihrer Phantasie mit sich herumträgt wie Rosalinde. Und wenn Männerarbeiten gemacht werden müssen, ist der Schäfer froh, daß ein Mann da ist, und Ganymed mit der tiefen Stimme weiß einen derben Männerscherz zu schätzen.

Die Frau steht am Herd und kocht, der Mann schultert das Gewehr und geht zur Jagd. Und so kommt es, daß Rosalinde, die inzwischen selbst fast schon meint, ein Bursche zu sein, eines Tages auf das Lager des Herzogs trifft.

Sie hält sich abseits, beobachtet das lustige Treiben auf der Lichtung. Sie braucht ein paar Minuten, um ihren Kopf zurechtzurücken, und sagt laut vor sich hin: »Ich bin ein Mädchen und heiße Rosalinde.« Und dann noch einmal, diesmal mit ihrer glockenreinen Mädchenstimme: »Ich bin Rosalinde.«

Sie sieht ihren Vater, sieht, daß er glücklich ist und albern und daß ihm nichts abgeht. Das genügt ihr. Nein, sie betritt das Lager nicht. »Ich bin Rosalinde«, sagt sie vor sich hin. »Ich bin Rosalinde, die Frau, die einen Mann spielt.« Damit hat sie im Augenblick genug zu tun, sie will nicht obendrein Rosalinde sein, die die Tochter spielt.

Auf dem Rückweg zur Schäferei steigen Gedanken in ihr auf. Ein schönes Leben, das wir hier führen, denkt sie. Aber ich bin nicht ich. Und diese Gedanken machen sich hinter ihrer Stirn zu schaffen, so daß sich auf ihrer Stirn kleine Sorgenfalten kräuseln.

Und dann kommt noch etwas dazu: Als sie so durch den abendlichen Wald streift, sieht sie auf einmal etwas

Helles vor sich. Es ist ein Blatt Papier, und dieses Blatt Papier ist an einen Baum geheftet worden, und darauf hat jemand etwas geschrieben. Ein Gedicht nämlich. Rosalinde liest das Gedicht, und sie weiß nicht, soll sie lachen oder weinen. Es ist ein Liebesgedicht. Weinen möchte sie, weil sie das auch gern hätte, daß ihr jemand so ein Liebesgedicht schreibt. Lachen möchte sie, weil das Gedicht ein bißchen einfältig und schwerfällig formuliert und, gemessen an dem weiten Feld, auf dem es sich bewegt, recht wortarm ist.

Vorsichtig löst sie das Gedicht von dem Baumstamm und nimmt es mit und zeigt es zu Hause Celia.

»Was hältst du davon, Aliena?«

»Da ist jemand sehr, sehr verliebt, Ganymed.«

»Ja. Zu sehr verliebt.«

»Zu sehr?«

»Ohne vorher die Worte zu befragen, fühlt er mehr, als sie vielleicht sagen könnten.«

Von nun an findet Rosalinde jeden Tag ein solches Gedicht im Wald. Sie liest sie alle Celia vor, und die beiden weinen und lachen darüber.

Dann sieht Rosalinde eines Tages Celia außer Atem auf die Schäferhütte zulaufen, und sie hört sie schon von weitem rufen: »Ganymed! Ganymed!«

Und als Celia endlich wieder zu Atem kommt, sagt sie: »Rosalinde, ich weiß, wer die Gedichte schreibt. Es ist der schöne Ringkämpfer, dem du dein Kettchen geschenkt hast.«

»Orlando?«

»Orlando!«

»Ach, du liebe Zeit!« ruft Rosalinde aus. »Was mache ich denn jetzt? Ich bin in Hosen. Was mache ich mit den

Hosen? Hat er etwas gesagt? Hat er von mir geredet? Was hat er angehabt? Wo ist er denn jetzt? Bitte, antworte mir mit einem Wort!«

»Er saß unter einer Eiche.«

»Immer schon waren Eichen meine Lieblingsbäume.«

»Für dich hat er die Gedichte geschrieben.«

Da wird Rosalinde rot im Gesicht.

»Oh! Was für schöne Gedichte«, sagt sie leise in ihrer glockenreinen Stimme. »Er fühlt mehr, als Worte sagen können, darum befragt er sie erst gar nicht.«

Und am nächsten Tag treffen sie ihn. Orlando sitzt, an seine Eiche gelehnt, im Wald, hat die Stirn in die Hände gestützt und seufzt.

»Siehst du, er mißtraut den Worten«, haucht Rosalinde.

»Eben«, haucht Celia zurück.

»He!« sagen sie zu ihm und stellen sich vor: »Ich bin Aliena, und das ist mein Bruder Ganymed.«

»Und ich bin Orlando.«

Sie nehmen ihn mit nach Hause zu Schafskäse und Schafsbraten, Schafsmilch und Schafsjoghurt mit Honig, dazu ein Stück gutes saures Brot, und Orlando erzählt ihnen sein Leben. Die ganze Zeit redet er mit dem Gesicht zu Ganymed hin, nur zu Ganymed hin, der gefällt ihm nämlich. Weil er ihn an jemanden erinnert. An jemanden, der ihm wahnsinnig gut gefallen hat.

Das ist die Geschichte des Orlando: Er ist, wie wir bereits wissen, der Sohn des Ritters Roland de Boys. Als der Ritter auf dem Totenbett lag, hat er seinem ältesten Sohn Oliver einen Auftrag gegeben, er hat gesagt: »Hör zu, du mußt dich um deinen jüngeren Bruder Orlando kümmern.

Du mußt ihm ein Vater sein, du mußt ihm ein Lehrer sein, du mußt ihm ein Bruder sein.«

Oliver hat seinem Vater versprochen, Orlando die beste Ausbildung zukommen zu lassen. Und als der Vater tot war, da hat sich Oliver gedacht: Warum muß ich das eigentlich? Ich habe doch etwas ganz anderes mit meinem Leben vorgehabt. Außerdem hat er gesehen, daß Orlando viel hübscher ist als er selbst, und alle hatten den Jüngeren viel lieber. Oliver war neidisch auf Orlando und hat sich gedacht: Nein, der soll sich selber erziehen, soll sich selber Vater, Bruder und Lehrer sein.

Und dann hat er gemerkt, der erzieht sich ja tatsächlich selber, und der Neid wurde gallig. »Ich will nicht, daß du weiter hier bist«, sagte er zu seinem jüngeren Bruder. »Geh und schau, wie du selber durchkommst.«

»Aber wie soll ich denn mein Brot verdienen?« fragte Orlando. »Ich bin noch nicht fertig mit meiner Ausbildung, Autodidakten haben es schwer.«

Da hat Oliver gesagt: »Du bist ein starker junger Mann, verdien dir dein Brot durch Ringkämpfe!«

Und so kam es zu dem Kampf gegen den Rippenentzweibrecher Charles.

»Mein Bruder hat damit gerechnet, daß Charles mir nicht nur die Rippen, sondern das Genick bricht«, sagt Orlando. »Dann wäre er mich losgewesen.«

Als er den Rippenentzweibrecher mit Hilfe der Donnerkeile aus Rosalindes Augen gefällt hatte und nach Hause zurückgekehrt war, wartete sein alter Diener Adam auf ihn und warnte: »Geh gleich wieder weg! Dein Bruder weiß bereits, daß du der Sieger bist. Er rast vor Eifersucht. Er will dich töten!«

Und der gute alte Diener hat Orlando in den Ardennerwald begleitet. »Vielleicht treffen wir dort den alten guten Herzog«, sagte er, »der wird uns aufnehmen.«

Und so geschah es. Sie trafen den alten guten Herzog, und der nahm sie auf, sie wurden eingeteilt für Spaß und Albernheit und lebten das Leben der Ardenner.

»Das war meine Geschichte«, sagt Orlando und seufzt und legt die Stirn in seine Hände.

»Aber die Geschichte ist doch gut ausgegangen«, sagt Ganymed, der mit der tiefen Stimme. »Im Vergleich zum Ardennerwald ist das Schloß eines Herzogs doch nur ein Reihenhaus am Stadtrand. Warum seufzest du denn immer noch?«

»Ich seufze wegen etwas anderem.«

»Und weswegen?«

»Ich könnte sterben vor Liebe«, seufzt Orlando.

»Und wen liebst du?« Nur mit Mühe kann Ganymed seine Stimme in der tiefen Lage halten.

»Ein so schönes Fräulein mit dem Namen Rosalinde«, schwärmt Orlando. »Ich habe sie nur einmal gesehen, aber ich werde sie nie vergessen. Ich werde vor Liebe sterben.«

Rosalinde ist verwirrt. »Siehst du«, stammelt sie, »es sind immer wieder Männer gestorben und sind dann von Würmern aufgefressen worden, aber nicht aus Liebe. Außerdem sollte man nie persönlich sterben, sondern sich dabei immer von einem Anwalt vertreten lassen.« Und denkt sich: Was rede ich denn da! Und denkt sich: Ist doch egal, was ich rede, ich bin ja nicht ich, ich bin Ganymed, und es ist mir doch egal, was der redet. Und denkt sich: Schade, daß ich nicht ich bin, denn wenn jetzt ich ich wäre, dann könnte ich ihm sagen, daß ich ihn ebenfalls liebe.

Ganymed und Orlando, zwei Burschen etwa im selben Alter, verstehen sich prächtig. Am Tag streifen sie durch den Wald, erlegen Wild, am Abend sitzen sie vor dem Haus, drehen den Spieß und reden.

Worüber reden sie? Eigentlich immer über das gleiche.

»Ich rede nur von mir«, sagt Orlando.

»Das ist schon recht«, sagt Ganymed.

»Aber ich rede nur über meine Liebe zu Rosalinde.«

»Das ist schon recht«, sagt Ganymed.

»Das muß für dich doch irgendwie traurig sein, daß ich immer nur über meine Liebe rede, du aber keine Liebe hast, über die du mit mir reden könntest.«

»Das ist nicht traurig«, sagt Ganymed. »Ich bin schon in Ordnung.«

»Du mußt mir aber sagen, wenn du über etwas anderes reden möchtest«, sagt Orlando.

»Ich höre dir gern zu, wenn du über deine Rosalinde sprichst«, sagt Ganymed.

»Meine Rosalinde!« ruft Orlando aus. »Wenn sie doch nur meine wäre!«

»Du mußt sie eben suchen«, sagt Ganymed.

»Das Suchen macht mir weniger Kopfzerbrechen als das Finden«, sagt Orlando.

»Warum macht dir das Finden Kopfzerbrechen?«

»Was mach ich, wenn ich sie finde?«

»Dann sagst du ihr, wie sehr du sie liebst.«

»Und wenn ich dann den Mund nicht aufkriege?«

»Das wäre peinlich.«

»Eben.«

»Wir könnten üben.«

»Und wie stellen wir das an?«

»Also«, sagt Ganymed, »ich werde mich verkleiden. Ich tu so, als wäre ich diese Rosalinde.«

»Aber du weißt ja nicht, wie sie redet.«

»Da mußt du mir eben am Anfang die Worte in den Mund legen.«

»Aber sie sagt nur die schönsten Worte.«

»Was sagt sie denn so zum Beispiel?«

»Ich kann sie nicht nachmachen, es ist unmöglich, sie ist so viel feiner und vornehmer und gebildeter und zarter und graziler und fragiler und anziehender und süßer und witziger als ich.«

»Dann werde ich versuchen, aus meiner Inspiration heraus deine Rosalinde nachzumachen«, sagt Ganymed.

»Das würdest du für mich tun?« begeistert sich Orlando. »Du bist wirklich ein guter Freund, Ganymed!«

Und so machen sie es von nun an: Am Morgen in aller Frühe verläßt Orlando das Lager des Herzogs, marschiert durch den Wald zur Schäferei, dort trainiert er den ganzen Tag die Liebe mit Rosalinde, die den Ganymed spielt, der die Rosalinde spielt, und am Abend, nachdem er sich mit Schafskäse, Lammfleisch, Schafsmilch, Schafsjoghurt mit Honig und einem Stück von dem guten sauren Brot gestärkt hat, geht er durch den Wald wieder zurück ins Lager.

»Das ist doch ein Glück«, sagt Celia-Aliena.

»Schon«, sagt Rosalinde-Ganymed, »aber dennoch habe ich das Gefühl, es fehlt etwas.«

Eines Tages auf dem Weg zur Schäferei sieht Orlando im Gras einen Mann liegen, der schläft. Orlando will ihn nicht stören. Aber dann sieht er, daß sich eine Schlange um den Hals des Mannes ringelt, und es ist eine tödliche Schlange. Er packt das Tier unter dem Kopf und erwürgt es.

Da wacht der Mann auf, und Orlando erkennt ihn. Es ist sein Bruder Oliver. Orlando weiß nicht, was Oliver hier im Wald will, aber er kann es sich denken: Der Neid hat ihn getrieben. Er hat gehört, wie angenehm das Leben im Ardennerwald ist, und sein Neid hat das nicht ausgehalten.

Und Orlando traut sich nicht zu denken, was er dann doch denkt: Er ist gekommen, um mich zu töten.

»Du hast mein Leben gerettet«, kann Oliver gerade noch sagen, da ist Gebrüll zu hören.

Und nun tritt etwas ganz Seltenes auf, nämlich: ein Löwe im Ardennerwald. Und dieser Löwe interessiert sich ausschließlich für Oliver. Er schnappt nach seiner Hose und schleppt ihn fort. Orlando wirft sich auf den Rücken des Löwen, nimmt ihn in den Schwitzkasten, gibt alles, was er hat, gibt das Letzte, kriegt Prankenhiebe ab, teilt Boxer aus. Am Ende ist der Löwe tot. Und Orlando ist schwerverletzt. Hockt da, leckt sich das Blut von den Lippen und hechelt.

»Orlando! Orlando!« lamentiert Oliver. »Du hast mir zweimal das Leben gerettet! Und ich? Was wollte ich? Ich wollte dir das deine nehmen!« Und er fällt auf die Knie und schlägt die Hände zusammen. »Bitte, bitte verzeih mir! Alles, was du willst, will ich tun!«

Orlando erhebt sich. Dann umarmt er seinen Bruder. »Ich muß ins Lager zurück«, sagt er. »Ich muß meine Wunden verbinden. Dort gibt es Ärzte, die werden sich um mich kümmern. Du kannst mir aber einen Gefallen tun, Bruder. Geh über die Lichtung und durch den Wald, bis du zur nächsten Lichtung gelangst! Dort steht ein

Schäferhaus, in dem wohnt mein Freund Ganymed. Sag ihm, unser Training fällt heute aus.«

»Was für ein Training? Ringst du wieder?«

»Ja. Aber auf einem anderen Feld.«

Oliver macht sich auf den Weg. Bei der Schäferei trifft er Ganymed und Aliena, und er erzählt, was geschehen ist. Und er erzählt auch die Vorgeschichte. Und er legt ein Geständnis ab und schlägt sich an die Brust und bittet Ganymed und Aliena, sie mögen doch Orlando bitten, er möge ihm verzeihen. So offen und ehrlich spricht er, daß sich Aliena in ihn verliebt. Sie denkt sich: Es macht mir große Freude, jemanden zu retten, der gerettet werden will, und der da will von seiner Schuld gerettet werden. Und Oliver sieht, daß da eine ist, die ihn retten will, und er denkt sich, wer rettet, liebt, und er verliebt sich in Aliena.

Als Oliver in seiner Erzählung zu der Stelle kommt, als der Löwe über Orlando hergefallen ist, da hat sich Rosalinde so sehr erschrocken, daß sie in Ohnmacht fällt.

Aber gleich, als sie wieder zu sich kommt, sagt sie: »Nein, nein, hört zu! Nicht ich, Ganymed, bin in Ohnmacht gefallen. Ich habe nur gespielt, wie Rosalinde in Ohnmacht fallen würde, wenn man ihr so eine Geschichte erzählte. Bitte, sagt Orlando, wie schön seine Rosalinde in Ohnmacht fällt, wenn Ganymed sie spielt!«

Am nächsten Tag sitzen sie alle beieinander vor der Schäferei, Orlando mit Kopfverband, Armschlinge und geschientem Bein, Oliver dicht neben Aliena. Da erhebt sich Ganymed, macht merkwürdige Bewegungen, dreht sich im Kreis, schaut nach oben, tut, als sähe er im Nichts etwas.

»Was ist denn, Ganymed?« fragt Aliena. »Ist dir der Schafskäse nicht bekommen?«

»Nein«, antwortet Ganymed, »das ist es nicht. Ich möchte euch etwas sagen.«

»Sag lieber nichts«, ruft Aliena aus. Sie befürchtet nämlich, dann muß sie auch etwas sagen, und vielleicht gefällt, was sie sagt, dem Oliver dicht neben ihr nicht. »Am besten ist, wir sagen alle miteinander einfach eine Zeitlang gar nichts. Ist doch auch einmal schön.«

»Ich muß euch endlich sagen, wer ich in Wahrheit bin«, verkündet Ganymed.

Aliena schließt die Augen.

»Ich bin ein Zauberer«, sagt Ganymed.

»Und was kannst du zum Beispiel zaubern?« fragt Orlando.

Ganymed blickt ihm tief in die Augen. »Deine Rosalinde werde ich morgen in diesen Wald zaubern.«

»Ich glaube dir«, sagt Orlando.

»Glaubst du ihm das wirklich?« fragt Oliver. »Dann glaube ich es ihm auch. Aber ich möchte, daß du für mich auch etwas zauberst, Ganymed.«

Da nickt Ganymed nur, zwinkert Aliena zu und läuft in den Wald.

Am nächsten Tag treffen sich alle im Lager des Herzogs. Alle sind da, nur Ganymed nicht.

»Schon so viel hat mir Orlando von diesem Burschen erzählt«, sagt der Herzog. »Ich möchte ihn kennenlernen.«

Aber Ganymed kommt nicht. Er hat jemanden geschickt. Eine Frau. Die hält sich einen Fächer vors Gesicht. Und dann nicht mehr. Es ist Rosalinde, geschmückt, geschminkt, frisiert und fein gekleidet. Da sagt auch Aliena, wer sie ist, nämlich Celia, des Friedrich Tochter.

Höhepunkt des Tages, Doppelhochzeit im Ardennerwald: Oliver und Celia, Orlando und Rosalinde. Und ein Fest, das seinen Schein weit in den Wald hinaus wirft.

Und niemand ahnt, was für eine Gefahr droht....

Friedrich. Jawohl, Friedrich! Des Herzogs Bruder. Vater von Celia. Er hat es nicht ausgehalten. Es hat so gebrannt in seiner Brust! Der Neid! Alle redeten davon! Daß der Herzog im Ardennerwald ein Leben führe, um das ihn jeder im Land beneidet; daß die besten Männer, und zwar freiwillig, ihre Besitztümer im Stich lassen, um im Wald auf dem Boden zu schlafen und zu essen, was sie zu Hause in die Küche zurückschicken würden. Daß sie »pst!« rufen, wenn ein Vogel zu zwitschern anfängt, wo sie doch zu Hause während der schönsten Konzerte ungeniert ihr Mundwerk haben mahlen lassen; daß sie hier stundenlang über die Farbe der kleinen Tiere diskutieren können, wo sie zu Hause nicht einmal die Geduld aufbrachten, sich die Schulerfolge ihrer Kinder anzuhören.

»Was ist sein Trick?« ließ Friedrich fragen.

»Der Herzog hat keinen Trick«, hieß es.

»Warum liebt ihn jedermann?«

»Weil er ist, wie er ist«, hieß es.

Dann soll er nicht mehr sein, dachte Friedrich und stellte ein Heer zusammen, einen Haufen von Haudegen, die von weit her kamen, wo noch nie einer von diesem naturlieben Herzog gehört hat. Und Friedrich zog in den Ardennerwald. Der Plan war einfach: Umzingeln und niedermachen, mit Stumpf und Stil.

Aber dann, als Friedrich schon nahe der Lichtung war, trat ein Mann aus dem Wald und stellte sich dem Haufen in den Weg.

»Keinen Schritt weiter, Friedrich!« befahl er. Nein, der

sah nicht aus, als ob er auch nur über irgendeine Macht verfügte. Abgeschabt war sein Rock, die Hose aufgetrennt, so daß sie nur in Bändern um die Beine schlotterte, ein verfilzter Zopf stand im Nacken ab wie der Stiel von der Pfanne, im Bart wuselten kleine Gäste. »Friedrich, steig von deinem Pferd, Friedrich!« sagte er.

Und man glaubt es nicht: Friedrich stieg von seinem Pferd. Und weiter: Er hockte sich mit diesem Muster von einem Einsiedler auf den Boden und hörte sich an, was der ihm zu sagen hatte. Und was sagte er?

»Geh in dich, Friedrich! Bereue, Friedrich! Komm endlich zur Ruhe, Friedrich! Denk nicht dauernd nur an deinen Bruder, Friedrich, sondern denk an dich, Friedrich!« Und so weiter. Gar nichts Originelles. Auch hatte er keine besonders raffinierte Stimme, und Gesten machte er die üblichen.

Wie auch immer. Am Ende hatte der Lumpenmann den Friedrich umgedreht. Keine zwei Steinwürfe vom Kopf seines Bruders entfernt, bereute er, daß er diesen Kopf hatte einschlagen wollen, ging in sich, dachte über sein Leben nach, ließ seine Herzenskammern ausweißeln, räumte das Regal mit den Äxten und Hämmern, den Spießen und Ketten aus und beschloß, Mönch zu werden.

Es ist die Wahrheit. Vielleicht, so wurde gemunkelt, alles nur deshalb, weil bis dahin noch nie einer in so kurzer Zeit so oft den Namen »Friedrich« in Friedrichs Anwesenheit ausgesprochen hatte.

Als Nackter tritt der Bekehrte vor seinen Bruder hin. »Alles bekommst du zurück. Das Schloß ist dein. Mich hast du los. Wenn du willst, kannst du zurückkehren.«

Und seltsam: Damit hatte der Ardennerwald mit einem Schlag alle Attraktivität verloren. Als bekannt wurde, daß der alte Herzog wieder in Amt und Würden war, fand keiner seiner Anhänger den Moosboden mehr angenehmer als ein Bett und keiner das Quellwasser süffiger als den Wein und keiner ein Vogelgezwitscher feiner fürs Ohr als eine Cellosuite. Die Albernen wurden ernsthaft; daß sie gut waren, genügte ihnen nicht mehr, sie wollten besser werden, womöglich die Besten.

Alle gingen heim und erzählten später, was sie einst für Typen waren.

Und Rosalinde? Sie macht eine Verbeugung und sagt: »Lebt wohl!«

Romeo und Julia

In Verona herrscht eine ungute Stimmung. Die beiden einflußreichsten Familien, Capulet und Montague, spalten die Stadt in zwei Parteien, zerreißen sie in zwei Fetzen. Bei Gericht stapeln sich die Klagen, was die Montagues den Capulets vorwerfen, prangern die Capulets als deren Schandtaten an. Wenn die Capulets ihren Sieg behaupten, feiern die Montagues deren Niederlage. Um eine Lösung des Konflikts bemüht sich schon lange keiner mehr. Wegen Sinnlosigkeit. Wo liegt der Grund für diesen Streit, was war sein Anlaß? Fragen Sie nicht! Dieser Streit dauert schon lange, er ist Teil der Familientraditionen, an die Ursachen kann sich beim besten Willen niemand mehr erinnern. Da ist eines dem anderen angehängt, tausendmal das eine dem tausendsten anderen nachgerechnet und heimgezahlt worden, bis schließlich eine Kette aus Reaktion und Gegenreaktion Hirn und Herz von Tochter, Sohn, Enkel, Neffe, Onkel, Vetter, Schwager und Knecht hüben wie drüben abgeschnürt hat. Eine Kette, die kein erstes Glied zu haben scheint und wohl auch kein letztes.

Immer wieder kommt es am hellichten Tag mitten auf der Straße zu Pöbeleien, Prügeleien, Messerstechereien, ja sogar zu Totschlag. Zu Anfang sei es ja noch spannend gewesen, erzählen die Alten, wie Sport: Wer macht mehr Punkte, wer schlägt mehr Wunden, wie sieht das lange Gesicht des Verlierers aus, und wie wird seine Revanche aussehen? Inzwischen empfinden die Bürger von Verona diesen Sippenkrieg nur noch als lästig und ärgerlich und für Außenstehende auch als gefährlich.

»Man kann sich kaum heraushalten. Die wollen dich festnageln: Wer nicht für mich ist, ist gegen mich«, sagt ein Befragter. Ein anderer sagt: »Was ist, wenn ich mit dem einen Geschäfte machen will *und* mit dem anderen?« Den Bürgern der Stadt steht es bis obenhin!

Escalus, der Fürst von Verona, hat nun endlich scharfe Maßnahmen für den Fall angekündigt, sollten Angehörige der Capulets oder der Montagues mit ihren absurden Zwistigkeiten die Veroneser Öffentlichkeit weiter belästigen.

»Recht hat der Fürst«, sagt ein Befragter. »Sollen sie sich doch die Schädel einschlagen, aber bitte nicht hier! Draußen auf dem Land ist doch Platz genug!«

Der Befehl des Fürsten lautet: »Wer auch bei der harmlosesten Reiberei erwischt wird, soll innerhalb vierundzwanzig Stunden abgeschoben werden. Er wird aus der Stadt Verona verbannt, und zwar auf Lebzeiten.«

Wenn man bedenkt, daß außerhalb der Stadt kaum mehr als höllische Ödnis zu finden ist, eine wahrhaft drakonische Strafe.

In Verona lebt ein junger Mann, er gehört zur Familie der Montague, Romeo heißt er. Romeo interessiert sich wenig für diese zweifelhafte Familientradition. Über die gegenseitigen Beschuldigungen, die Hetzereien und vor allem die Gewalttätigkeiten kann er nur den Kopf schütteln. Es bedeutet ihm nicht übermäßig viel, ein Montague zu sein. Und wenn einer ein Capulet ist, stört ihn auch das nicht, solange es diesen nicht stört, daß er ein Montague ist.

Den Romeo plagen ganz andere Sorgen. Er hat Liebeskummer. Eigentlich hat er immer Liebeskummer. Zur Zeit ist er verliebt in Rosalinde, und die läßt ihn abfahren. Was heißt abfahren! Sie redet nicht einmal mit ihm. Sie macht ihn inexistent. Wenn er da ist, ist er gar nicht da. Er läßt fallen, was er in Händen hält, er macht Krach, aber sie geht an ihm vorbei, als wäre er eine Statue, die gar keinen Krach machen kann. Selbstverständlich hat er sie auch schon angesprochen. Da hat sie gelächelt, aber durch ihn hindurch, und er hat sich umgedreht, weil er wissen wollte, wer hinter ihm steht, aber da stand niemand, und dann hat er nur noch Rosalindes Rücken gesehen, diesen wunderbar wiegenden Rücken, und sie war schon wieder davon.

Romeo ist verliebt, also kommt ihm nicht mit diesen alten Familiengeschichten! Was soll er damit? Tut ihm das Herz weniger weh, wenn er einem Capulet die Faust unter die Nase drückt? Na, also.

Romeo zieht sich zurück, hockt den halben Tag beim Brunnen, rückt dem Schatten nach. Am Abend treffen sich die Burschen zum Blödsinn. Romeo fehlt.

»Was ist denn mit ihm?«

»Immer das gleiche.«

»Letzte Woche war es Laura, vorletzte Woche war es Mariella, jetzt ist es eben Rosalinde.«

»Lernt er nicht daraus?«

»Nein. Er leidet wie beim ersten Mal.«

Die Burschen lachen ihn aus. Beneiden ihn vielleicht insgeheim, weil sie sich erinnern, wie schön ihre erste Liebe war, und weil sie es bedauern, daß sie inzwischen so abgebrüht sind. Offiziell aber sind sie lieber abgebrüht als liebesmatt. Abgebrüht kommt besser an, jedenfalls bei den anderen Burschen.

Benvolio, auch einer aus dem Clan der Montagues, ist Romeos bester Freund. Klar reißt er auch seine Witzchen über Romeo, aber er macht sich auch seine Sorgen. Er ist eben Romeos Freund, und auch wenn es wahr ist, daß sich Romeo jede Woche neu verliebt – meistens unglücklich, er scheint leider wenig Talent zum Glück zu haben. Benvolio weiß, wie Romeo leidet, und er will nicht, daß er leidet.

»Romeo«, sagt er, »denk an etwas anderes! Kriegst du das zusammen?«

»Kann ich nicht. In allem sehe ich nur Rosalinde.«

»Dann schau etwas anderes an als immer nur ihr Bild!«

»Kann ich nicht. Ich stecke es in die Tasche, und ohne daß ich es merke, greifen meine Hände hinein und ziehen es heraus, und ohne daß ich es merke, schauen meine Augen hin.«

»Du mußt dich ablenken.«

»Was für eine Ablenkung kann so mächtig sein, daß sie über meine Hände und meine Augen gebietet, die sich nicht einmal von meinem Verstand etwas sagen lassen?«

»Wollen wir etwas Spannendes unternehmen?«

»Was ist in dieser Stadt schon spannend?«

»Etwas Gefährliches zum Beispiel.«

»Armdrücken? Sackhüpfen? Purzelbaumschlagen? Ein Schnellsprechwettbewerb mit Mercutio als Gegner?«

»So einen Wettbewerb würden wir verlieren, selbst wenn man deine und meine Worte zusammenzählte. Nein. Hör zu! Heute abend findet ein großes Fest statt, weißt du das nicht?«

»Jeden Abend werden in dieser Stadt große Feste gefeiert. Spannend ist das nicht.«

»Aber vielleicht gefährlich«, sagt Benvolio. »Das Fest findet im Palast der Capulets statt.«

»Das ist für einen Montague nicht gefährlich, das ist lebensgefährlich.«

»Dein Liebeskummer ist nicht weniger lebensgefährlich«, lockt ihn Benvolio. »Wir maskieren uns. Niemand wird uns erkennen. Viele schöne Mädchen werden dort sein. Und dazwischen: wir – rätselhaft, ein bißchen unheimlich, auf jeden Fall aufregend. Und morgen erzählen wir überall in der Stadt herum, wie es war, als sich zwei Montagues zu einem Fest bei den Capulets selbst eingeladen hatten.«

Romeo läßt sich überreden. Die beiden Freunde ziehen ihre feschesten Kleider an, besorgen sich schwarz lackierte Masken und mischen sich im Palast des Herrn Capulet unter die Gäste.

Herr Capulet ist ein ruhiger Herr geworden. In seiner Jugend war der Streit mit den Montagues die zentrale Beschäftigung seiner Tage. Inzwischen wäre ihm lieber, man hätte irgendwann eine Einigung zustande gebracht, zumal auch er selbst sich nicht erinnern kann, was eigentlich der Auslöser dieses Streites war. Dieser Streit nützt keinem, schadet jedem. Schadet vor allem geschäftlich. Man verliert Kunden. Da gibt es schließlich Händler, die wollen mit den Capulets *und* mit den Montagues Geschäfte machen. Die wollen sich nicht auf ein Entweder-Oder festlegen lassen. Was tun die? Sie machen ihre Geschäfte mit einem Dritten. Auch wenn Herr Capulet es bisher noch nicht öffentlich ausgesprochen hat: Dieser idiotische Familienkrieg geht ihm allmählich auf die Nerven.

Das Fest in seinem Haus ist ein Fest für die Jugend.

Herr Capulet weiß, gerade die Jungen, vor allem die Burschen, treiben den Streit voran, trommeln ihn weiter, sie brauchen keinen Grund, der Druck ihrer Hormone ist ihnen Grund genug. Ein Fest bringt da Ablenkung.

Herr Capulet begrüßt jeden Gast mit Handschlag, lobt hier ein Kleid, begeistert sich dort für einen Rock oder einen Überwurf. Es gefällt ihm, wenn junge Menschen Phantasie zeigen. Diese beiden da zum Beispiel: Sie haben sich Masken übergezogen.

»Als ich jung war«, plaudert er mit ihnen, »war das üblich. Ich besaß eine Sammlung erlesenster Masken. Ihr werdet heute abend viel Erfolg haben bei den Mädchen. Eine Maske reizt die Einbildungskraft. Ihr beiden werdet die Schönsten sein, weil die Phantasie der Mädchen euch ausstattet. Und ihr wollt kein Wort sprechen?«

Romeo und Benvolio schütteln den Kopf.

»Auch mit mir nicht?«

Sie schütteln den Kopf.

»Sehr gut! Ausgezeichnet! Ich habe es genauso gemacht.«

Romeo drückt Herrn Capulet die Hand, verneigt sich vor ihm. Verneigt sich besonders tief vor ihm. Achtung, daß die Maske nicht verrutscht! Wüßten die anderen, daß er ein Montague ist, der Skandal wäre perfekt. Benvolio kann den nächsten Tag kaum erwarten, um dann überall herumzuerzählen: Und er hat sich besonders tief vor ihm verbeugt, ich hatte schon Angst, die Maske fällt ihm vom Gesicht ...

Ein junges Mädchen schreitet über die Treppe in den Ballsaal hinunter. Romeo – ein Blick: und Rosalinde ist vergessen. Als wäre sie nie ein Gedanke in seinem Kopf gewesen, nie eine Sehnsucht, nie Ursache von Verzweiflung. Inexistent. Und Romeo vergißt auch die Gefahr, die ihm hier im Haus der Capulets droht. Er vergißt alles um sich herum, läßt den Herrn des Hauses stehen, er sieht nur dieses Mädchen.

Es ist Julia, die Tochter des Herrn Capulet, sie ist noch nicht vierzehn Jahre alt. Wie eine weiße Taube in einer Krähenschar erscheint sie ihm. Ihr Schimmer überstrahlt alle. Und Romeo verliert sich, er hört seine Stimme und kann seiner Stimme nicht befehlen zu schweigen, seine Stimme unterwirft sich ganz dem Diktat seines Herzens, und sein Herz will hinaus, hinaus, will allen sagen, daß es getroffen ist.

Neben Romeo steht Tybalt, zufällig. Holla, der Geck mit der Maske redet mit sich selbst, denkt er, schwärmt vor sich hin wie ein Kretin. Aber dann erkennt Tybalt diese Stimme, und er weiß, hier redet kein Verrückter. Tybalt ist Julias Cousin. Keine Ahnung hat er, was die Ursache des Krieges ist, der die Stadt auf so ungute Art schon seit Jahren in Unruhe hält. Aber er mag diesen Krieg, er hätschelt ihn mit seiner Einbildungskraft. Die Montagues sind der Pfeffer in seinem Leben. Was würde er mit seinem Leben ohne dieses Gewürz anfangen? Zuschauen müßte er, zuschauen, wie es in die Jahre tappt. Wie das Leben aller anderen. Das mag Tybalt nicht.

»Ein außerordentlicher Abend«, sagt er und hält Romeo an der Schulter fest, drückt seinen Daumen ins Schlüsselbein. »Ich kenne dich.« Und den anderen ruft er zu: »Da ist ein Montague, der ist gekommen, um sich über uns lustig zu machen!«

Tybalt will den Degen ziehen, aber da tritt Herr Capulet dazwischen. »Wer bist du?« fragt er den jungen Mann mit der schwarz lackierten Maske.

»Romeo Montague.« Er zeigt sein Gesicht.

Und Herr Capulet? Was tut er? Er überrascht seine Gäste, er wendet sich an die Burschen, die sich um Romeo und Benvolio geschart haben. »Hände weg von euren Degen!« sagt er. »Ich habe von diesem jungen Mann nur Gutes gehört.«

»Er ist ein Montague!« braust Tybalt auf. »Er ist mein Feind!«

»Dein Feind?«

»Unser Feind!«

»Und dies ist mein Haus«, weist ihn Herr Capulet zurecht. »Und wer hier ein Feind ist, bestimme ich. Und dieser junge Mann ist nicht mein Feind. Ich wüßte nicht, was er mir angetan hat.«

Ganz still ist es im Saal geworden. Bemerkenswerte Dinge sind zu beobachten – die Tollkühnheit eines Montague und die Friedfertigkeit eines Capulet. In der Tat: ein außerordentlicher Abend!

»Das Fest geht weiter!« ruft Herr Capulet den jungen Leuten zu. Und mit einer freundlichen Geste und einem feinen Lächeln auf den Lippen wendet er sich an Romeo und Benvolio: »Ihr seid meine Gäste, auch ohne Maske. Amüsiert euch!«

Romeo hat die Szene nur flüchtig wahrgenommen. Was kümmern ihn all die Augen, die ihn anstarren, die offenen Münder, die Fäuste der Burschen? Was soll ihm hier jemand anhaben können? Sein Herz brennt. Was kümmern ihn Leib und Leben!

»Gehen wir!« drängt Benvolio, als sich die erste Aufregung gelegt hat. »Schauen wir, daß wir wegkommen!«

Romeo hört nicht, was Benvolio sagt. Er sieht ihn nicht. Er hat keine Zeit und keine Kraft, seine Worte im

Kreis zu schicken, wie es sich für einen Kavalier geziemt. Er tritt auf Julia zu, stammelt ein paar Worte, dann küßt er sie. Und da reißt auch sie ihn in ihr Herz. Die Liebe hat Macht, und mächtiger ist nur Gott.

»Wer bist du?«

»Romeo. Wer bist du?«

»Julia.«

»Wie ist dein zweiter Name?«

Und dann ist es heraus. Ein Wortwechsel, und der Liebe ist alle Hoffnung genommen. Julia verflucht die Namen. Es sind doch nur Namen! Wie kann ein Name, der nur aus Buchstaben besteht, der nicht ins Herz geschrieben ist, nicht einmal ins Gesicht geschrieben ist, wie kann so ein sperriges Ding das Ziel und den Sinn allen Lebens ausstechen?

»Wärest du doch ein anderer und könntest dennoch sein, der du bist!«

Sie wissen, es ist unmöglich. Und sie küssen sich wieder. Und noch einmal.

Dann verlassen Romeo und Benvolio das Haus der Capulets.

»So habe ich es nicht gemeint«, sagt Benvolio. »Das ist zuviel Ablenkung.«

»Wovon Ablenkung?«

»Warum sind wir hierhergekommen?«

»Ich bin gekommen, um Julia zu begegnen.«

»Hast du Rosalinde vergessen?«

Benvolio braucht keine Antwort. Er will Romeo fortziehen, fort von dem Haus der Capulets, fort von Tybalt. »Der wird keine Ruhe geben! Du hast ihn gedemütigt, weil sein Onkel in aller Öffentlichkeit für dich Partei ergriffen hat.«

»Wer hat Partei für mich ergriffen?«

Argumentieren ist sinnlos. Benvolio faßt Romeo am Ärmel. Aber Romeo reißt sich los. Er läuft um das Haus der Capulets herum, steigt über die Mauer, springt in den Garten. Weiß er denn, hinter welchem Fenster sich Julias Zimmer befindet? Er weiß gar nichts, er denkt gar nichts. Er sieht Licht. Und er hört Julias Stimme.

»Romeo, o Romeo, warum bist du Romeo! Leg deinen Namen ab, und ich lege meinen ab!«

Romeo tritt ins Licht. »Nenn mich deinen Liebsten! Ich nenne dich meine Liebste.«

Julia hat Angst um Romeo. »Geh«, flüstert sie. »Geh, ehe du entdeckt wirst!« Aber sie will nicht, daß er geht. Sie will es, und sie will es nicht.

»Ich nehme alles zurück, was ich gesagt habe.«

»Was nimmst du zurück?« fragt Romeo.

»Daß ich dich liebe.«

»Liebst du mich nicht, weil ich ein Montague bin?«

»Weil ich es noch einmal sagen möchte. Weil ich es sagen möchte, als hätte ich es noch nicht gesagt. Immer, wenn ich es sage, soll es klingen, als sagte ich es zum ersten Mal.«

Sie haben keine Zeit, keine Geduld, die Liebe nimmt all ihre Kraft in Anspruch, so daß für Konventionen nicht viel übrigbleibt. Kein Liebespaar hat je einem anderen Liebespaar vorgemacht, wie sich ein Liebespaar zu benehmen hat.

»Ich will dein Mann sein.«

»Und ich deine Frau.«

Morgen. Gleich morgen. Und wer soll sie trauen? Romeo kennt einen Priester. Er ist ein Freund. Ein verrückter Freund. Der hält es mit denen, die keine Zeit haben, die keine Geduld haben und keine Kraft, um zu tun, was der Anstand sagt, daß getan werden muß.

»Bruder Lorenzo wird uns trauen.«

Romeo und Julia verabreden sich in der Klause des geistlichen Freundes. Dann küssen sie sich und küssen sich und küssen sich noch einmal, und dann tanzt Romeo durch die Stadt davon.

»Bist du wahnsinnig!« ruft Bruder Lorenzo aus, als er die Tür öffnet.

Romeo hat nicht warten können, bis der Tag beginnt. Er hat den Priester aus dem Schlaf getrommelt. Hat an die Tür gepocht, auch noch, als er schon den Schlüssel im Schloß hörte.

»Ich weiß nicht, was ich bin. Ich weiß nicht mehr, wer ich bin«, sagt Romeo. »Ohne Julia bin ich nicht. Das weiß ich.«

»Gestern hast du nicht anders gesprochen. Da war es Rosalinde. Letzte Woche war es Laura.«

»Es ist anders.«

»Das war es gestern auch. Und letzte Woche auch.«

»Julia liebt mich.«

»Das hat sie gesagt?«

»Das hat sie gesagt.«

»In Andeutungen?«

»In drei Worten.«

»Wie lange kennt ihr euch?«

»Seit allem Anfang.«

»In Minuten, meine ich.«

»Sechs oder sieben. Vielleicht acht.«

»Und kein Durch-dich-Hindurchschauen vorher?«

»Nein.«

»Kein Tüchlein-Fallenlassen?«

»Nein.«

»Kein Kichern mit Freundinnen, keine Tränenausbrüche, keine Hochnäsigkeiten?«

»Nichts von alldem.«

»Dann ist es ernst«, resümiert Bruder Lorenzo. »Du willst eine Tatsache schaffen? Dann laß uns eine Tatsache schaffen! Mich führt die Hand Gottes. Ich werde nach Julia schicken, sie soll herkommen. Ich werde euch auf der Stelle trauen.«

Und so geschieht es. Gott führt Bruder Lorenzos Hand, und Romeo und Julia sind Mann und Frau.

Lorenzo ist wirklich ein verrückter Hund! Aber einen klaren Kopf hat er doch! Und er denkt weiter als die, die ihn einen verrückten Hund nennen. So eine Tatsache, denkt er bei sich, so eine Tatsache, die ich da geschaffen habe mit Hilfe der Hand Gottes, kann diesen verfluchten Streit, der allen in der Stadt, die ihre Tassen noch im Schrank haben, längst auf die Nerven geht, endlich beenden! Und dann? Was wird man dann sagen? Man wird sagen: Er hat das fertiggebracht, er ganz allein, der Bruder Lorenzo, der verrückte Hund!

»Euch beiden gehört die nächste Nacht«, sagt Lorenzo. »Daran kann niemand etwas ändern. Gott selbst hält diese Nacht für euch reserviert.«

Dazwischen allerdings liegt ein Tag. Und einen längeren Tag hat es nie gegeben. Da tut man eine Stunde lang irgend etwas, und dann schaut man auf die Uhr, und es sind keine zehn Minuten vergangen. Und die nächste Stunde zieht sich noch länger hin, und an ihrem Ende sind kaum acht Minuten vorgerückt.

Zum Glück gibt es Freunde. Romeo empfängt sie mit

offenen Armen, boxt sie, umarmt sie, neckt sie. Was ist der heute gut gelaunt! Erst läßt er sich tagelang nicht blikken, sucht den Boden nach Rechtfertigungen für seine schlechte Laune ab, und jetzt kommt er so!

»Erzähl!« zischt ihm Benvolio zu. »War noch etwas? Hast du sie noch einmal gesehen?«

Romeo sagt nichts. Erst wenn die Nacht geschehen ist, die Nacht, die Gott für ihn und seine Julia reserviert hält, erst dann wird er erzählen. Der ganzen Welt wird er die Tatsache, die Bruder Lorenzo geschaffen hat, erzählen.

Benvolio hat Mercutio mitgebracht. Die schnellste Zunge von Verona. Und die schärfste Zunge von Verona. Eine Wunderzunge. Sie kann dreimal so viele Worte in die Welt hinausschicken wie jede andere Zunge und zugleich doppelt so viele wie sie selbst. Bitte? Wie soll das denn gehen? Weil alles, was Mercutio sagt, zweideutig ist. Oder sogar mehrdeutig. Und immer anzüglich. Oder bilden wir uns das nur ein? Wenn er zum Beispiel von seinem Degen spricht, meint er dann seinen Degen? Oder denken wir nur, daß er nicht seinen Degen meint? Oder denken wir, er meint seinen Degen, weiß aber, daß wir etwas anderes meinen? – Eine explosivere Verdichtung von Bedeutung in einem Wort hat es noch nicht gegeben.

Romeo mag den Mercutio. Ein bißchen fürchtet er sich vor ihm. Er ist immer da, immer ist er in Romeos Nähe. Die anderen haben das Gefühl, seine Späße kennen in Wahrheit nur einen Adressaten, nämlich Romeo. Einer spricht aus, was alle denken: »Mercutio ist in Romeo verliebt.« Ist er das? Zugleich nämlich läßt Mercutio keine Gelegenheit aus, Romeo unter die Nase zu reiben, daß er mit dessen Familienangelegenheiten nicht das geringste zu schaffen haben möchte.

»Stell mich nicht vor die Entscheidung: Montague oder Capulet!« sagt er.

»Ich würde nie auf die Idee kommen«, antwortet ihm Romeo.

»Aber angenommen, du kämest auf die Idee: Ich mag nämlich beide Familien nicht. Aber euren Streit mag ich. Die einen wie die anderen können weder richtig schimpfen noch prügeln, noch fechten. Nichts amüsiert mich mehr als ein Wettstreit unter Hanswürsten.«

Romeo lacht.

Würde sich Mercutio als Romeos Freund bezeichnen? Fragt ihn lieber nicht! Er könnte eine Antwort geben, die Romeo in der Seele weh tut.

Mercutios Mundwerk ist wie eine Zirkusvorstellung: Eine Sensation folgt auf die andere, und was man gerade erwartet, das bleibt aus, und womit man gar nicht rechnet, das wird vorgeführt. Einer sagt über ihn: »Hätte Mercutio diese Sensationen nicht zu bieten, keiner würde sich für ihn interessieren.« Benvolio zum Beispiel hat nicht eine Sensation zu bieten, trotzdem mögen ihn alle. Und Romeo ist auf keinem Gebiet herausragend, aber alle lieben ihn. Den Mercutio liebt niemand.

Romeo sagt: »Doch! Ich liebe ihn. Natürlich liebe ich ihn. Ich könnte mir ein Leben ohne Mercutio nicht vorstellen.«

Alle glauben ihm, sie glauben Romeo, daß er das glaubt. Aber sie glauben nicht, daß es so ist.

Gäbe es den Mercutio nicht, oder wäre er gerade an diesem Tag unpäßlich oder verreist oder dringend mit anderen Dingen beschäftigt, kurz: wäre er nicht zusammen mit Benvolio just in dieser Stunde beim Brunnen erschienen, wo Romeo die Stunden nach Minuten zählt, die Geschichte würde anders ausgehen. Spekulieren wir nicht!

Mercutio und Benvolio treffen Romeo, und nur wenige Minuten können sich die Freunde austauschen, da kommt noch einer: Tybalt. Und er ist nicht allein. Und er kommt nicht zufällig vorbei.

»So«, sagt Tybalt, die Hand am Griff seines Degens.

»Ich grüße dich, mein guter Capulet!« sagt Romeo und meint es so. Ja. Der Name Capulet hat seit gestern nacht einen wunderbaren Klang in Romeos Ohr. Am liebsten würde er den Namen immer wieder sagen. Und den geliebten Vornamen am liebsten dazu.

Aber Tybalt meint, Romeo will sich schon wieder lustig über ihn machen. »Was?«

»Ich weiß, du willst mich zur Rede stellen wegen gestern nacht«, sagt Romeo. »Wenn du glaubst, ich wollte dich verspotten, dann tut es mir leid.«

»Ich weiß nicht, wie du dich bei meinem Onkel einschmeicheln konntest«, ätzt Tybalt. »Ich aber sehe die Sache, wie ich sie sehe, nicht wie du sie siehst, und auch nicht, wie mein Onkel sie sieht.«

»Ich habe nichts gegen dich«, versucht Romeo zu beschwichtigen. Und dann sagt er, was noch nie ein Montague zu einem Capulet gesagt hat: »Ich liebe deine Familie.«

»Das ist ein guter Satz«, jauchzt Mercutio.

»Nein, du irrst, Mercutio! Ich meine es, wie ich es sage. Ich halte nichts von Zweideutigkeiten in dieser Angelegenheit. Und wenn die Zeit gekommen ist, wirst du, Tybalt, verstehen, warum ich deine Familie liebe. Und auch dich.«

Tybalt zieht den Degen. »Du bist zuviel mit dem Wortverdreher zusammen. Liebe heißt Haß. Da brauchen wir keinen Philosophen.«

Romeo hebt die Hände. »Es ist verboten«, sagt er. »Der Fürst hat recht. Unsere Streitigkeiten müssen ein Ende haben!«

»He!« ruft Mercutio. »Wollt ihr mich etwa um meinen Spaß bringen?« Und er rempelt Tybalt an. »Verschwinde! Der Brunnen gehört uns. Unsere Hintern haben sich Gewohnheitsrecht erworben.«

»Was soll ich mit dir?« Tybalt stellt sich Stirn gegen Stirn vor ihn hin.

Mercutio stößt ihn zurück. »So nah? Willst du mir deinen Degen zeigen? Hier ist mein Fiedelbogen. Magst du auf ihm tanzen?«

»Willst du mir erklären, was ich von dir wollen soll?«

»Willst du dir deinen Degen aus den Ohren ziehen? Oder soll ich dir meinen um die Ohren hauen?«

Romeo und Benvolio wollen dazwischengehen. Tybalts Leute aber drängen die beiden beiseite, halten sie zurück.

»Hört auf!« schreit Romeo. Er fürchtet, sein Freund könnte dem Vetter seiner Frau – ja, Tybalt und Romeo sind jetzt Verwandte, Tybalt weiß es nur noch nicht – ein Unglück antun. Es ist ja offensichtlich: Mercutio und Tybalt sind wie Katz und Maus, und Mercutio ist die Katz, und Tybalt ist die Maus.

»Mercutio, ich befehle dir, hör auf!«

»Romeo? Bist du mein Herr?« lacht ihn Mercutio aus. »Gehöre ich zu deiner Familie? Ich bin ich! Mercutio ist Mercutio!«

Aber Mercutio hat sich ablenken lassen. Und Tybalt

verletzt ihn, und er verletzt ihn schwer. Und dann zieht er mit seiner Bande ab.

Mercutio kommt nicht mehr hoch. »Wenn du mich morgen besuchen willst, dann wirst du einen sehr, sehr stillen Mann finden.« Und er sagt noch: »Verflucht seien eure beiden Häuser!«

Dann stirbt er.

Zeugen sind da, die wissen, daß Tybalt angefangen hat. Was für Zeugen? Tybalts Leute? Die werden sich hüten, vor dem Fürsten die Wahrheit zu sagen! Benvolio? Er ist ein Montague. Zwei Montagues gegen einen Haufen Capulets. Wie dann die Sache ausgeht, kann man ohne Hellseher erraten: Die Capulets werden schwören, Romeo habe angefangen. Der Fürst wird Romeo aus der Stadt weisen. So wird es sein. Nein, mit einer Anzeige wird man nicht gut fahren.

Romeo eilt Tybalt nach. Er will ihn zur Rede stellen. Will ihm klarmachen, was er angerichtet hat. Will vielleicht andeuten – nur andeuten –, daß bald kein Haß mehr sein wird zwischen den Familien. Aber Tybalt soll sich stellen. Er soll auslöffeln, was er sich eingebrockt hat.

»Du hast Mercutio getötet«, sagt Romeo.

»Und?«

Romeo blickt in das Gesicht des jungen Capulet, er sieht kein Erschrecken, keine Reue, kein Mitleid, kein Das-wollte-ich-nicht.

»Was meinst du mit und?«

»Mercutio ist tot. Und? Das meine ich mit und.«

Hat Romeo damit gerechnet, daß Tybalt um Verzeihung bittet? Daß er über Mercutio weint? Romeo war schon Zeuge von Schlägereien gewesen, Zeuge von Messerstechereien der entsprechenden Dienerschaft. Kreischende Frauen hatte er gesehen und über sie gelacht, tierisch brüllende Männer, und hat über sie gelacht. Er hat von Totschlag gehört, einen Toten hat er gesehen, zugedeckt mit einer Plane. Vieles ist ihm erzählt worden, er hat es aufgenommen, den Kopf geschüttelt, mit Freunden darüber debattiert, aber: Die Gewalt war immer, immer neben ihm geschehen. Das hier aber ist *sein* Fall. *Sein* Freund ist getötet worden. Mercutio, den er geliebt hat, ohne den er nicht leben zu können glaubte, ist tot.

»Stell dich!« sagt er.

»Was? Ich verstehe dich nicht. Du mußt reden wie ein Mann, nuschle nicht wie ein Kind!«

»Stell dich!«

Tybalt zieht den Degen. »Stellen? Wenn ich dich liegen sehe, werde ich mich über dich stellen.«

Auch Romeo zieht den Degen. Tybalt ist wahrlich kein Meister an diesem Gerät. In allem ist er ein großer Selbstüberschätzer. Vielleicht ist auch seine Hand inzwischen des Zuhauens müde. Romeo auf der anderen Seite ficht gut mit Freunden, aber er weiß nicht, worauf man achten muß, wenn man dem Gegner einen Denkzettel verpassen will, nicht weniger, aber auch nicht mehr. Er sticht zu und durchbohrt Tybalts Herz.

Die Bürger haben zugeschaut, wie sie immer zugeschaut haben; inzwischen aber haben sie genug gesehen. Gleich, als es losging, ist einer gelaufen, die Gendarmen zu holen.

Romeo wird aus Verona verbannt. Er soll nach Mantua, befiehlt der Fürst. »Morgen früh vor Sonnenaufgang hat er die Stadt zu verlassen!« Bei Mißachtung des Befehls droht die Todesstrafe.

Bruder Lorenzo versucht, Romeo zu beruhigen: »Hör zu, erstens einmal hast du die ganze Nacht noch vor dir! Freu dich auf eure Hochzeitsnacht! Morgen tust du bitte, was der Fürst dir aufgetragen hat! Provoziere ihn nicht von neuem! Fahr nach Mantua! Bleib dort, bis ich dich rufe! Verhalte dich ruhig! Ich werde hier deine Sache vertreten. Es werden sich Zeugen finden. Noch weiß niemand, daß Julia und du verheiratet seid. Das ist ein großes Faktum, das werde ich ins Spiel bringen. Der Prinz ist ein kluger Mann, er wird erkennen, was für eine Chance für den Frieden diese Heirat bedeutet. Du wirst sehen«, verspricht Bruder Lorenzo, »du wirst sehen, es wird alles gut.«

Als Julia erfährt, daß Romeo verbannt wurde, verzweifelt sie. Und sie verzweifelt an seiner Tat. Sie hat ihren Vetter Tybalt geliebt, er war ein aufbrausender Kerl, hat gern Worte in den Mund genommen, die ihm ein häßliches Gesicht machten, auch Worte, die er nicht immer richtig verstanden hat. Aber er war auch charmant, zu ihr war er immer charmant gewesen, er hätte sich für seine Base Julia ein Ohr abhauen lassen, er gehörte zu ihrer Familie. Sie verflucht Romeo, weil er ihr den Vetter genommen hat. Und sie weint, weil ihr das Gesetz den Mann genommen hat.

»Du holdseliger Wüterich! Du engelsgleicher Unhold! Du räuberische Taube!«

So wenig Zeit hat man ihr im Leben gelassen! Gestern war sie ein Kind. Sie war noch ein Kind, als sie die Treppe hinunterging, um mit ihren Freunden Späße zu machen und sich vor ihnen auf der Fußspitze im Kreis zu drehen. Sie war ein Kind, kein Drängen war in ihr, keine ungeduldigen Fragen, wen sie an diesem Abend wohl kennenlernen wird, ob ihre Augen hell genug, ihre Taille schlank genug, ihre Haut weiß genug sei; wie sie die Lippen schürzen soll, wenn ihr einer gefällt, und wie, wenn sie einem gefällt. Sie war ein Kind, als sie über die Treppe in den Saal kam. Und dann traf ihr Blick auf Romeo, der da mitten in der zornigen Schar ihrer Vettern, Schwägern und Cousinen stand, und das Kind eilte aus ihrem Herzen davon, für immer und ohne einen Blick zurück. Und ehe sie das Wort aussprechen konnte, war sie erwachsen. Eine Frau. Eine Frau war sie, die wußte, daß die Liebe das Leben hält und nicht umgekehrt, daß ein Leben ohne Liebe zusammenfallen würde wie eine Mauer, wenn der Regen den Mörtel herausgewaschen hat.

»Tybalt war mein Vetter«, sagt sie. »Aber Romeo ist mein Mann, und mein Leben ist unser beider Leben, und sein Leben ist unser beider Leben.«

Als die Schatten lang genug sind, um zu verbergen, was sich im Garten tut, zieht sich Romeo über die Mauerkrone und klettert an dem wilden Wein hinauf zu Julias Schlafgemach.

Bruder Lorenzo denkt an sie, und er kniet in seiner Klause und betet zu seinem Gott, er möge seine Hand schützend über die beiden und ihre erste Nacht halten.

»Die Liebe dieser beiden Kinder«, sagt Lorenzo zu seinem Gott, »ist eine Tatsache, die wir beide geschaffen haben. Wie die Hügel, die du geschaffen hast, eine Tatsache sind und das Meer und zum Beispiel eine Pinie und die Kerne in der Pinie.«

Sie wurden nicht gestört in ihrer Liebe, Mann und Frau. Und das Ende ihrer Nacht verkündet Vogelgesang.

»Es ist die Lerche«, sagt Romeo, »die Sonne geht gleich auf, ich muß dich verlassen.«

»Es ist die Nachtigall«, sagt Julia, »die Nacht beginnt doch erst!«

»Dann will ich noch eine Weile bleiben«, sagt Romeo.

»Es ist vielleicht aber doch die Lerche«, sagt Julia. »Du mußt aus der Stadt fliehen!«

Romeo verläßt seine Frau und verläßt die Stadt.

Der neue Tag beginnt mit einem Schock.

Herr Capulet legt vor dem Frühstück die Hand auf die Schulter seiner Tochter. »Julia«, sagt er, »du bist blaß.«

»Wie deutest du meine Blässe?« fragt sie.

»Ich weiß es nicht. Vielleicht aber habe ich eine Nachricht, die dir Freude macht.«

Nur *eine* Nachricht könnte Julia Freude machen.

»Ich habe einen Mann für dich gefunden«, sagt Herr Capulet. »Graf Paris ist ein guter Mann. Er kennt dich, und du kennst ihn. Es gibt die Lauten und die Leisen. Er ist ein Leiser. Vielleicht wirst du in den ersten wenigen Jahren eurer Ehe manchmal denken, ach, wär er doch nur ein Lauter, aber in den vielen folgenden Jahren wirst du dankbar sein, daß er ein Leiser ist. Paris ist ein wirklich guter Mann, und er liebt dich. Du wirst bald vierzehn Jahre alt, Julia, du sollst ihn heiraten.«

Ihr Gesicht wird weiß, und die Lippen werden weiß, und blaß war viel Farbe gegen dieses Weiß. »Ich kann ihn nicht heiraten«, flüstert sie.

»Warum nicht?«

»Ich bin voll Trauer um Tybalt, weißt du. Er ist ja noch gar nicht begraben. Laß es uns verschieben, Vater, bitte! Einen Monat, ja? Ein Jahr?«

Herr Capulet hat dem Paris seine Tochter versprochen.

Und er hat ihm versprochen, daß er nicht lange warten muß. Er hat zu ihm gesagt: »Mach dir keine Sorgen, das Werben übernehme ich.« Ein Mann sollte sein Versprechen halten. So oft habe ich die Moral mit Füßen getreten, denkt Herr Capulet, ich will jetzt damit beginnen, sie zu achten.

Julia klopft an das Tor zur Klause von Bruder Lorenzo.

»Hilf mir!«

Sie erzählt ihm alles.

»Mach dir keine Sorgen«, sagt Lorenzo, »Gott hat seine Hand über euch gehalten.«

Aber Julia macht sich trotzdem Sorgen. »Es soll morgen schon sein«, sagt sie. »Sie haben alles hinter meinem Rücken für die Hochzeit vorbereitet.«

Erst meint Lorenzo, jetzt wäre es an der Zeit, die wahren Tatsachen aufzudecken. Seht her, Romeo und Julia sind ein Paar, Gott persönlich hat einen Montague zu einer Capulet geführt, niemand darf trennen, was Gott vereinigt hat! Dann aber hat Lorenzo Zweifel bekommen. Der Zeitpunkt scheint ihm nicht günstig. Es könnte das Gegenteil des erwünschten Effektes eintreten. Daß die Tatsachen nicht Frieden stiften, sondern neuen Krieg anfachen.

»Wir müssen radikal vorgehen«, sagt er, »radikal, radikal!« Und schließlich sagt er: »Ich habe einen Plan. Du mußt tot sein.« Schnell legt er den Finger auf Julias Lippen. »Du mußt tot spielen. Aber alle werden meinen, du bist tot.«

Er ist wirklich ein verrückter Hund, dieser Lorenzo! Er ist einer, der gern experimentiert. Mit allen Möglichkeiten und allem möglichen. Mit Mädchenherzen und

Burschenherzen. Aber auch mit Giften hat er schon seine Experimente gemacht.

»Bist du bereit, ein Risiko einzugehen?«

»Jedes Risiko.«

»Ich habe hier ein Gift, das wirst du heute abend trinken. Es wirkt ein paar Stunden. Morgen, wenn man dich wecken möchte, um dich zur Hochzeit mit dem Grafen Paris abzuholen, dann wirst du sein, als wärst du tot. Aber mit an Sicherheit grenzender Wahrscheinlichkeit wirst du wieder erwachen.«

»Mit an Sicherheit grenzender Wahrscheinlichkeit?«

»Ja. Deine Familie wird erschüttert sein wie durch ein Erdbeben. Ich nehme doch an, man liebt dich zu Hause. Die Erschütterung nutzen wir aus. Ich werde Romeo in Mantua verständigen. Dann lege ich die Tatsache auf den Tisch. Wenn Romeo in der Stadt ankommt, wirst du gerade erwachen. Alle sind erleichtert. Was war, ist vergessen. Die Familien versöhnen sich. Alles wird gut. So sieht mein Plan aus.«

Julia ist kein naiv schwärmendes Mädchen mehr, das da meint, der Tod sei eine vorübergehende Sache, aber eigentlich etwas, was den anderen zustößt, nie einem selbst. Sie will nicht mit dem Tod spielen. Aber sie weiß, die Trennung von ihrem Mann und eine Heirat mit dem Grafen Paris wären wie der Tod.

Sie trinkt das Gift.

Am nächsten Morgen findet die Amme Julia tot. Die Trauer erschüttert das Haus der Capulets wie das Erdbeben, von dem Bruder Lorenzo gesprochen hat. Julia wird in der Gruft der Familie aufgebahrt.

Der Name des Unglücks heißt: Gerücht. Das Gerücht ist schneller als der Bote des Lorenzo. Romeo erfährt über das Gerücht, daß seine Julia tot ist. Ach, hätte Lorenzo, der alles plant und so vieles kennt, so Schwieriges zu berechnen versteht, hätte er doch die Geschwindigkeiten von Botschaft und Gerücht richtig gegeneinander abgewogen! Julia ist die Treppe hinuntergegangen, da war sie ein Kind; sie hat Romeo in ihr Herz gerissen, da war sie ein Frau. Die Liebe hat sie erwachsen gemacht. Romeo wird erwachsen, als er dem Tod in die schwarzen Augenlöcher schaut. Romeo wird ruhig. Ruhig beschafft er sich Gift bei einem Apotheker in Mantua. Dann fährt er nach Verona. Er kennt den Friedhof, kennt das Familiengrab der Capulets. Er bricht ein und sieht seine Frau da liegen.

Aber noch einer ist gekommen. Graf Paris.

Was will der hier, fragen wir. Was mischt er seine Angelegenheit zwischen die große Liebe? Wir kennen ihn nicht, darum fällt es uns leicht, ihn nicht zu mögen. Er hat Julia geliebt. Er hat sie schon lange geliebt. Viel länger als Romeo. Graf Paris ist ein Schüchterner, ein Gebildeter, der nicht so schnell das richtige Wort findet, eben weil er weiß, wie viele Wörter es gibt. Sind deswegen seine Hoffnungen und Träume geringer zu achten als die Romeos? Er ist in der Nacht zur Gruft der Capulets geschlichen, um allein zu sein und zu weinen. Was denkt er wohl, als er hört, wie die Tür aufgebrochen wird, als er Romeo, den Montague, vor sich sieht, das Brecheisen in der Hand?

»Wann hört dieser Krieg endlich auf! Wo macht er halt? Seid ihr Montagues so verhärtet, daß euch nicht einmal der Anblick dieses reinen Wesens Respekt einflößen kann? Willst du ihr Grab schänden?«

Und Paris wartet nicht auf Antwort. Soll an diesem Ort etwa diskutiert werden? Er greift zur Waffe und geht auf Romeo los. Romeo ist, wie wir sahen, ein guter Fechter, ein viel zu guter Fechter sogar. Die Hand fliegt ihm voraus. Er tötet den Grafen Paris. Dann schluckt er das Gift. Ende.

Nein, es ist noch nicht das Ende vom Lied. Julia erwacht. Bruder Lorenzo hat sein Gift gut dosiert. Bei allem anderen hat er sich verrechnet. Julia erwacht und sieht neben sich Romeo liegen. Und sie sieht, er ist tot. Mit dem Dolch ihres Mannes nimmt sie sich das Leben.

Capulet und Montague versöhnen sich. Und? Was und? Macht der Friede zwischen den beiden Familien irgend etwas gut?

Julius Cäsar

Julius Cäsar kehrt zurück von der Schlacht. Er hat gegen Pompeius Krieg geführt und gewonnen. Cäsars Popularität ist auf dem Höhepunkt. Er zeigt sich dem Volk. Er mißachtet das Protokoll. Was als kurzer Triumphzug durch die Stadt geplant war, zieht sich über den ganzen Tag hin. Hier läßt er anhalten, dort steigt er sogar vom Wagen. Er schüttelt Hände, neigt sich zu den Kindern nieder, nimmt Geschenke entgegen, betrachtet sie eingehend, ehe er sie an seine Leute weiterreicht. Selten sieht man ihn lachen. Würde er heute lachen und die Arme in die Höhe heben, der Menge zum Gruß, jeder würde das verstehen, aber jeder würde auch wissen, was es bedeutet, nämlich: Ich, ich, ich! Sein ernstes Gesicht jedoch verkündet: Ich habe für Rom gesiegt, also für euch! Sein Ernst kommt gut an. Wer heute durch die Straßen von Rom geht, muß drücken und drängen und sich den Atem seiner Mitbürger im Nakken gefallen lassen.

Cäsar weiß viel über das Volk. Das Volk weiß wenig über Cäsar.

»Er ist wie wir«, sagen die einen.

Die anderen sind der gleichen Meinung und fügen hinzu: »Aber doch ganz anders.«

»Er ist nicht eitel«, sagen die einen.

»Aber er weiß, was er wert ist«, sagen die anderen.

»Er ist sachlich.«

»Aber herzlich.«

»Er kann unerbittlich sein.«

»Aber auch nachgiebig.«

Er ist nicht ein Mann aus dem Volk, aber er ist wie das Volk. So denkt das Volk über Cäsar.

Einige Mitglieder des Senats sehen das freilich anders. Sie sagen aber nicht: Wir sehen das anders als das Volk. Das würde sich für Republikaner nicht ziemen. Sie sagen: »Wir sind skeptisch.« Der Skeptiker wählt sich einen Platz mit viel Bewegungsfreiheit. Erweisen sich seine Zweifel als begründet, darf er mit dem Finger wackeln und darauf hinweisen: Seht, ich hatte recht. Anderenfalls wird er sich rechtzeitig bekehren und ein guter Freund von Julius Cäsar werden; und kein Freund ist ein besserer Freund als ein bekehrter Skeptiker.

Cassius allerdings ist mehr als nur ein Skeptiker. Er ist Cäsars schärfster Gegner im Senat. Aber Cassius hat kein Licht, er strahlt nicht, er ist ein Schattenmann. Die Natur hat ihn im Dunkeln und Kühlen wachsen lassen, wo Blüten selten sind. Aber sie hat in sein Herz Ehrgeiz gepflanzt, der nach Sonne verlangt. Das Wesen des Cassius giert nach Ergänzung, er braucht immer jemanden, sein Name wird nie allein genannt werden, das weiß er. Cassius ist unglücklich. Er haßt Cäsar. Warum? Nie verliert Cäsar die Beherrschung, nie verliert Cäsar die Geduld. Wenn Cassius Cäsar wäre, er hätte längst die Geduld mit Cassius und die Beherrschung ihm gegenüber verloren. Wäre Cassius Cäsar, er würde Cassius die Luft nehmen! Wen haßt Cassius eigentlich?

Als endlich die Wettspiele zur Feier des gewonnenen Krieges abgehalten werden, betritt Cassius nicht das Stadion. So viel Ehre für Cäsar wäre eine Zumutung für seine Nerven. Er hält sich abseits. Und er ist nicht der einzige.

Einige von den Skeptikern scheinen ebenfalls kein Interesse an Feierlichkeiten dieser Art zu haben. Cassius sieht staatstragend besorgte Mienen um sich her. Aber er kennt die Herrschaften, es sind kleine blasse Nummern. Der moralische Hochmut der Zukurzgekommenen bläht sie. Cäsar muß sie nur anschauen, und sie sind nicht mehr da, wie Staub, den man wegbläst.

Aber dann bemerkt Cassius einen, der ist neu in dieser Runde. Der hat bisher den Umgang mit den Skeptikern gemieden. Es ist Brutus. Cäsars Liebling.

»Warum ist Brutus hier?« fragt Cassius einen von den Skeptikern.

»Aus Sorge, verehrter Cassius. Aus Sorge. Wenn ein Brutus die Stirn runzelt, ist es pure Sorge.«

Und der Skeptiker flattert bedeutungsvoll mit den Brauen. Was aber soll dieses Flattern bedeuten? Irgend etwas. Hier reden alle so, als meinten sie in Wahrheit etwas anderes. Sie halten sich für Ironiker.

Cassius tritt neben Brutus, spricht ihn an. »Wenn ein Brutus die Stirn runzelt«, sagt er, »dann besteht wahrlich Grund zur Sorge.«

»Du runzelst auch die Stirn, Cassius.«

»Ich mache mir immer Sorgen, das weißt du, und die meisten Sorgen sind ohne Grund, und ich bin froh, daß es so ist. Ich habe ein sorgenvolles Gemüt. Aber du nicht. Brutus ist ein beneidenswerter Optimist, das weiß jeder. Darum, wenn sich ein Brutus Sorgen macht, greife ich mir ans Herz.«

»Cäsar ist ein großer Mann«, seufzt Brutus. Als wäre dies eine Antwort. Als hätte irgend jemand daran gezweifelt. Als sorge sich Cassius, ob Cäsar wirklich ein großer Mann sei.

»Das ist er, ja, das ist er in der Tat«, seufzt nun auch Cassius. Dieses Spiel kennt er, und er versteht es besser zu spielen als jeder andere. Dann räuspert er sich und sagt mit fester Stimme: »Wahrlich, Cäsar ist ein großer Mann!« Weiß er doch: Je lauter er Cäsars Größe preist, desto schärfer wird das »Aber« ausfallen.

»Aber!« – Da ist es ja schon! Brutus ist wirklich nicht schwer zu durchschauen, für einen Cassius ganz bestimmt nicht. – »Aber! So viel Macht in der Hand eines Mannes ist nicht gut«, beschwört Brutus den Cassius oder tut so, als ob er ihn beschwöre. »Glaub mir, Cassius, es ist nicht gut! Jedenfalls nicht nach Ansicht eines Republikaners.«

»So ist es, Brutus.«

»Und ich bin ein Republikaner.«

»So ist es!«

»Wer thront für den Republikaner über allem?«

»Das Volk, Brutus, das Volk.«

»Richtig, Cassius! Darum stehe ich hier abseits und sehe mir nicht die Weihespiele zu Ehren Cäsars an. Mein republikanisches Herz empört sich, wenn einem einzelnen Mann zugejubelt wird, als wäre er ein Gott. Cäsar könnte übermütig werden.«

»Du fürchtest«, führt Cassius willfährig den Gedanken des Brutus fort, »du fürchtest, Cäsar könnte sich zum Diktator aufschwingen?«

Brutus lebt in der Sonne, er wurde auf einem Flecken geboren, auf den die Sonne immer scheint. Nie hatte er Angst, aus der Sonne gedrängt zu werden. Das Glück ist ihm selbstverständlich. Daß er geehrt wird, ist ihm selbstverständlich. Auch daß er geliebt wird, ist ihm selbstverständlich. Brutus tritt sicher auf und hat nicht den geringsten Zweifel, daß dereinst sein Name einen eigenen

Platz erhält, den er mit niemandem teilen muß. Und doch ist er einer, der gern um eine Sache herumredet, der halbe Sätze bildet und Gedankenstriche in die Luft zieht. Will er sich absichern? Will er sich möglichst viele Optionen offenhalten? Ist Brutus also ein Opportunist? Das gewiß nicht! Brutus hat klare Meinungen, und er ist unbestechlich. Aber er mag es, wenn andere seine Meinungen aussprechen, bevor er sie ausspricht. Dann ist nämlich eine solche Meinung nicht mehr nur seine Meinung, sondern so etwas wie eine offizielle Tatsache.

»Du hast recht, Cassius. Genau das ist die Gefahr: Daß sich Cäsar zum Diktator macht.«

Cassius spielt für Brutus gern den Umformer von Meinung in Tatsache. Cassius hat etwas vor, was er allein nicht zustande bringt. Den Brutus kann er dafür brauchen. Das Volk verehrt und liebt Brutus, Integrität ist ein Synonym für seinen Namen.

»Cäsar ist ein großer Mann«, nimmt Cassius das Wort des Brutus auf. »Aber! Aber es gibt größere als ihn. Ich kenne Cäsar schon lange und besser vielleicht als die meisten, darum darf ich so etwas behaupten. Ich sah ihn in Spanien krank und elend, zitternd im Fieber und um sich schlagend wie ein Kind. Da war er bereits General. Ich habe in der Jugend mit ihm gemeinsam im Winter den Tiber durchschwommen, und hätte ich ihn nicht aus dem Wasser gezogen, er wäre jämmerlich ertrunken. Da sah er nicht aus wie ein Gott. Es gibt Bessere als Cäsar, glaub mir, Brutus.«

Das wischt Brutus beiseite, zu großmännisch vielleicht. »Das ist kein republikanisches Argument«, doziert er, Brutus doziert gern. »Der Staat muß gut geführt werden auch in einer Zeit, in der große Männer selten sind.

Das ist die Idee der Republik, mein Cassius! Eventuell fehlende Fähigkeiten Cäsars machen mir weniger Sorgen als seine Begehrlichkeiten.«

»Ich sehe es nicht ganz so«, sagt Cassius. »Wenn ich mir vorstelle, daß Brutus an der Spitze des Staates stünde ...«

»Du meinst«, lacht Brutus, und es klingt ein wenig spitz, »du meinst: zum Beispiel einer wie Brutus.«

»Nein«, sagt Cassius mit fester Stimme. »Ich meine dich. Aus der Erfahrung meines langen politischen Lebens wünsche ich mir einen Mann wie dich an der Spitze Roms.«

»Es geht darum, daß die Republik verteidigt werden muß gegen allzuviel Machtfülle«, weicht Brutus aus. Aber er weicht ja gar nicht aus, er tut nur so.

Cassius sieht, wie lieb dem Brutus dieses Thema ist.

Lebenslanges Lauern hat Cassius zu einem fein differenzierenden Menschenkenner gemacht. Es kann gar nicht sein, denkt er, daß sich Brutus zum ersten Mal vorstellt, an Cäsars Stelle zu treten. Daß er so wenig Ehrgeiz besitzt. Daß der Glücksgesang in seinem Leben den harschen Befehlston des Ehrgeizes bisher übertönt hat.

Da kommt Casca. Und was für ein Gesicht er macht! »Marcus Antonius schwingt den Hammer gegen die Republik!« ruft er.

»Was sagst du da, Casca?« Brutus hat sich vor den Cassius gestellt – was dem Cassius ganz recht ist –, mit staatstragender Empörung und einem neuen Ton, einem ambitionierten Ton in der Stimme spricht er: »Ich kenne dich sonst als einen Mann mit Augenmaß, Casca, und du erhebst nun schwere Vorwürfe. Das kann ich nicht dulden! Antonius ist ein ehrenwerter Mann!«

»Es ist nur die Frage, was ihm die Ehre wert ist.«

»Solche Vorwürfe müssen begründet werden, Casca!«

»Antonius geht zum Abschluß der Feierlichkeiten auf Cäsar zu«, erzählt Casca, »in seinen Händen hält er so ein Ding, ich wußte nicht, was es war, oder wollte nicht glauben, was ich sah.«

»Was für ein Ding?«

»Eine Krone. Antonius reicht Cäsar die Krone. Und das Volk jubelt.«

»Und Cäsar?«

»Er weist sie von sich. Aber Antonius reicht sie ihm ein zweites Mal. Und diesmal zögert Cäsar.«

»Und das Volk?«

»Frag nicht nach dem Volk! Du kennst das Volk. Ein Republikaner darf niemals sagen, was das Volk ist. Er wird immer nur sagen, was eines Tages aus dem Volk werden wird. Das Volk ist nicht gut, es wird gut. Kurz: Das Volk brüllt noch lauter: Cäsar, Cäsar, Cäsar!«

»Und Antonius?«

»Reicht die Krone dem Cäsar zum dritten Mal. Schon streckt Cäsar ihm die Hände entgegen. Er zögert noch. Schon hat er die Finger gerundet, als werde er gleich den Reif umschließen. Dann weist er Antonius abermals zurück und erhebt sich.«

»Denkt einer der anwesenden Herren, dies sei nicht inszeniert gewesen?« fragt Cassius. »Glaubt einer von euch, Marcus Antonius habe sich eine Krone schmieden lassen, womöglich aus eigener Tasche, sei unter Umgehung des Zeremoniells über die Stufen zu Cäsar hinaufgestiegen und habe vor dem Volk von Rom diese lächerliche Komödie aufgeführt – und das alles, ohne daß Cäsar davon wußte?«

»Was fragst du?« empört sich Casca. »Ich bin ein erwachsener Mann!«

Brutus schweigt. Und aus seinem Schweigen spricht sein Gewissen. Und heute formt sein Gewissen einen Ausdruck auf seinem Gesicht, wie das Gewissen der Republik sich einen Ausdruck formen würde, wenn die Republik erstens ein Gewissen und zweitens ein Gesicht hätte.

»Um an unser Gespräch von vorhin anzuschließen«, legt Cassius etwas Brennstoff nach, »Cäsars große Schwäche, das ist seine Eitelkeit.«

Das heißt einmal, was es heißt; heißt aber vor allem: im Gegensatz zu Brutus.

Ja, Cassius kennt die Menschen. Jeder ist eitel, das weiß er, zumindest jeder, der ein öffentliches Amt bekleidet. Und er weiß, wer Einfluß auf einen anderen ausüben will, der ist gut beraten, sich Zugriff auf dessen Eitelkeit zu verschaffen. Und das gelingt am besten, wenn man ihm einredet, er sei nicht eitel. Denn dann wird er auf die Gefahr, die ihm von dieser Seite droht, nicht achten.

Andere sind dazugekommen, sie haben gehört, was Casca erzählte, und haben gehört, was Cassius dazu einfiel. Nun blicken sie alle auf Brutus.

Der räuspert sich, dann sagt er: »Ich werde darüber nachdenken.«

Und geht.

Cäsar kommt in Begleitung von Marcus Antonius. Die Spiele sind beendet, dem Volk ist die Kehle ausgedörrt vom Brüllen.

»Wem soll ich vertrauen, Antonius?«

»Mir.«

»Du hast etwas angesetzt um die Hüften.«

»Wen stört's?«

»Mich nicht«, sagt Cäsar. »Ich mag die Dünnen nicht.«

Antonius genießt großes Ansehen bei Cäsar und großes Ansehen im Volk. Die Skeptiker spötteln, er stehe in Cäsars Schatten. Aber Antonius braucht Cäsars Schatten nicht zu fürchten. Er kann es sich leisten, über sich zu sagen, und zwar so laut, daß es jeder hört: Ich bin Cäsars erster Diener. Niemand, dem der Neid nicht den Blick schief gemacht hat, würde je einen Diener in Marcus Antonius sehen. Jeder weiß, Antonius ist vielleicht kleiner als Cäsar, aber doch größer als sein Schatten. Er ist ein Feldherr, die Soldaten lieben ihn, Cäsar vertraut ihm. Nicht einmal in seinem Leben hat es Antonius für notwendig erachtet zu flüstern. Was er sagen will, sagt er laut. In militärischen Belangen ist Marcus Antonius des Cäsars erster Berater. In zivilen Angelegenheiten fragt Cäsar lieber den Brutus. So hat er es jedenfalls bisher gehalten. In letzter Zeit geht ihm Brutus allerdings aus dem Weg.

»Der dort gefällt mir nicht«, sagt Cäsar.

»Wen meinst du? Den Cassius? Der ist harmlos. Ein fleißiger Senator.«

»Er ist dünn. Siehst du das nicht? Und er hat einen hohlen Blick. Ich schätze, er liest zuviel. Solche Männer sind gefährlich.«

»Warum verschwendest du einen Gedanken an ihn?« dröhnt Antonius. »Wenn dieser Cassius auf deiner Schulter säße, er reichte dir nicht bis zum Kinn!«

Ob Antonius weiß, daß Cassius jedes seiner Worte hören kann? Ob er das sogar beabsichtigt? Wahrscheinlich ist es ihm gleichgültig.

Cassius ist bitter. Casca ist bitter. Sie planen eine Verschwörung. Die planen sie schon lange. Ihre Pläne sind belanglos. Weil unrealistisch. Weil jeder von ihnen einen Zweiten neben sich braucht. Aber weder kann der eine dem anderen noch der andere dem einen in dieser Hinsicht dienen. Nun, zum ersten Mal, sehen sie eine reelle Chance, ihre Pläne zu verwirklichen.

»Wenn es uns nicht gelingt, Brutus zu gewinnen, dann wird es uns bald nicht mehr geben.«

Es geht um Mord. Sie nennen es Tyrannenmord. Aber sie wissen, wenn sie oder einer von den Skeptikern den Dolch führte, niemand würde von Tyrannenmord sprechen. Alle würden sagen: Es war Mord. Einfach nur Mord. Mord aus Eifersucht. Mord aus Haß. Mord aus Machtgier. Wenn aber ein Brutus zusticht, dann wird jeder sagen: Er konnte nicht anders. Er mußte. Er war es seinem Gewissen schuldig. Es wird dann nicht Mord heißen, sondern anders. Brutus, wird man sagen, hat Cäsar nicht ermordet, er hat Rom von Cäsar befreit. Oder so ähnlich.

»Brutus hat gern, wenn ein anderer ausspricht, was er denkt«, sagt Cassius. »Schickt jemanden zu seinem Haus! Das Volk soll ihm Briefe schreiben. Die werft ihm ins Zimmer! Das Volk soll sagen, daß es so denkt wie er. Und daß es so einen will, wie Brutus einer ist.«

Die Verschwörer haben sich für die Nacht verabredet. Casca, auf dem Weg zur geheimen Versammlung, trifft den alten hochverehrten Senator Cicero.

»Merkwürdige Nacht, findet Ihr nicht, Senator?«

»Ein wenig schwül, aber sonst?«

»Schwül im März?«

»Das ist nicht außergewöhnlich. Und merkwürdig schon gar nicht.«

»Ein Gewitter ballt sich zusammen, heißt es.«

»Das kommt im März vor, ja.«

»Aber eines, wie es noch nie eines gab.«

»Es gibt kein Wetter, das es noch nie gab.«

»Unheimliches geschehe, heißt es. Löwen seien gesehen worden, mitten auf der Straße. Brennende Männer seien gesehen worden. Die liefen über die Plätze. Die Natur ist in Aufruhr.«

»Und verfolgt die Natur damit eine Absicht?« fragt Cicero. »Was glaubst du?« Seine Reden im Senat sind gefürchtet. Mit einer einzigen ironischen Bemerkung kann er aufwendige rhetorische Bauwerke zum Einsturz bringen.

»Große Veränderungen künden sich an«, stammelt Casca.

»Was verändert sich?«

»Rom.«

»Zwei Dinge habe ich in meinem Leben gelernt«, kichert der alte Cicero. »Erstens: Ganz gleich, was die Natur für ein Schauspiel aufführt, sie tut es nicht für uns. Zweitens: Ganz gleich, was die Natur für ein Schauspiel aufführt, es gibt immer jemanden, der versucht, es für seine Zwecke zu nutzen.«

Casca gibt auf: Cicero kann man nicht für die Sache der Verschwörer gewinnen, den nicht.

Brutus schläft nicht in dieser Nacht. Der edle Denker denkt.

»Cäsar hat mich immer anständig behandelt. Er hat mich sogar bevorzugt. Ich kann ihm nichts vorwerfen.« – Dies ist der erste Gedanke.

Und der zweite: »Cäsar soll ein Gleicher unter Gleichen

sein. So will es die Verfassung. Ihm ist die Macht vom Volk gegeben. Macht ist grundsätzlich nichts Schlechtes.«

Und so lautet der dritte Gedanke: »Hat Cäsar seine Macht bisher mißbraucht? Nein!«

Und nun folgt der vierte, der entscheidende Gedanke des Brutus: »Könnte es sein, daß Cäsar seine Macht einmal mißbrauchen wird? Ja!«

Halten wir fest: Der vierte Gedanke markiert den Übergang von Brutus, dem Denker, zu Brutus, dem Ideologen.

Ideologienwerk baut auf den Konjunktiv: Es könnte sein, daß …

»Ja«, glaubt Brutus zu erkennen, »es könnte sein! Es könnte sein, daß Cäsar, hätte ihm Antonius zum vierten Mal die Krone gereicht, er diese dann nicht abgewiesen hätte. Diese Möglichkeit ist immerhin gegeben. Und angenommen, Cäsar hätte die Krone beim vierten Mal auf sein Haupt gesetzt, könnte es dann sein, daß er die Republik abgeschafft hätte? Ja, das könnte sein!«

Der Konjunktiv ist eine verflixt vornehme Form. Er ist die Form des edlen Zweiflers. Der Zweifler hat Skrupel. Überheblichkeit ist ihm fremd. Der Zweifler stellt sich selbst in Frage. Er läßt die anderen ebenso gelten wie sich selbst. Der Zweifler ist ein Menschenfreund. Der Konjunktiv ist die Redeform des Menschenfreundes. – Und was macht der Ideologe? Er borgt sich das Mäntelchen des Menschenfreundes, schlüpft hinein und tut, als wöge die Möglichkeit schwerer als die Wirklichkeit. Als wäre ein Verbrechen, das einer begehen könnte, ein schlimmeres als das, was einer bereits begangen hat. Und der Ideologe kann das sogar begründen. Was getan worden ist, argumentiert er, das ist geschehen, es ist vorbei, es tut niemandem weh. Was getan werden könnte, das hingegen liegt in der Zukunft, das kann vermieden werden. Und weil der Ideologe vorgibt, sich um die Zukunft zu sorgen, liebt er den Konjunktiv.

Brutus könnte einfach sagen: Cäsar muß weg! Ich bin besser! Ich will der Gleiche unter den Gleichen sein! Ich will die Macht! Also stechen wir ihn ab! Ein solcher Gedanke wäre für einen Feingeist wie Brutus allerdings unerträglich. Wer läßt seine Gedanken schon nackt laufen! Also her mit dem Mäntelchen! In den ideologischen Konjunktiv gekleidet, lautet der brutale Grundgedanke anders, nämlich so: »Ich liebe Cäsar. Aber ich hasse, was aus ihm werden könnte.«

Endlich, am Ende der Nacht, hat er sich durchgerungen, der Denker. Soll niemand sagen, er hat es sich leichtgemacht! Außerdem sind da ein paar anonyme Briefe durchs Fenster geflogen. Brutus ist ja nicht dumm. Er weiß genau, wer die Absender sind – Casca und Cassius. Aber es könnte freilich auch sein, daß sie es nicht sind. Es könnte sein! Es könnte sich ja tatsächlich um Volkes Stimme handeln. Und in diesen anonymen Briefen steht, Brutus sei zu Höherem bestimmt ... – Also, wer sagt's denn!

Cassius, der die Menschen kennt, vor allem die in Versuchung geführten, weiß, von einem Mann, der sich zu selbstlosem Tyrannenmord durchgerungen hat, darf man Initiative nicht erwarten, jedenfalls nicht gleich. Der will gebeten werden. Der will geschoben werden. Der will sagen dürfen: Seht her, ich habe Skrupel, ich persönlich würde ja nicht, aber das Gemeinwohl befiehlt und so weiter ...

»Spielen wir Gemeinwohl«, sagt Cassius in den frühen

Morgenstunden zu seinen Kumpanen. »Auf, besuchen wir unseren Brutus!«

Brutus empfängt sie edlen Blicks. »Ja«, sagt er, »ihr habt mich überzeugt, ich bin mit euch.«

Überzeugt? Wer hat Brutus überzeugt und wovon? Das Wort Mord wurde nicht ein einziges Mal ausgesprochen. Cassius muß ein Grinsen unterdrücken. Also hat auch einer, der nur die Sonne kennt, seinen Ehrgeiz. Hat also Brutus genauso auf Cassius gewartet wie Cassius auf Brutus. Braucht er also auch einen neben sich.

»Na gut«, sagt Cassius, »dann laß uns einen Eid schwören!« – Mitgegangen, mitgehangen soll das heißen. Falls die Sache auffliegt. Oder falls der Denker die Sache noch einmal überdenken möchte.

»Nein, kein Eid!« wehrt Brutus ab. »Um Himmels willen! Ich bin doch kein Verschwörer. Was ich tue, ist eine Art von ... Reinigung.«

»Reinigung?« fragt Cassius.

»Es ist Mord«, sagt Casca.

»Sprich dieses Wort nicht aus!« befiehlt Brutus.

»Also gut, meinetwegen Reinigung.« Cassius wird allmählich ungeduldig. »Hauptsache, du bist dabei. Den Marcus Antonius sollten wir übrigens auch gleich ... bereinigen.«

»Nein!« wehrt Brutus abermals ab. »Das Haupt werden wir entfernen, nur das Haupt. Wenn das Haupt fällt, dann werden auch die Glieder fallen. Und nicht einmal das Haupt im Sinne von Kopf meinen wir. Wir meinen den Geist. Im Geist Cäsars gärt die Möglichkeit, daß er die Republik abschaffen könne. Nur seinen Geist meinen wir. Wir wollen doch in Wahrheit kein Blut vergießen, hab ich recht?«

Haben da die Augenbrauen des Herrn Brutus ein wenig geflattert? Cassius meint, es genau gesehen zu haben. »Natürlich, Brutus«, sagt er, »nur der Geist, natürlich nur der Geist!«

»Im Geist ist ja auch gar kein Blut, soviel ich weiß«, sagt Casca.

»Könnte man nur den Geist töten«, fährt Brutus in seinen Ausführungen fort, »wir würden Cäsars Leben auf alle Fälle schonen! Hab ich recht?«

»Und wie!«

»Leider aber ist der Geist im Kopf und der Kopf mit dem Körper verbunden, und so müssen wir eben doch Blut vergießen. Obwohl wir das eigentlich gar nicht wollen. Hab ich recht?«

»Aber sicher«, sagt Cassius.

»Aber sicher«, sagt Casca.

Und die anderen sehen es ganz genauso. »Wir sehen es ganz genauso wie du, Brutus«, sagen sie.

Der Plan ist längst ausgearbeitet. Kompliziert ist er nicht. Entscheidend ist, daß Cäsar den Senat betritt. Um sicherzugehen, soll einer ihn abholen. Eines wird allerdings fest ausgemacht, und zwar im Indikativ, nicht im Konjunktiv: Jeder Beteiligte muß, wenn es soweit ist, einen Stich führen. Es darf sich hinterher keiner herausreden können.

Cäsar hat wenig geschlafen. Er schläft schlecht in letzter Zeit, wacht auf, wenn es noch dunkel ist. Dann geht er durch sein Haus oder wartet im Garten, bis die Sonne aufgeht. Heute hat auch seine Frau schlecht geschlafen.

»Ich habe etwas Merkwürdiges geträumt«, sagt sie.

»Erzähl es mir!«

»Ich erinnere mich nicht. Nur die Empfindung des Traumes ist noch in mir. Es war Angst.«

»Wovor hattest du Angst in deinem Traum?« fragt Cäsar.

»Geh heute nicht in den Senat!« bittet ihn seine Frau. »Es wird etwas geschehen!«

»Ein Feigling stirbt schon viele Male, bevor er wirklich stirbt.«

»Du hast einen großen Sieg gegen Pompeius errungen«, sagt sie. »Jeder wird verstehen, wenn du heute zu Hause bleibst. Tu es mir zuliebe!«

Cäsar liebt seine Frau. »Gut«, sagt er, »es soll geschehen, was du dir wünschst.«

Senator Decius wird gemeldet. Er komme, um Cäsar abzuholen. Das ist ungewöhnlich. Der Senat wolle damit seine Wertschätzung zum Ausdruck bringen, sagt Decius.

Cäsar ist gutgelaunt. »Was sind wir doch für Männer!« sagt er. »Denken wir auch nur einen Augenblick an die Nöte und Wünsche unserer Frauen? Nein. Auf der anderen Seite betonen wir immer wieder, unsere Sorge gelte dem Volk. Unsere Frauen aber sind das Volk. Mein lieber Decius, melde dem Senat, Cäsar wird heute nicht erscheinen.«

»Du bleibst zu Hause?«

»So ist es.«

»Und was für einen Grund soll ich dem Senat nennen?«

»Meine Frau wünscht es.«

»Ich verstehe«, sagt Decius. »Und wie soll ich das vor dem Senat ... umschreiben?«

»Warum umschreiben? Bin ich ein Schüler, der eine Lüge erfindet, weil er die Schule schwänzen will? Ich bin Cäsar! Sag dem Senat die Wahrheit! Meine Frau hat schlecht geträumt, und deshalb bleibe ich zu Hause.«

»Das soll ich sagen? Der große Cäsar läßt sich von seiner schlecht träumenden Frau befehlen, nicht in den Senat zu kommen. Das soll ich sagen?«

Nein, so kann man es nicht sagen. Die Verschwörer haben Decius ausgesucht, den Cäsar abzuholen, weil Decius eine krumme Zunge hat. Der gibt dir in allem recht, und am Ende tust du genau das Gegenteil von dem, was du tun wolltest. Und Cäsar geht es nicht anders. Er zieht das Versprechen zurück, das er seiner Frau gegeben hat.

Vor dem Senat warten die Bittsteller. Das ist üblich. Cäsar weist sie nicht ab. Hat er nie getan. Diese Volkstermine waren seine Idee. Er tritt den Menschen gegenüber, schaut ihnen in die Augen, hört ihnen zu. Aber er redet ihnen nicht nach dem Mund. Cäsar hat Berater, und die haben Studien erstellt, und daraus geht hervor, daß der Mensch das Vertrauen verliert, wenn ihm nie widersprochen wird, und daß er den wenig achtet, der ihm immer recht gibt. Oft kommt es vor, daß Cäsar die Namen der Bittsteller kennt. Er sagt: »Wie geht es dir, Quintus Marullus? Ich habe gehört, das Wasser ist in deine Töpferei eingebrochen.« Da hat dann Quintus Marullus eine Viertelstunde lang den Mund nicht mehr zugekriegt, und er vergaß, was er dem Cäsar eigentlich sagen wollte, und er würde sich von nun an in Stücke hauen lassen für ihn, prahlt er jedenfalls. »Cäsar kennt uns und sorgt sich um uns«, erzählt er von nun an überall herum. Und die Leute sagen: »Da hat er so viel zu tun, dieser große Mann, führt erfolgreiche Kriege, und dann kennt er uns kleine Leute und macht sich Sorgen um uns!« – Was ist der Trick?

Cäsar hat eine Schar von Männern angestellt, die nichts anderes zu tun haben, als sich in der Stadt umzusehen und umzuhören. Und wenn dann Cäsar die Stufen zum Senat hinaufschreitet, durch das Spalier der Bittsteller hindurch, dann sind diese Männer in seiner Nähe und stecken ihm ihre Informationen. Zum Beispiel: »Da vorne, der Kleine mit der Glatze, das ist Quintus Marullus, vor drei Tagen ist das Wasser in seine Töpferei eingebrochen.«

Heute hält es Cäsar nicht anders. Die Verschwörer beißen sich auf die Lippen, ungeduldig sind sie, sie können es gar nicht erwarten, Rom zu reinigen. Und dann kommt noch einer und will etwas und noch einer und noch einer. Hört das denn nie auf?

Und am Ende der Schlange steht der Philosoph Artemidor. Man riecht ihn von weitem.

»Du weißt, ich schätze und ehre die Philosophie«, sagt Cäsar. »Sag mir, was du nötig hast, Artemidor!«

»Ich habe nichts nötig«, antwortet der Philosoph. »Meine Philosophie besteht ja gerade darin, den Menschen beizubringen, wie sie sich mit wenig zurechtfinden. Ich habe einen Brief für dich, Cäsar, den will ich dir geben. Lies ihn!«

»Sag mir in einem Satz, was in dem Brief steht, und ich werde dir sagen, wann ich ihn lesen werde.«

»Es betrifft dich, dein Leben, Cäsar.«

»Dann werde ich ihn am Ende des Tages lesen. Cäsar kommt zuletzt.«

Cäsar ist groß. Das denkt jeder. Auch jene, die ihn töten wollen, denken das. Auch Cäsar selbst denkt, daß Cäsar groß ist. Aber weil Cäsar Cäsar nicht sehen kann, weil er nicht um ihn herumgehen kann, ihn einmal von dieser Seite, dann von jener Seite anschauen kann; weil

Cäsar Cäsar nicht ausweichen kann und ihn überall findet, wo Cäsar ist, meint Cäsar, wenn er sagt, Cäsar ist groß, daß er unendlich groß sei und unsterblich und immerdar. Nur deshalb kann er sich die selbstverleugnende Bescheidenheit leisten.

Artemidor hatte in dem Brief die Verschwörung aufgedeckt. Cäsar wird den Brief nicht mehr lesen. Denn das Ende des Tages wird er nicht erleben. Cäsar wird erfahren, daß der Raum, den er in der Welt einnimmt, nicht weiter greift als der Raum jedes anderen Menschen.

Als Cäsar endlich den Senat betritt, kommt Metellus Cimber, einer der Verschwörer, auf ihn zugelaufen. »Ich habe auch eine Bitte«, sagt er. »Du hast meinen Bruder in die Verbannung geschickt.«

»Ja, das habe ich«, antwortet Cäsar.

»Gib ihn frei!« Metellus Cimber kniet vor Cäsar nieder.

»Nein«, sagt Cäsar, »das werde ich nicht tun. Und ich werde dir erklären, warum. Wenn ich deinen Bruder freilasse, nur weil du vor mir kniest und mir schmeichelst, Metellus, dann würde ich eingestehen, daß ich deinen Bruder ohne triftigen Grund in die Verbannung geschickt habe. Denn wenn jemand in die Verbannung geschickt wird, und es gelingt, ihn mit Schmeichelei zurückzuholen, dann ist er ungerecht in die Verbannung geschickt worden. Dein Bruder hat Dinge getan, die eine Schmeichelei nicht gutmachen können. Steh also auf! Deine Bitte ist abgelehnt!«

»Dann sollst du sterben!«

Metellus Cimber zieht seinen Dolch und sticht auf Cäsar ein. Das ist das Zeichen. Nun stechen sie alle. Zuletzt Brutus.

Später wird man sagen, Cäsar sei in Wahrheit nicht an den vielen Messerstichen, sondern an gebrochenem Herzen gestorben, weil er Brutus geliebt habe wie einen Sohn.

Da liegt er. Tot. Der große Cäsar liegt in seinem Blut. Die Verschwörer sperren den Raum ab.

»Was wird geschehen, wenn das Volk erfährt, was geschehen ist?«

Brutus verkündet: »Ich werde hinausgehen und dem Volk die Sache erklären.«

Läuft ja alles nach Plan! Genau, wie Cassius es sich vorgestellt hat: Das Gewissen des Volkes spricht zum Volk. Den Cassius und den Casca und die anderen braucht das Volk gar nicht zu sehen.

Da ertönt Stimmengewirr. Marcus Antonius betritt den Senat. Er weiß noch nicht, was geschehen ist, er will nur nicht, daß die Tore des Senats hinter Cäsar abgeschlossen werden. Dann sieht er Cäsar liegen, im Blut.

Niemand hat stärkere Nerven als Marcus Antonius. »Ich nehme an«, sagt er, »ihr hattet Gründe.«

»Die haben wir«, entgegnet ihm Brutus.

»Und ihr werdet mir eure Gründe erläutern.«

»Dir? Warum ausgerechnet dir?« versucht sich Cimber im Ton des Spötters.

Antonius ignoriert ihn. Er spricht nur mit Brutus. »Oder wollt ihr auch mich töten?«

Nun bricht es aus Cassius heraus: »Ja! Ich war dafür! Und ich bin immer noch dafür! Du bist nicht der große Mann, für den du dich hältst, Antonius! Jetzt bist du allein hier. Hast keine Soldaten um dich herum, die dich schützen.«

»Dann töte mich doch!« sagt Antonius ruhig, Blick

immer noch auf Brutus. »Es wäre eine Ehre für mich, in derselben Stunde zu sterben wie Cäsar.«

»Niemand wird dir ein Leid antun«, spricht Brutus, als wäre er bereits der Gleiche unter den Gleichen.

»Gut, dann bitte ich dich nur um eines.«

Das macht den Cassius so rasend, diese Ruhe, diese Gelassenheit, diese Gefaßtheit – diese Größe! »Was willst du?«

»Was willst du?« fragt nun auch Brutus, denn auf die Frage des Cassius hat Antonius nicht geantwortet.

»Laß mich die Leichenrede auf ihn halten. Vor dem Volk. Das hat er verdient.«

Cassius schreit Brutus an: »Das wirst du nicht zulassen! Antonius wird das Volk gegen uns aufhetzen!«

Brutus aber schiebt Cassius beiseite. »Marcus Antonius hat eine Bitte an mich gerichtet, und Marcus Antonius hat für die Ehre Roms gekämpft. Seine Bitte wird gewährt. Aber! Es soll eine Leichenrede sein und keine Anklage. Du sollst uns nicht verurteilen, Marcus Antonius! Allerdings werde ich zuerst zum Volk von Rom sprechen.«

War da die Andeutung einer Verneigung? Der eiserne Marcus Antonius verneigt sich vor Brutus, dem Denker im Konjunktiv? Vielleicht haben wir uns getäuscht. Das vornehme Geplauder der beiden macht den Cassius krank.

»Du begehst einen Fehler«, warnt er den Brutus.

Aber Brutus schaut nun auch durch ihn hindurch, als wäre er gar nicht da.

Brutus richtet das Wort an das Volk von Rom. Was er im Konjunktiv gedacht hat, spricht er nun im Indikativ aus: Daß Cäsar ein großer Mann war. Daß Cäsar ihn, Brutus, geliebt hat. Daß er, Brutus, den Cäsar geliebt hat.

Daß er, Brutus, Rom liebt. Daß in Rom das Volk herrscht. Daß Cäsar die Republik abschaffen wollte. Daß dann das Volk versklavt worden wäre. Daß dies seine, des Brutus, Sorge war. Daß leider der Geist im Kopf wohnt, der Kopf aber auf dem Leib sitzt. Und so weiter. Und am Schluß: »Wir haben Rom vom Tyrannen befreit.«

Und das Volk? Es jubelt dem Brutus zu.

Wie kann das sein? Erst jubelt es Cäsar zu, nun seinem Mörder? Das Volk ist ein bemerkenswerter Haufen. Wenn das Volk still ist, dann sind es nur Leute, die herumstehen. Also muß es laut sein, um Volk zu sein. Lautsein aber ist etwas ungegliedert Amorphes. Bei Lautsein gibt es nur zwei Zustände: Wut oder Jubel. Das Volk aber wählt nicht. Es nimmt, was ihm dargeboten wird. Brutus servierte Jubel, und das Volk jubelte.

Nun tritt Antonius auf die Stufen des Senats.

»Mitbürger! Freunde! Römer! Hört mich an!«

Brutus sei so freundlich gewesen, ihn ein paar Worte zum Abschied Cäsars sprechen zu lassen. Cäsar habe sicher viel Übles getan, deshalb sei es wohl recht gewesen, ihn zu töten. Brutus behaupte, Cäsar sei herrschsüchtig gewesen, und wenn Brutus das behaupte, sei es wohl wahr – »denn Brutus ist ein ehrenwerter Mann!«. Cäsar habe viele Gefangene aus seinen Kriegen nach Rom geführt und für sie Lösegeld eingetauscht, das er, wie jeder wisse, Rom habe zugute kommen lassen, was nicht unbedingt nach Herrschsucht aussehe, aber Brutus sage, Cäsar sei herrschsüchtig gewesen, also muß es wahr sein – »denn Brutus ist ein ehrenwerter Mann!«. Er selbst, Antonius, habe Cäsar weinen sehen, wenn er vom Leid eines römischen Bürgers gehört habe, was ja auch nicht ein Zeichen von Herrschsucht sei. Dann wolle er, Antonius, auch noch daran erinnern, daß er Cäsar dreimal die Krone gereicht und daß Cäsar dreimal die Krone zurückgewiesen habe, ob das wohl Herrschsucht sei, ja, womöglich sei das Herrschsucht, denn Brutus behauptet, es sei Herrschsucht – »und Brutus ist ein ehrenwerter Mann!«. Gerade gestern habe er, Antonius, das Testament von Cäsar gesehen, das könne er an dieser Stelle leider nicht vorlesen, obwohl er es gerne vorlesen würde, denn wenn die Bürger Roms erführen, was Cäsar in seinem Testament angeordnet habe, nun gut, er werde es doch vorlesen, da stehe nämlich geschrieben, daß Cäsar all seine Gärten dem Volk von Rom schenke, damit darin die Mütter mit den Kindern spielen und die Liebenden spazieren und die Alten Ruhe finden könnten. »Das war Cäsar! Aber die hier, seine Mörder, behaupten, er sei ein herrschsüchtiger Tyrann gewesen. Ich überlasse es euch, dem Volk von Rom, zu beurteilen, ob sie recht haben!«

Brutus ist bereits geflohen. Mit ihm Cassius und Casca und die anderen. Marcus Antonius hat dem Volk Wut geboten, und das Volk hat Wut gewählt. Diesmal jubelt es nicht, diesmal schreit es nach Rache. Cäsars Tod soll gerächt werden! Da wußten die Verschwörer, ihre Sache war verloren.

Antonius schließt sich mit Octavius und Lepius zusammen. Sie jagen die Verschwörer. Sie stellen sie. Cassius nimmt sich das Leben. Brutus nimmt sich das Leben.

Die Sieger teilen sich die Macht. Lepius soll Ausgleich schaffen zwischen Antonius und Octavius; aber Lepius ist schwach, er ist vorgeschoben, und er weiß es. Octavius ist ein schmallippiger, undurchsichtiger Bürokrat. Marcus Antonius überstrahlt alle. Antonius liebt die Menschen, liebt die Frauen, liebt gutes Essen und guten Wein. Octavius liebt nur die Macht. Das ist ein Vorteil, wenn man die Macht ganz und allein ergreifen will. Am Ende gelingt es Octavius, sowohl Lepius als auch Antonius auszuschalten. Die Zeit des Triumvirats ist vorüber.

Octavius wird zum Kaiser gekrönt. Er nennt sich Augustus.

Ende gut – alles gut

Die Menschenrechte wachen darüber, daß eine hohle Nuß ungehindert das Leben einer hohlen Nuß führen darf, wenn sie das will.

Der junge Graf Bertram von Roussillon ist eine hohle Nuß: ein dünkelhafter Schafskopf, den niemand mag außer seiner Mutter. Sein Vater, der Graf von Roussillon, angesehen, berühmt für seine Gerechtigkeit und seinen Scharfsinn, inzwischen alt und bresthaft, hat längst keine Hoffnung mehr, daß bei seinem Sohn die richtigen Knöpfe aufgehen.

»Es wird nichts aus unserem Bertram werden«, klagt er. »Aber seien wir froh, daß nichts aus ihm wird! Auf welchem Posten auch immer, er würde nur Unheil anrichten. Er ist faul und dumm, meint aber, er mühe sich ab und sei gescheit. Er schaut auf alle herab und merkt nicht einmal, daß unter ihm gar niemand mehr steht. Er wird bis zu seinem Ende zu Hause hocken als Kröte auf dem Stein über dem Herzen meiner lieben Frau.«

Die Gräfin Roussillon ist eine feine Dame. Jeder mag sie. So ein liebevoller, sanftmütiger Charakter! Immer darum bemüht, in den Herzen der Menschen den guten Kern freizulegen! Was aber nicht heißt, daß sie sich die Nase vor dem faulen Fleisch rundherum zuhält; im Gegenteil, die Gräfin verfügt über Urteilskraft und Kritikermut. Dabei gelingt ihr fast immer das Kunststück, tadelnd zu loben. Wenn sie sagt: »Heute ist der Barsch gründlich mißlungen!«, dann klingt das in den Ohren des Kochs nicht wie eine Anfeindung, sondern wie ein Lob; soll heißen: Ich halte mehr von deiner Kochkunst als du selbst, du bist ein Genie, weißt es nur selber nicht.

So eine feine Frau, die Mutter! So ein feiner Mann, der Vater! Wie kommen die zu so einem Sohn!

Dann stirbt der Graf. Und wer da glaubt, der Tod des Vaters versetze Bertram einen heilsamen Stoß vor die Stirn, so daß die Tassen in seinem Kopf wieder gerade stehen, der irrt. Bertram scheint das Unglück gar nicht zu berühren. Er grinst, wie er immer grinst; er spielt vor den Stallknechten den Philosophen, wie er es zum Gaudium derselben immer schon getan hat; er schwadroniert über Dinge, von denen er samt und sonders nichts versteht; er bringt dem Geiger das Geigen bei und der Näherin das Flicken. Selbst der große Tod hat es nicht geschafft, auch nur ein Scheibchen von der Präpotenz des jungen Bertram abzusicheln.

Der Graf von Roussillon war ein Freund, nein: ein Herzensfreund, des französischen Königs, und als der König von dessen Tod erfährt, schickt er sofort einen Boten zum Schloß der Roussillons.

»Ich, der König von Frankreich, wünsche, daß Bertram nach Paris an den königlichen Hof komme, wo ich ihn hätscheln und erziehen möchte, so wie ihn sein Vater gehätschelt und erzogen hat. Ich will ihm von nun an den Vater ersetzen.« – Daß dieser Sohn sehr weit vom Stamm gefallen ist, weiß der König offensichtlich nicht.

Die Mutter hat Zweifel. Einerseits, so sagt sie sich, ist es ganz gut, wenn Bertram hinaus in die Welt zieht, neues Leben kennenlernt, vielleicht irgendwo auf fruchtbaren Widerstand stößt – und gut ist auch, denkt sie im geheimen, wenn ich ihn für eine Zeit los bin. Andererseits macht sie sich Sorgen. Nicht Sorgen, daß Bertram etwas zustoßen könnte. Aber wenn man sich vorstellt, was er am Königshof in Paris alles anstellen könnte!

»Willst du?« fragt sie ihren Sohn.

Bertram zuckt mit den Achseln. »Warum nicht.«

Die Mutter blickt ihn lange an. Bertram ist wohl der einzige Mensch auf der Welt, der nur mit den Achseln zuckt, wenn ihn der König zu sich einlädt.

»Ist in Paris mehr los als hier?« fragt er dann obendrein.

»Ich glaube schon«, sagt seine Mutter. Bertram ist sicher der einzige Mensch in Frankreich, der in einem Kaff lebt und eine solche Frage stellt. Die Gräfin ist nur froh, daß der Bote des Königs bereits in der Küche ist und sich den Braten mit Klößen schmecken läßt.

Im Schloß der Roussillons lebt auch eine junge Frau, Helena. Sie ist das Mündel der Gräfin, früh ist sie Waise geworden. Ihr Vater war ein berühmter Mann: der Arzt Gerard de Narbonne. Als die Gräfin vor vielen Jahren schwer erkrankt war und die anderen Ärzte sie bereits aufgegeben hatten, war es Gerard de Narbonne gelungen, sie mit Hilfe seiner Kunst ins Leben zurückzuholen. Das hat man ihm im Haus Roussillon nie vergessen. Dann starb erst die Frau des Arztes, dann starb der Arzt selbst, und Helena war allein auf der Welt. Und da nahmen die Roussillons das Kind zu sich, und es war ihnen wie eine Tochter.

Helena wuchs neben Bertram auf, dem Besucher erschienen sie wie Bruder und Schwester; obwohl sich jeder wunderte, wie verschieden die beiden doch waren. Und wenn man den Besucher hinterher um eine Charakteristik der beiden bat, hörte man: »Sie ist ein liebes, gescheites, phantasievolles, lustiges, hilfsbereites Mädchen.« – Und Bertram? – Da versicherte sich der Besucher erst der Verschwiegenheit, dann sagte er: »Eine hohle Nuß.«

Helena strotzt vor Energie und Neugierde auf Leben und Welt. Sie ist fix und gründlich, weiß alles, läßt sich dennoch gern belehren. Sie blickt auf die anderen nicht herab, nein, im Gegenteil, sie hegt die feste Überzeugung, alle Menschen sind gleich, und weil sie, wie jeder andere auch, nur einen Menschen kennt, nämlich sich selbst, meint sie, alle Menschen seien wie sie, voll Spannkraft und Wissensdurst, fix und gewissenhaft, und alle hätten es gern, belehrt zu werden.

Ein Beispiel: Wenn Bertram gerade einmal den müden Finger hebt, um zum Turm hinauf zu zeigen, wo er etwas »irgendwie Komisches« gesehen zu haben glaubt, ist Helena schon oben angekommen und beschreibt in klaren und anschaulichen Sätzen und mit glockensüßer lauter Stimme vom Turm herab dem mundoffenen, blinzelnden Bertram das Schwalbennest, das er gesehen hat, nicht ohne einiges Wissenswertes über Schwalben im allgemeinen einzuflechten.

»Aber entdeckt habe ich es«, sagt er.

»Dieses hast du entdeckt«, schränkt Helena ein. »Aber es gibt Hunderte davon in den Giebeln und unter den Vorsprüngen des Schlosses. Was ich dir über dieses Nest erklärt habe, trifft auf die anderen Nester ebenso zu. Jetzt weißt du über alle Schwalbennester Bescheid.«

»Und wenn schon«, sagt Bertram. »Es interessiert mich nicht im geringsten.«

Es ist ein bemerkenswertes Phänomen, daß hohle

Nüsse oftmals mit Arroganz gefüllt sind. Arm dran sind die, die einen Arroganten lieben. Besonders arm aber sind die, die eine arrogante hohle Nuß lieben. Bei Bertram nützt der Helena kein Liebsein, kein Gescheitsein, keine Spannkraft, nicht ihre Eloquenz, nicht ihr Humor und ebenso nicht ihr herzwarmes Bedürfnis, immer und jedem zu helfen, sei es, wenn einem der Korb mit Äpfeln auf den Weg gefallen ist, sei es, wenn ein anderer über Aufbau und Funktion von Schwalbennestern weniger weiß, als sie meint, daß jeder Mensch wissen sollte.

Wenn vorhin gesagt wurde, die Mutter sei die einzige, die ihren Sohn mag, so ist das bei scharfer Differenzierung richtig. Helena nämlich liebt Bertram, und keinen größeren Wunsch kennt sie, als daß er sie heiraten möge. Natürlich besteht ein Standesunterschied zwischen den beiden, Sohn von Graf ist höher als Tochter von Arzt. Aber wen stört das in diesem Fall!

Die Gräfin Roussillon hat ebenfalls keinen größeren Wunsch, als daß ihre beiden Kinder als Mann und Frau gemeinsam durchs Leben gehen – zumal erstens: sie Helena über alles liebt, zweitens: sie sich Bertram als Gatte neben dieser lieben, gescheiten, phantasievollen und so weiter Frau gut aufgehoben vorstellt, so daß sie sich nicht dauernd sorgen müßte, was er jetzt schon wieder tut oder nicht tut.

Aber Bertram will nicht. Er will nicht. Er liebt Helena nicht nur nicht, er kann sie nicht einmal besonders leiden.

»Sie gefällt mir nicht.«

»Aber Helena ist doch ausnehmend schön!«

»Weiß ich nicht, ich hab sie mir nie richtig angesehen.«

»Aber sie würde dir so guttun!« sagt seine Mutter.

Er will nicht.

»Du könntest so viel von ihr lernen.«

Er. Will. Nicht.

»Alle am Hof in Paris würden dich bewundern, was du für eine liebe, gescheite ...«

»Ich will nicht!«

Das wäre nämlich Gräfin Roussillons Idee gewesen: daß Helena Bertram nach Paris begleitet, als seine Frau. – Bertram aber: will nicht.

Bertram übersiedelt allein nach Paris, stellt seine Koffer im Schloß des Königs ab, knackt mit den Fingern, bezieht die prunkvolle Prinzensuite ohne »ah!« und »oh!«, als hätte er sein Leben lang in solchem Luxus verbracht, und steht vom ersten Tag an allen im Weg.

»Wo ist er denn?« fragt Bertram den Diener, der ihm zugeteilt wurde.

»Wer?«

»Er! Mein Ziehvater?«

»Wer?«

»Der König!«

Das hat der Diener noch nie erlebt, daß einer von Seiner Majestät spricht und dabei in die Luft schaut anstatt hinunter zum Boden.

»Seine Majestät können Euch zur Zeit nicht empfangen.«

»Auch recht«, sagt Bertram.

»Seine Majestät ist krank.«

»Dann wünsch ihm gute Besserung!«

Das tut dem Diener weh, daß sich dieser wichtigtuerische Provinzbengel mit keinem Wort nach dem Befinden seines »Ziehvaters« erkundigt.

Ja, der König ist krank. Und wie es aussieht, schwerkrank. Der Hofstaat vom Minister bis zum Pferdeknecht bangt und betet. Die Ärzte konferieren rund um die Uhr, sie stehen vor einem Rätsel. Alles wurde probiert, nichts hat gegriffen.

Der König hat einen starken Willen und ein tapferes Herz. »Ihr müßt mir die Wahrheit sagen!« befiehlt er seinen Ärzten. »Wie wird es mit mir ausgehen?«

»Ihr werdet sterben, Majestät.«

Dem König war ein Nachfolger nicht vergönnt. Seine liebe Frau starb, ohne daß sie ihm ein Kind geboren hatte. Als er zu der Gräfin von Roussillon den Boten sandte mit dem Wunsch, Bertram an Sohnes Statt anzunehmen, stand zuvorderst der Gedanke, dem Sohn des Freundes den Vater zu ersetzen, der Hintergedanke aber war, einen Nachfolger zu adoptieren. Und da bisher immer gegolten hatte, daß der Apfel nicht weit vom Stamm fällt, erschien ihm ein Sproß aus dem Haus Roussillon ungesehen und ungeprüft die erste Wahl auf diesem Posten.

Der König läßt Bertram an sein Lager rufen.

»Bertram«, sagt er mit schwacher Stimme, »wenn ich sterbe, sollst du das Land regieren. Bist du dazu bereit?«

Bertram zuckt mit den Achseln. »Warum nicht.«

König soll er werden? Diese hohle Nuß! Die Dienerschaft rollt geschlossen die Augen nach oben. Sein Vater hatte hundertmal recht: »Seien wir froh, daß nichts aus ihm wird! Auf welchem Posten auch immer, er würde nur Unheil anrichten.« – An den Posten des Königs hat der alte Roussillon dabei sicher nicht gedacht.

Aber noch ist es nicht soweit. Rettung naht. Rettung für Frankreich und Rettung für den kranken König ...

Helena ist ihrem geliebten Bertram nachgereist. Sie hat die Hoffnung nicht nur nicht aufgegeben, sie zweifelt nicht einen Augenblick daran, daß Bertram einst ihr Mann werden wird; vielleicht nicht heute, vielleicht nicht morgen, aber irgendwann bestimmt. Es geht ja gar nicht anders, sagt sie sich. Sie hat sich das nämlich ausgerechnet. Sie muß Bertram diese Rechnung nur plausibel machen, dann wird er sich gegen die Heirat nicht mehr wehren. Jedes Ding, so hat Helena ihre Rechnung begonnen, jedes Ding läßt sich in seine Bestandteile zerlegen. Auch die Liebe. Frage: Woraus besteht die Liebe? Antwort: Aus Reizen. Reize, die vom Körper ausgehen, die vom Geist ausgehen, die vom Herzen ausgehen. Helena ist schön. Helena ist klug. Helena hat ein warmes Herz. Das wird Bertram nicht abstreiten können, wenn er sie nur einmal richtig anschaut. Also braucht sie ihn nur zu bitten, sie einmal richtig anzuschauen. – Nein, Helena hat keinen Zweifel. Sie ist verzweifelt, weil alles so lange dauert; aber sie zweifelt nicht, daß es eines Tages geschehen wird.

Helena schleicht sich in den Palast des Königs. Vielleicht läuft mir Bertram zufällig über den Weg, denkt sie, dann kann ich ihm gleich mitten auf dem Korridor meine Rechnung vorlegen, und wir können die Sache ohne unnötige Verzögerung endlich angehen. Merkwürdig still ist es im Schloß. Und leer ist es hier. Selten nur schleicht ein Diener an ihr vorbei, scheint sie nicht zu bemerken, Blick auf den Boden gerichtet. Die Vorhänge sind zugezogen. Keine Musik, nur Seufzer.

»Warum lassen hier alle die Köpfe so hängen?« fragt sie einen Lakaien.

»Der König ist krank.«

»Und woran leidet er?«

»Die Ärzte wissen es nicht.«

»Und wie äußert sich die Krankheit?«

Zufällig ist der Lakai einer aus der unmittelbaren Nähe des Königs, der über die Symptome Bescheid weiß. Und weil Helena so kluge Fragen stellt, kommt ihm gar nicht in den Sinn, diese Fragen nicht zu beantworten.

Am Ende sagt Helena: »Führ mich zum König, ich kann ihm helfen!«

»Du? Du willst besser sein als die besten Ärzte unseres Landes?«

»Vielleicht bin ich besser, vielleicht bin ich nicht besser«, sagt Helena. »Das kann man nur herausfinden, wenn ich den König behandle. Bin ich nicht besser, entsteht kein zusätzlicher Schaden. Bin ich aber besser, wird der König nicht sterben.«

Und dieser Bertram wird nicht sein Nachfolger werden, denkt der Lakai den Satz zu Ende. Ein gutes Argument. Das beste Argument. Der Lakai führt Helena zum König.

»Ich bin die Tochter von Gerard de Narbonne«, stellt sie sich vor.

Natürlich kennt der König Gerard de Narbonne. »Ach, wenn dein Vater noch lebte,« seufzt er, »dann dürfte ich armer Mann Hoffnung haben.«

»Ich habe die Aufzeichnungen meines Vaters studiert, ich weiß alles, was er wußte. Ich werde Euch heilen.«

Und Helena behandelt den König. Und der König wird gesund. Die Ärzte sprechen von einer ungewöhnlichen Abweichung, das Volk spricht von einem Wunder.

Der König aber sagt zu Helena: »Ich will dich für deinen Dienst bezahlen. Nenn die Summe, und geniere dich nicht! Du würdest mich beleidigen, wenn du zu bescheiden bist.«

Die kluge Helena schüttelt ihren reizenden Kopf: »Ich würde Euch beleidigen, wenn ich Geld verlangte. Als ob das Leben des Königs mit Gold aufgewogen werden könnte.«

»Aber ich kann dich doch nicht ohne Lohn ziehen lassen!«

»Man sollte immer Gleiches gegen Gleiches tauschen«, sagt Helena. »Ich habe Euch einen Wunsch erfüllt. Habe ich recht?«

»Den größten Wunsch hast du mir erfüllt! Denn einen größeren Wunsch, als zu leben, gibt es nicht.«

»Dann erfüllt auch meinen größten Wunsch!«

»Das soll geschehen! Sprich aus, was du dir wünschst, und ich werde, wenn es nötig ist, eine Armee ausrüsten, um es herbeizuschaffen.«

»O nein, das wird nicht nötig sein! Ich wünsche, daß mich ein ganz bestimmter Mann heiratet. Ihr seid der König, Ihr könnt das veranlassen.«

Ja, das kann der König.

»Und wie heißt dieser Mann?«

»Bertram von Roussillon.«

Versprochen ist versprochen. Bertram wird hergebracht. Ein Priester wird hergebracht. Die Trauung wird durchgezogen. Bertram und Helena sind Mann und Frau.

Das war leicht. Keine Anstrengung für einen König. Und auch wenn es Helenas größter Wunsch war, dem König scheint es doch recht wenig dafür, daß sie sein Leben gerettet hat.

»Schön, wenn du dich freust«, sagt er. »Bertram ist der Lohn für deine Arbeit, wie du gewünscht hast. Der Lohn steht dir zu. Dies hier aber ist ein Geschenk.« Er zieht einen Ring vom Finger, ein außerordentliches Stück,

Gold, Silber, Edelsteine, gut ein Jahr Arbeit und im ganzen Land bekannt. »Nimm ihn! Abgesehen von seinem Wert, wird er dir alle Türen öffnen. Wann immer du in Not gerätst, gleich, wo du bist, wende dich an eine meiner Behörden, weise den Ring vor, und es wird dir geholfen werden.«

Helena nimmt den Ring. Glücklich macht er sie nicht. Ist sie denn unglücklich? Sie hat doch bekommen, was sie wollte.

Ja, Helena ist unglücklich. Hören wir uns an, was Bertram in der Hochzeitsnacht zu Helena sagt:

»Bilde dir nicht ein, daß du mich bekommen hast! Ich bin sicher nicht so vornehm wie du, und ganz sicher bin ich nicht so gescheit wie du. Ich kann ein Schwalbennest nicht von einem Turnschuh unterscheiden, und wenn ich zwei dreistellige Zahlen multiplizieren soll, muß ich mich hinsetzen. Ich weiß nicht, wie man sich benimmt, und es ist mir egal. Ich habe keinen Ehrgeiz, und das ist mir ebenfalls egal. Glaubst du, ich merke nicht, wie alle hinter meinem Rücken die Augen verdrehen und den Kopf schütteln? Kürzlich habe ich einen der Lakaien sagen hören, ich sei eine hohle Nuß. Auch das ist mir egal. Ich bin ich! Und wenn ich eine hohle Nuß bin, dann bin ich eben eine hohle Nuß! Ich bin eine hohle Nuß, gut. Aber ich bin eine hohle Nuß, die dich nicht liebt. Und wenn ich eine hohle Nuß sein will, die dich nicht liebt, dann darf ich eine hohle Nuß sein, die dich nicht liebt! Ich werde diese Ehe nicht vollziehen. Nie! Schau dir den Ring an deinem Finger an, schau ihn an! Und dann schmeiß ihn weg! Er ist nichts wert, weil ich ihn dir nicht freiwillig gegeben habe. Und jetzt schau dir den Ring an meinem Finger an! Er wird mich nicht daran erinnern, daß wir beide verheiratet sind, denn ich habe ihn nicht freiwillig angenommen. Die Frau, die ich liebe, wird diesen Ring bekommen. Und ich werde ihr den Ring persönlich über den Finger streifen! Ich werde mit dieser Frau schlafen, weil ich es will, und ich werde ihr den Ring an den Finger stecken, weil ich es will. Und wer immer diese Frau sein wird, sie wird meine Frau sein. Da kannst du ein noch so liebes, gescheites, phantasievolles, lustiges, hilfsbereites Mädchen sein, fix, gründlich und gewissenhaft, voll Spannkraft, Wissensdurst und Neugierde auf das Leben. Ich! Will! Dich! Nicht!«

Noch nie hat Bertram so klare Worte gefunden. Nun hat er nur einen Gedanken: Weg von Paris!

Der Herzog von Florenz bereitet einen Krieg vor, gegen wen, weiß Bertram nicht, ist ihm auch egal. Der Herzog wirbt Soldaten an. Bertram unterschreibt und flüchtet nach Florenz.

Und Helena? Gibt sie endlich auf? Sieht sie es endlich ein? Nein.

Helena hat Bertram ihre Argumente vorgetragen. Es hat nichts genützt. Sie hat ihm logisch auseinandergesetzt, daß er sie lieben muß. Es hat nichts genützt. Sie hat sich mit Hilfe des Königs den Trauschein besorgt. Es hat alles nichts genützt: Bertram liebt Helena nicht.

Nun, Helena ist nicht eine sture Anbeterin der Rationalität. Sie ist flexibel. Wenn Logik nicht greift, denkt sie, vielleicht hilft Beten. Sie hat schon von Logik in kleinen Dosen nichts gehalten, und von Beten in kleinen Dosen hält sie erst recht nichts. Sie beschließt, den Jakobsweg zu gehen, nach Santiago de Compostela zu pilgern. Sie schlägt eine etwas eigenwillige Route ein, es steht ja nirgends geschrieben, daß bei einer Pilgerfahrt der kürzeste

Weg den größten Effekt bringt, Helenas Weg nach Santiago jedenfalls führt von Paris über Florenz, und weil ihr in Florenz die Füße weh tun, sucht sie sich eine Pension, wo sie sich ein paar Tage ausruhen möchte.

Die Pension wird von einer geselligen Wirtin geführt, einer Frau mit sprühenden Augen, Witwe, Mutter einer Tochter.

»Du kommst aus Paris?« fragt sie. »Ach, Paris muß wunderbar sein!«

»In vieler Hinsicht«, bestätigt Helena. »Kostbare Bibliotheken gibt es und Museen.«

»Ich dachte in erster Linie an die Männer«, sagt die Wirtin. »Gestern sind die Fremdenlegionäre durch unsere Straßen gezogen. Es wird ja bald Krieg geben. Die französischen Soldaten sind die schönsten. Und der schönste von allen wohnt bei uns in der Pension.«

»Ich interessiere mich nicht für Männer«, sagt Helena. Das ist weder Koketterie noch Lüge. Sie interessiert sich nur für *einen* Mann.

»Ich ja auch nicht mehr«, gesteht die Wirtin. Dann zieht sie Helena den Flur hinunter und fragt, ob Helena ein Geheimnis für sich behalten könne. »Meine Tochter«, tuschelt sie, »Diana heißt sie, so ein nettes Ding, fix, lieb, lustig und so voll Spannkraft, sie hat Chancen.«

»Was für Chancen denn?«

»Bei dem schönen Franzosen. Er himmelt sie an. Er kommt angeblich aus gutem Haus. Beziehungen zum König...«

Und dann schauen sie sich am Nachmittag gemeinsam die Parade an. Auch Diana ist dabei. Eigentlich wollte sie diesmal nicht mitgehen. »Was ist denn los mit dir?« hat die Mutter gefragt, und dann hat sie das verführerische rote Kleid aus dem Schrank geholt, das mit den Fuchspelzstreifen an den Ärmeln. »Das zieh an!« Und weil Diana so lahm war, hat ihre Mutter selbst Hand angelegt, hat sie geschminkt und aufgeputzt. Und als sie dann an der Straße stehen, um der Parade zuzusehen, knufft sie ihre Tochter immer wieder in die Seite, damit sie etwas Feuer zeige.

»Der da!« ruft die Mutter und wedelt mit ihrem Taschentuch. »Der da ist es! Das ist unser Franzose!«

Welcher? Etwa der Blonde? Der große Blonde? – Es ist Bertram!

Helena muß tief Luft holen, der Blutdruck fällt erst, dann steigt er, dann fällt er wieder. »Was«, haucht sie, »der wohnt in eurer Pension?«

»Ja«, flötet die Mutter, »der ist es! Und meine Diana hat Chancen bei ihm!«

Da fängt Diana endlich zu weinen an. »Aber er ist kein anständiger Mann«, jammert sie.

Die Mutter zieht sie beiseite. Sollen ja nicht alle sehen, daß der Tochter ein Unglück aus den Augen schaut. Unglück ist nicht attraktiv. »Woher willst du wissen, daß er kein anständiger Mann ist?«

»Er will, daß ich mich ihm hingebe.«

»Was soll daran nicht anständig sein? Wenn er dich hinterher heiratet?«

»Er will mich aber nicht heiraten.«

»Hat er das gesagt?«

»Er redet darum herum.«

»Das hat nichts zu bedeuten. Das tun sie alle. Sag ihm, wenn er nicht verspricht, daß er dich heiratet, wird nichts.«

Und jetzt bricht es aus Diana heraus: »Er ist schon verheiratet! Einer seiner Kameraden hat es mir erzählt!«

Oh, das kann man mit einer florentinischen Mutter nicht machen! Das nicht! »Wenn das wahr ist«, poltert sie, »wenn das wahr ist! Dann kriegt er einen Tritt in seinen Arsch, und ich schmeiße ihn raus!«

Was ist mit Helena? Sagt sie gar nichts dazu? Sie hat erst nichts sagen können, weil die Empfindungen in ihrem Herzen außer Tritt geraten waren und der Kopf alle Hände voll zu tun hatte, wieder Ordnung zu schaffen. Nun aber hat sie die Sprache wiedergefunden, ihr Verstand arbeitet wie eine Nähmaschine, und blitzschnell ist ein Plan zusammengestickt. Sie betrachtet Diana. Sie hat etwa meine Größe, denkt sie, etwa meine Figur, etwa meine Stimmlage ...

»Was ist mit seiner Frau?« fragt sie.

»Die kann einem leid tun!«

»Ich bin seine Frau«, sagt Helena. »Und wenn ich euch leid tue, tröstet mich das.«

Da sind Mutter und Tochter baff. Und Helena tut ihnen wirklich leid.

»Wollt ihr mir helfen, ihm heimzuzahlen, was er mir angetan hat?«

Nichts lieber als das. »Sollen wir ihm heißes Öl in die Hose gießen? Oder ihm Wanzen ins Bett legen? Oder ihm die Augen auskratzen?«

»Du trägst ein schönes Kleid«, sagt Helena zu Diana. »Was kostet es? Ich will es dir abkaufen.«

Dies ist Helenas Plan: Sie will die Wirtstochter spielen und Bertram in der Nacht in Dianas Schlafzimmer erwarten. Nur die Lampe vom Korridor soll ein wenig Schimmer in das Zimmer werfen. Gleich neben der Tür will Helena das rote Kleid über einen Sessel legen. Das genügt.

»Das genügt?«

»Das genügt«, sagt Helena. »Ich werde es euch erklären: Das rote Kleid über dem Sessel enthält zwei Informationen. Erstens: Es ist das Kleid von Diana, also ist Diana im Zimmer. Zweitens: Diana hat das Kleid abgelegt, also liegt sie im Bett und wartet. Diese beiden Informationen werden das Aufkommen von Mißtrauen bei Bertram verhindern.«

Und Helena hat recht.

Es ist Nacht, Bertram schleicht über den Korridor, klopft an Dianas Zimmertür. Er hört ein vielversprechendes »Ja?«, öffnet die Tür, ein Schimmer fällt vom Flur ins Zimmer, Bertram sieht einen Sessel, über dem hängt ein Kleid, ebendieses verführerische rote Kleid mit den Fuchsfellstreifen an den Ärmeln. – Und dann liegt Bertram neben Helena im Bett.

»Nur wenn du mir versprichst, daß du mich heiraten wirst«, sagt sie mit Dianas Stimmchen.

»Muß das sein?«

»Unbedingt.«

»Und wenn ich es nicht verspreche?«

»Dann kannst du wieder gehen.«

»Und wenn ich es verspreche?«

»Dann will ich ein Pfand«, sagt Helena. »Und zwar diesen Ring, den du da am Finger trägst.«

Bertram kann nicht anders, schon zu lange ist er neben dieser Frau gelegen, die so gut riecht und eine so angenehme Wärme ausstrahlt. Helena muß sich gar nicht besonders bemühen, Diana nachzumachen, Bertram merkt nichts. Jetzt hat es doch etwas Gutes gehabt, denkt sie, daß er mich ein Leben lang ignoriert hat, daß er weder auf meine Stimme noch auf meine Hände, noch auf meine

Augen geachtet hat. Bertram zieht den Ring vom Finger – es ist sein Ehering. Helena hat ihren, noch bevor er das Zimmer betrat, in ihrem Schmuckkästchen verwahrt. Und er steckt den Ring an Helenas Finger. Und endlich umarmt sie ihn.

Am Ende ihrer Liebesnacht, als es im Osten bereits dämmert, sagt Helena: »Weil wir zwei jetzt so gut wie verheiratet sind, werde auch ich dir ein Pfand geben.« Sie holt einen Ring aus ihrem Schmuckkästchen, aber nicht ihren Ehering, sondern den Ring aus Gold, Silber und Edelsteinen, den ihr der König geschenkt hat, und sie steckt ihn Bertram an den Finger.

Noch einmal umarmen sie sich. Dann verläßt Bertram das Zimmer. Natürlich denkt er nicht daran, dieses Mädchen zu heiraten. Ein Roussillon und eine Wirtstochter! Also bitte! Es war eine rassige Nacht, vielleicht morgen Wiederholung und übermorgen Wiederholung der Wiederholung, und dann zieht das Regiment ohnehin in den Krieg. Dann ist die Sache ohnehin vergessen. Und wer weiß, wohin es einen verschlägt, schöne Mädchen gibt es überall.

Am nächsten Tag verbreitet Helena das Gerücht unter den Soldaten, Bertrams Frau, die er in Paris geehelicht hat, sei gestorben.

Sie beobachtet Bertram, als er die Nachricht erfährt. Da klopft ihr das Herz in der Brust, und sie hofft, er wird weinen, wenigstens eine Träne, eine halbe, ein bißchen glänzende Augen wenigstens. Es ist ja nicht nur darum, weil sie verheiratet sind und weil seit vergangener Nacht ihre Ehe auch vollzogen ist, sie waren ja einmal wie Bruder und Schwester, Helena kennt Bertram ihr ganzes Leben lang, er muß doch um mich trauern, denkt sie.

Bertram nimmt es gefaßt. Wenigstens ein schwerer Atemstoß? Nein. Oder ein trauriges Kopfschütteln? Nein. Im Gegenteil: Sein Schritt ist federnd. Froh scheint er zu sein, daß er Witwer geworden ist.

Das tut weh! Jetzt wär's doch höchste Zeit, daß Helena aufgibt; daß sie erkennt, da ist für sie nichts zu holen, da war nie etwas zu holen, und da wird nie etwas zu holen sein.

»Ich weiß, daß du für mich gemacht bist«, sagt sie laut vor sich hin. »Und ich werde dich kriegen!«

Dann ist der Krieg vorbei, Bertram hat nicht eine Schramme abgekriegt, und er kehrt nach Paris zurück.

Der König begrüßt ihn kühl. »Ich freue mich, daß du wieder hier bist, Bertram, und ich würde mich noch mehr freuen, wenn du nicht so Hals über Kopf und ohne ein Wort in den Krieg gezogen wärst.«

Das hat er ja mitgekriegt, daß Bertram gar nicht erfreut war, als er mit Helena verheiratet wurde. Und ebenfalls mitgekriegt hat der König inzwischen, daß der Sohn seines Freundes leider, leider eine hohle Nuß ist. Also sagte er sich: Es mag vielleicht nicht in Ordnung sein, jemanden gegen seinen Willen zu verheiraten, aber in diesem Fall ist es gerechtfertigt, denn was der Kerl auf der einen Seite an persönlicher Freiheit einbüßt, gewinnt er auf der anderen Seite, wenn man bedenkt, was die Tochter von Gerard de Narbonne für ein fixes, gescheites, phantasievolles, gewissenhaftes und so weiter Mädchen ist.

Und als der König, in solche Gedanken versunken, Bertram die Hand schüttelt, spürt er einen ungewohnten Gegendruck. »Was ist das?« fragt er.

»Das? Das ist ein Ring.«

Der König hält immer noch Bertrams Hand fest. »Woher hast du diesen Ring, Bertram?«

»Diesen Ring? Den habe ich in Florenz bei einem Juwelier gekauft.«

»Interessant«, sagt der König. »Ich glaube, Bertram, du wirst mir den Namen und die Adresse dieses florentinischen Juweliers verraten müssen.«

»Und wieso?«

»Ich werde Gendarmen nach Florenz schicken müssen, damit sie diesen Mann festnehmen. Dieser Ring gehörte nämlich mir.«

»Ah! Da fällt mir ein«, stammelt Bertram, »stimmt ja gar nicht! Ich habe ihn gefunden.«

»Und wo?«

»Auf der Straße.«

»Solche Ringe, Bertram, pflegen nicht auf der Straße herumzuliegen.«

»Stimmt! Nicht auf der Straße ... in einem Gasthaus war's ... ich meine, es war in der Herberge ... nein ... er lag auf dem Sitz einer Postkutsche, so war's ... oder besser ... ich habe ihn beim Spiel gewonnen ... nein ...«

Da reißt dem König die Geduld, er ruft die Wachen. »Du bist ein Dieb! Und ich habe dich behandelt wie meinen Sohn! Abführen!«

Und ehe Bertram auch nur ein Wort zu seiner Verteidigung sagen kann, wird er in eine Zelle gestoßen, und er hört, wie der Schlüssel im Schloß umgedreht wird.

Die Sache sieht schlecht aus für Bertram. Das Gerücht, das in Florenz unter den französischen Fremdenlegionären die Runde gemacht hat, nämlich daß Bertram von Roussillons Frau gestorben sei, erreicht inzwischen auch Paris und erreicht das Ohr des Königs.

Eine Gerichtsverhandlung wird am Hof des Königs improvisiert. Bertram wird der Prozeß gemacht, und die Anklage lautet: Mord.

Zeugenbefragung durch den Ankläger: »Du warst Soldat im florentinischen Krieg?«

»Jawoll!«

»Und du kennst Bertram von Roussillon?«

»Jawoll!«

»Und du kennst diesen Ring, den goldenen, silbernen, mit Edelsteinen besetzten?«

»Jawoll!«

»Hat ihn Bertram von Roussillon getragen?«

»Jawoll!«

»Wann?«

»Am Tag, nachdem bekannt wurde, daß seine Frau gestorben ist.«

»Und du warst dabei, als er vom Tod seiner Frau erfuhr?«

»Jawoll!«

»Und wie hat er reagiert?«

»Er schien mir erleichtert.«

Alle, die dabei waren, sagen das gleiche. Niemand findet ein gutes Wort für Bertram. Niemand mag ihn. Im Gerichtssaal sitzt auch seine alte Mutter. Ihr Gesicht zeigt keine Regung. Jeder denkt: Die arme Frau, so eine feine Dame, die so einen feinen Mann gehabt hat, womit hat sie nur so einen Sohn verdient!

Der Vertreter der Anklage hat leichtes Spiel. Alles spricht gegen Bertram, obendrein treten jetzt noch zwei Zeugen auf, die sind extra aus Florenz angereist, eine Mutter mit ihrer Tochter: die Wirtin und Diana.

Diana scheint unbeeindruckt von Richter, Ankläger,

Anwalt und Schöffen, schnurstracks geht sie auf Bertram zu.

»Hier bist du, mein geliebter Gemahl!« säuselt sie und umarmt ihn. »Mama und ich haben dich überall gesucht.«

»Geliebter Gemahl?« fragt der König. »Was soll das heißen?«

»Er ist mein Mann«, sagt Diana und klimpert frech mit den Augendeckeln.

»Das kann nicht sein!« empört sich der König. »Ich selbst war Zeuge, als Bertram von Roussillon Helena de Narbonne geheiratet hat. Ich war der Trauzeuge!«

Da macht Diana ihr berühmt schnippisches Gesicht und zeigt dem König den Ehering. »Den hat er mir selbst übergestreift, und dann haben wir die Ehe vollzogen.«

»Nicht so vorlaut, du Metze!« droht der König. »Diesen Ring kenne ich! Es ist derselbe Ring, den der Angeklagte seiner Braut, der lustigen, hilfsbereiten Helena de Narbonne, vor dem Altar über den Finger gestreift hat. Das aber kann nur heißen: Ihr beide, du und diese hohle Nuß da, ihr steckt unter einer Decke! Nehmt sie fest!« befiehlt er den Gendarmen. »Und übergebt die beiden dem Scharfrichter! Die Verhandlung ist geschlossen!«

Da bekommt es Diana mit der Angst zu tun. »Mama!« ruft sie. »Mama, hilf mir!«

Haben wir uns in Wahrheit nicht über das forsche Auftreten von Diana gewundert? Das ist doch gar nicht ihre Art. Daß sie so einfach in den improvisierten Gerichtssaal marschiert, direkt auf Bertram zu, mit den Hüften schaukelt, ein keckes Grinsen im Gesicht. Wie nach Regieanweisung.

Und dann: Wie hat der Vertreter der Anklage Diana

und ihre Mutter in Florenz überhaupt aufgetrieben? Was steckt hinter dem ganzen Theater?

»Mama!« ruft Diana, »Mama, schnell, hol den Goldschmied, der diesen Ring geschmiedet hat!«

»Ja«, höhnt der König, »den hätte ich wirklich auch gern gesehen!«

Dianas Mutter verneigt sich vor dem König: »Wenn Ihr erlaubt, werde ich schnell vor die Tür gehen und ihn hereinbitten, er wartet nämlich draußen.«

Man darf raten: Wer ist dieser Goldschmied?

Richtig! Es ist Helena.

Vorausblickend wie eine Schachspielerin hat sie diese Komödie geplant. Und sie wundert sich nicht einmal, daß sie funktioniert. Über ihre Intelligenz hat sich Helena noch nie gewundert.

»Oh, Helena!« ruft ihr Bertram von der Anklagebank zu. »Du lebst! Wie schön ist es, dich lebendig zu sehen!«

»Warum ist das schön?« fragt sie.

Da wird Bertram vorsichtig. »Wie meinst du das, Helena?«

»Warum genau ist es schön, mich zu sehen?«

»Weil du lebst«, windet er sich, »und zu leben auf alle Fälle schön ist.«

»Das ist wahr«, sagt der König. »Dann will ich jetzt die Anklage abändern.«

»Gepriesen sei der Himmel!« stößt Bertram aus und will schon über die Anklagebank flanken und hinausgehen in die laue Frühlingsluft und frühstücken.

»Halt! Die Anklage wegen Diebstahls bleibt bestehen. Und weil es sich bei dem Diebesgut um einen Ring des Königs handelt, beantrage ich einige satte Jahre schweren Kerkers.«

»Helena!« fleht Bertram. »Hilf mir! Sag es ihm! Du weißt es doch. Ich habe den Ring nicht gestohlen.«

»Wie kommst du dann zu ihm?«

»Ich habe ihn ... geschenkt bekommen ... von der da.« Er zeigt auf Diana.

»Wann?«

»Als ich ...«

»Als du mit ihr die Ehe vollzogen hast? In der kleinen Pension in Florenz? Freu dich, Bertram«, sagt Helena, und sie meint es weder ironisch noch zynisch, »freu dich, es wird alles gut. Nicht Diana war es, die du umarmt hast. Ich war es.«

Jetzt bleibt dem Bertram wieder der Mund offenstehen, was so unvorteilhaft bei ihm aussieht. Damit der Mund sich schnell wieder schließe, erklärt nun Helena ihm und allen anderen, welche List sie angewandt hat, um zu bekommen, was sie immer bekommen wollte.

»Erinnerst du dich an unsere Hochzeitsnacht, Bertram? Als du mir eine Rede gehalten hast? Nie habe ich so viele Worte hintereinander aus deinem Mund gehört. Da sagtest du: Die Frau, der du freiwillig den Ring über den Finger ziehst, mit der du freiwillig schläfst, die wirst du lieben. Niemand hat dich gezwungen, mir deinen Ring zu geben, niemand hat dich gezwungen, mit mir zu schlafen. In der kleinen Pension in Florenz.«

»Aber ...«, sagt Bertram.

»Und«, sagt Helena.

»Was und?«

»Ich bin schwanger.«

Da sagt Bertram nichts mehr. – Ende gut, alles gut.

Hamlet

Jeder denkt bei sich: Der andere weiß mehr als ich. Aber was weiß er wirklich? Müßte ich wissen, was er weiß? Oder wäre es besser für mich, weniger zu wissen? Oder wäre es am besten, gar nichts zu wissen? Oder weiß ich ja in Wirklichkeit gar nichts, und alles ist nur Vermutung? Sollte ich mich also bemühen, mehr herauszufinden? – Bei den harmlosesten Gesprächen schauen sich Freunde forschend in die Augen, suchen nach Verstecktem, Verheimlichtem oder nach Einverständnis.

Was ist los? Was stimmt nicht? Was ist hier faul? Unruhe herrscht am königlichen Hof zu Dänemark. Der König ist gestorben. Unverhofft. In seinen besten Jahren. Es gab keine Anzeichen einer Krankheit. Wird jedenfalls behauptet. Er wurde am Nachmittag gefunden, im Garten, tot.

Der Thron ist verwaist. Das ist nicht gut. Das Land muß geführt werden. Wer tritt die Nachfolge des Königs an? Eile ist geboten. Es muß einen geben, der sich in der Verantwortung weiß, jemand, der Entschlüsse faßt, Aufgaben verteilt, den Überblick nicht verliert, delegiert. Eine starke Hand ist gefordert. Nicht was die Innenpolitik betrifft. Das Land ist friedlich. Von Unruhen ist nichts bekannt. Warum auch sollten die Menschen rebellieren? Der König war ein Mann des Ausgleichs. So gut wie alle haben von seiner Regentschaft profitiert. Wirtschaftlich hat sich Dänemark satt auf dem Markt plaziert. Gefahr droht von außen. Eben gerade deshalb, weil Dänemark so gut dasteht. Das Land hat unter dem König gewonnen, jetzt hat es etwas zu verlieren. Fortinbras, der stürmische junge König von Norwegen, hat ein Heer zusammengestellt, er will gegen Dänemark ziehen. Die gegenwärtige Führungskrise ist fatal. Darum ist Eile geboten, den Thron neu zu besetzen.

Der logische Thronfolger wäre Prinz Hamlet, der Sohn des verstorbenen Königs. Er hat gerade sein Studium begonnen. Im deutschen Wittenberg. Die Universität Wittenberg darf von sich behaupten, eine der besten der Welt zu sein. Jeder kann also verstehen, daß Hamlet nach Deutschland geschickt wurde, um sich dort mit den Wissenschaften vertraut zu machen. Dennoch gibt es einige, die, hinter vorgehaltener Hand freilich, spekulieren, der Prinz sei nach Wittenberg geschickt worden, damit er möglichst weit weg ist. Ein Gerücht. Eben wieder so ein Gerücht! Und wenn man nachfragt, was denn ein Grund sein könnte, ihn so weit weg zu schicken, bekommt man Achselzucken und bedeutungsvolle Blicke und vorgehaltene Hände.

Hamlet ist ein verträumter Kopf, sagen die einen, ein philosophischer Kopf, sagen die anderen, ein verspieltes Kind, sagen die dritten. In Wahrheit kennen ihn nur wenige. Er gilt als Eigenbrötler. Als Knabe habe er sich oft tagelang in seine Gemächer verkrochen, wochenlang kein Wort gesprochen, heißt es. Selten zeigte er sich gemeinsam mit Vater und Mutter in der Öffentlichkeit. Das nährte Vermutungen. Was für Vermutungen denn, um Himmels willen, fragt man. Und erntet wieder nur Achselzucken und bedeutungsvolle Blicke und so weiter.

Keiner jedenfalls traut dem Prinzen zu, das Königreich in dieser schwierigen außenpolitischen Situation zu führen. Schon gar nicht, das Heer in einen Krieg zu führen. Es wird ihm ein Hang zur Extravaganz nachgesagt. Keiner kann genau bezeichnen, was darunter zu verstehen sei. Man hört »Tjaaaaaa ...«, bis zur Atemnot gedehnt, und sieht hilflos erhobene Hände. Die präzise Rede scheint in Dänemark ausgestorben zu sein.

Claudius, der Bruder des verstorbenen Königs, fällt schließlich eine Entscheidung. Er setzt sich auf den Thron von Dänemark.

»Ich habe mich entschlossen.«

Jeder begrüßt das. Daß da einer ist, der entscheiden kann und es auch will, macht ihn in den Augen der Bürger zum kompetenten Nachfolger des Königs. Die Menschen haben genug von den Zweifeln, genug von den Gerüchten, genug von all der Unter- und Hintergründigkeit. Ganz egal, was geschieht, Hauptsache, es geschieht etwas. Claudius wendet ja nicht Gewalt an. Er verkündet schlicht: »Ich bin von nun an König!« Nicht: »Ich möchte werden ...« Oder: »Ich schlage vor ...« Nicht einmal: »Ich will!« Sondern: »Ich bin.« Das tut gut. Niemand erwartet, daß er seinen Entschluß begründet. Claudius traut man zu, den Krieg gegen Fortinbras zu führen und zu gewinnen.

Die Bürger sind erleichtert. Der Humor kehrt zurück.

»Stell dir vor, der Hamlet wäre gegen den Norweger angetreten! Dann wär aus dem Krieg ein Seminar geworden!«

»Der hätte zu dem Fortinbras gesagt, er soll ihm erst definieren, was Krieg ist.«

»Und wenn der Norweger sich geweigert hätte?«

»Dann hätte sich der Hamlet geweigert, am Krieg teilzunehmen.«

»Ha, ha!«

Claudius genießt die Sympathie des Volkes.

Das heißt, er genoß sie. Und das nur eine kurze Zeit. Dann heiratete er seine Schwägerin Gertrude, die Gemahlin des verstorbenen Königs, Hamlets Mutter. Da gab es dann nur noch wenige, die für Claudius waren. Das gehöre sich einfach nicht, wurde kritisiert. Die beiden haben ja nicht einmal das obligate Trauerjahr eingehalten. Keine zwei Monate haben sie gewartet!

Einem aufmerksamen neutralen Beobachter wäre die Empörung allerdings etwas zu laut erschienen. Und wenn der zudem über einige Menschenkenntnis verfügte, würde er sagen: So empört man sich nur über eine Sache, mit der man gerechnet hat. Als hätten sich die Leute in ihrer Brust gedacht: Die beiden werden doch nicht! Und dann haben sie doch. Ein Unrecht, mit dem jeder rechnet, gilt als ausgespielt und gebannt. Wenn es dennoch geschieht, empören wir uns besonders stark, weil zum Unrecht noch Frechheit hinzukommt.

»Sie hätten auf alle Fälle warten müssen«, heißt es. »Aus Pietät!«

Und weiter heißt es: »Der arme Hamlet! Das war gegen ihn gemünzt!«

Fragen wir nicht, was das genau heißen soll! Wir würden keine Antwort bekommen. Nur wieder die üblichen Laute und Gesten.

Prinz Hamlet hat seine Studien unterbrochen, um an den Trauerfeierlichkeiten zu Ehren seines Vaters teilzunehmen. Und anstatt gleich anschließend wieder nach Wittenberg zu fahren, bleibt er in Dänemark. Er tut nichts. Lungert im Schloß herum. Schwarz. Nur in Schwarz kleidet er sich. Die ganze Person ein einziger Vorwurf. Im Gegensatz zu früher redet er jetzt andauernd. Aber zu niemandem. Mit den Wänden redet er. Oder mit Horatio. Der auch eine Wand ist. Horatio ist Hamlets Freund, und noch ist es keinem gelungen, ihn um Sprit für die Gerüchte anzuzapfen. Horatio steht loyal zu dem Prinzen. Manche sagen, Hamlets Arroganz habe auf ihn abgefärbt.

Über die Situation im groben weiß man Bescheid: Hamlet haßt seinen Onkel Claudius. Und Hamlet erhebt bittere Vorwürfe gegen seine Mutter. Daß sie diese Kreatur überhaupt genommen habe! Zu ihrem Mann. Zu ihrem Gatten. Mit dem sie das Bett teilt. Vergleicht sie denn gar nicht? Hier der König, wie er war, ein Wunder, das alles, was lebte, überragt hat. Daneben der da, der nicht einmal der zwanzigste Teil eines Zehntels von seinem Bruder ist, ein Lumpenkönig, eine Kröte. Was für ein Abstieg! Und den hat sie genommen, freiwillig dazu. Wenn Claudius Gertrude gezwungen hätte! Hat er aber nicht! War nicht nötig gewesen.

Und wie rechtfertigt sich Gertrude? Ihr Sohn gibt ihr keine Gelegenheit, sich zu rechtfertigen. Er taucht unverhofft auf, redet, redet, redet, läßt keine Lücke, in die man stoßen könnte, es müßte ihm jemand den Mund zuhalten, um ihn zum Schweigen zu bringen, redet, redet, redet, dann dreht er sich um und ist weg.

Gertrude liebt ihren Sohn, und sie macht sich Sorgen um sein Gemüt. Sie muß ihm auflauern, man stelle sich das vor! Anders besteht keine Chance, mit ihm zu sprechen.

»Hör doch, Hamlet! Hör mir zu! Du verirrst dich in einem Wahn! Fördere das nicht auch noch! Heitere dich auf! Fang bei den Kleidern an! Such dir etwas Helles, etwas Buntes aus! Warum kannst du niemandem in die Augen sehen? Starr nicht immer auf den Boden, als ob du die Spuren des toten Königs suchen würdest.«

»Als ob ich die Spuren des toten Königs suchen würde!«

»Wir müssen ohne ihn leben, Hamlet.«

»Was meinst du mit ›als ob‹, Mutter? Denkst du, ich spiele? Daß ich die Trauer nur spiele? Daß ich dieses Kleid nur anziehe, um so zu tun, als ob ich traurig wäre?«

»Wenn du es wünschst«, sagt Gertrude, »werde ich jede deiner Fragen beantworten. Ich werde dir alles erzählen. Nehmen wir uns Zeit. Ich stehe dir zur Verfügung.«

Das will er nicht! Hamlet hört, was seine Mutter sagt, aber anstatt ihr zu antworten, zerpflückt er jedes ihrer Worte. Er geht vor seiner Mutter auf und ab, keinen Augenblick kann er ruhig stehen. Er hebt die Hände zum Kopf, als wolle er sich die Ohren zuhalten.

»Was ich innerlich fühle«, bricht es aus ihm heraus, »ist über allem Ausdruck!«

Auch Claudius versucht es. Er geht mit offenen Armen auf Hamlet zu: »Wir alle sind doch erwachsene Menschen«, sagt er. »Ich respektiere deine Trauer, mein geliebter Sohn, und deine Mutter respektiert sie auch. Aber ich möchte dir etwas sagen, es ist vielleicht ein Trost: Dein Vater hatte auch einen Vater, und der ist gestorben, und der Vater deines Vaters hatte auch einen Vater, und der ist auch gestorben. So ist der Lauf der Natur. Finde dich damit ab! Es hat etwas Tröstliches, den Widerstand gegen die Natur aufzugeben, glaub mir.«

Claudius nennt Hamlet: »Mein geliebter Sohn!« Immer wieder nennt er ihn: »Mein geliebter Sohn.« Hamlet reagiert darauf mit Ekel. Und Trost kennt er keinen, und trösten will er sich nicht lassen. Von Claudius schon gar nicht.

»Brich, mein Herz, denn meine Zunge muß schweigen!«

Eines Tages kommt Horatio, sein Gesicht ist ohne Farbe: »Mein Prinz, ich möchte, daß wir beide heute nacht die Zinne der Burg besteigen. Ich muß dir etwas zeigen.«

Schon zweimal hintereinander haben Wachsoldaten, die dort ihren Dienst versahen, ein Phänomen beobachtet. Etwas, was es nicht gibt, weil es so etwas nicht geben darf. Sie haben Horatio gerufen, und auch er war Zeuge der Erscheinung gewesen. Ja, eine Erscheinung. Ein Geist. Ein Geist in Waffen. Grau wie der Schatten des Mondes bewegte er sich, lautlos. Und jeder dachte es bei sich.

Horatio sprach es endlich aus: »Es ist der König!«

Auch in dieser Nacht erscheint der Geist. Und war er bisher stumm geblieben und hat auf Anrufe nicht reagiert, so winkt er nun Hamlet zu sich. Hamlet gibt Horatio und den Wachen ein Zeichen, daß sie ihn allein lassen sollen.

»Ich bin dein Vater«, sagt der Geist, »ich bin verdammt, nachts eine Stunde auf Erden umherzuirren, um dann wieder in die Schwefelglut zurückzukehren, wo ich meine Sünden abbüße. Wenn ich dir erzählte, was für Qualen ich dort erleiden muß, jedes einzelne Haar auf deinem Kopf würde sich aufstellen und hart werden wie die Stacheln eines Igels. Aber ich bin nicht gekommen, um dir von diesem Jammer zu erzählen. Das Leben reicht über den Tod hinaus, das weiß ich jetzt. Und es gibt Dinge des Lebens, die einem noch im Tod keine Ruhe lassen. Ich bin von meinem Bruder ermordet worden! Ich lag im Garten und schlief, da schlich er sich feige an mich heran und träufelte Gift in mein Ohr. Ich will, daß du Rache übst, Hamlet. Töte ihn! Aber verschone deine Mutter!«

Horatio und die Wächter finden Hamlet allein auf dem Mauervorsprung stehen.

»Oh, mein prophetisches Herz!« ruft er aus. »Mein prophetisches Herz!« Und er preßt die Fäuste gegen seine Stirn.

»Was meint er damit?« fragt einer der Soldaten, wundert sich aber nicht, daß Horatio ihm keine Antwort gibt.

Was meint er damit? Was hat ihm sein Herz prophezeit? Heißt das, Hamlet hat es geahnt? Hat geahnt, daß Claudius der Mörder seines Vaters ist? – Später, nach Hamlets Tod, wenn Horatio – dem letzten Willen Hamlets folgend – die ganze Geschichte bis in alle Einzelheiten ausbreiten wird, wird es heftige Diskussionen gerade über diesen Punkt geben. Die einen werden sagen: »Das kann Hamlet gar nicht geahnt haben! Niemand wäre auch nur auf die Idee gekommen! Warum auch sollte Claudius seinen Bruder töten? Weil er die Macht wollte? Kam Claudius einem von euch als besonders machtlüstern vor?« Andere werden sagen: »Und wenn es gar nicht wahr ist? Wenn Claudius den König gar nicht umgebracht hat? Was gibt es für reele Beweise?«

Claudius hat. Wir kennen die Gründe nicht, warum er seinen Bruder ermordet hat, wir können nur mutmaßen, aber er hat. Er hat es selbst zugegeben. – Er wird es zugeben. Er wird belauscht werden, wie er vor sich selbst ein Geständnis ablegt.

Hamlet allerdings benötigt dieses Geständnis nicht. Für ihn steht nach der Nacht auf dem Turm fest: Claudius ist der Mörder seines Vaters. Und Hamlet ist darüber beinahe erleichtert. Was er vorher nur ahnte, jetzt weiß er es.

Aber vielleicht – so wird spekuliert werden –, vielleicht war die Sache tatsächlich komplizierter, als sie schien, komplizierter, als Horatio erzählte. Der Haß gegen seinen Oheim, der in Hamlet tobte, war groß. Aber er war schon groß gewesen, noch ehe ihm der Geist auf dem Turm begegnet war. Warum haßte Hamlet seinen Oheim so sehr? Claudius sagte zu Hamlet: »Wir alle sind doch erwachsene Menschen«, und meinte damit: Wenn deine Mutter und ich ein Bett teilen, mag dich das vielleicht ärgern, aber es geht dich nichts an. Und damit hatte er recht. Der Gedanke, daß es die beiden miteinander trieben, erfüllte Hamlet mit Abscheu und Ekel. Aber sein Haß meinte mehr. Das spürte er. Dieser Haß beunruhigte ihn. Weil er eben einen anderen Grund dahinter ahnte. Als er erfuhr, daß Claudius den König ermordet hatte, war er, wie wir gesehen haben, erleichtert. Aber warum war er wirklich erleichtert? Deshalb, weil er nun den wahren Grund seines Hasses kannte? Oder weil der Mord lediglich einen ausreichenden Grund für diesen Haß lieferte, so daß nach anderen Gründen, vielleicht sogar nach noch viel schmerzlicheren Gründen, nun nicht mehr gefragt werden mußte? Daß Hamlets prophetisches Herz also von nun an schweigen würde.

Später, nach dem Ende, wird es einige geben, die leise den Kopf schütteln und sagen werden: »So verzweifelt hassen, wie Hamlet gehaßt hat, kann man nur sich selbst.«

Aber wir greifen vor.

Am Hof lebt Ophelia. Sie ist die Tochter des Oberkämmerers Polonius. Sie hat einen Bruder, Laertes, er ist dem

Vorbild Hamlets gefolgt und hat ein Studium im Ausland begonnen. In allem ist Hamlet das Vorbild des Laertes, Laertes eifert ihm nach. Ophelia aber liebt Hamlet. Und Hamlet liebte sie. Bevor er nach Wittenberg fuhr, sprach er davon, sie zu heiraten, wenn sein Studium abgeschlossen sei. Hamlet ist kein oberflächlicher Mensch. Mit Gefühlen geht er behutsam um. Jedenfalls mit den eigenen Gefühlen. Er würde nicht von Liebe sprechen, wenn keine Liebe in ihm wäre.

Aber seit geschehen ist, was geschehen ist, hat die Liebe sein Herz verlassen. Er geht Ophelia aus dem Weg. Sie wartet auf ihn. Dann wartet sie nicht mehr. Sie hat ihn verloren, das weiß sie. Sie beobachtet ihn, wie er durch die Gänge des Schlosses schleicht, den Kopf zum Boden gesenkt. Sie hört, wie er mit sich selbst spricht. Hamlet redet ohne Unterlaß. Er kann nicht anders. Er redet gegen seine Gedanken an und gegen seine Ahnungen. Er hat seine Zunge nicht mehr unter Kontrolle.

Er ist krank, denkt Ophelia. »Was hat diesen wunderbaren Geist zerstört?«

Sie will ihm helfen. Er soll sich nicht gebunden fühlen. Daß er ihr aus dem Weg geht, mißversteht sie. Sie meint, er leide unter einem schlechten Gewissen ihr gegenüber. Sie läuft ihm nach, hält seine Hand.

»Ich habe Dinge, die möchte ich dir zurückgeben«, sagt sie.

»Was für Dinge und warum zurückgeben? Haben sie mir jemals gehört?«

Seine Stimme klingt herausfordernd. Das läßt ihr Herz sinken. »Es sind schöne kleine Dinge«, sagt sie und ist außer Atem, »und sie waren mir wichtig, denn ich dachte, du schenkst sie mir, weil du mich liebst.«

»Bist du schön?«

»Warum fragst du das? Eine Frau kann auf diese Frage nicht antworten.«

»Bist du tugendhaft? Vielleicht kann eine Frau auf diese Frage antworten.«

»Ich verstehe nicht.«

»Es gab eine Zeit, da glaubte ich, dich zu lieben.«

»Das glaubte ich auch.«

»Du hättest mir nicht glauben sollen. Ich liebe dich nämlich nicht.«

»Das weiß ich«, sagt sie. »Du könntest es mir aber in einem anderen Ton sagen.«

Und dann läßt Hamlet eine Tirade auf sie los: »Geh ins Nonnenkloster!« fährt er sie an. »Oder was, denkst du, soll aus dir werden? Eine Mutter zum Beispiel? Und was macht eine Mutter? Was kann eine Mutter? Erst eine Tochter, dann einen Sohn, dann wieder eine Tochter, dann noch einen Sohn. So ungefähr? Und in jedem kleinen Herzen wächst das Ungeheuer mit. Schau mich an! Ich bin weiß Gott nicht einer der Schlimmsten. Aber ich habe Lust auf mehr Sünden, als es Namen für sie gibt, und wenn ich den Tag um fünf Uhr in der Früh begänne und erst nach Mitternacht wieder schliefe, die Zeit würde nicht ausreichen, alle Sünden zu begehen, auf die ich Lust hätte. Geh ins Kloster, Ophelia! Laß dir keine Kinder machen! Und wenn sie den tugendhaftesten Mann als Vater hätten, er würde ihnen so viel von dem mitgeben, was im Abgrund seines Herzens lagert, daß sie zu nichts anderem als zu Ungeheuern heranwachsen würden.«

Ophelia denkt, er ist verrückt geworden. Und es ist gut, daß sie das denkt, denn sonst würde sie verzweifeln. Sie müßte dann denken, sie war nie etwas anderes für ihn als ein Stück irgend etwas.

Claudius ist auf der Hut. »Was weiß Hamlet?« fragt er sich.

Er engagiert zwei junge Männer, Rosenkranz und Güldenstern, Jugendgefährten von Hamlet, und zahlt im voraus. »Gebt acht auf ihn. Seine Mutter und ich machen uns große Sorgen. Erstattet mir regelmäßig Bericht!«

Hamlet durchschaut die Geschichte natürlich. Ausgerechnet Rosenkranz und Güldenstern! Tun plötzlich so, als wär man früher weiß Gott wie eng miteinander befreundet gewesen. Hamlet war nie mit jemandem eng. Niemals! Und niemand wollte je mit ihm befreundet sein. Ophelia liebte ihn. Und er liebte sie.

Hamlet führt die beiden Spione an der Nase herum. Aber er weiß nun auch, daß Claudius ihn ausspionieren läßt. Weiß Claudius, daß Hamlet ihn für den Mörder seines Vaters hält?

Die direkte Auseinandersetzung mit seinem Oheim scheut Hamlet. Claudius soll sich selbst entlarven.

Eine Schauspielertruppe gastiert in der Stadt. Hamlet kennt den Impresario und die Akteure von früher.

»Ich möchte, daß ihr im Schloß spielt«, sagt er.

»Und was sollen wir spielen? Wir haben ein umfangreiches Repertoire.«

»Ein neues Stück. Nehmt euch Zeit, es einzustudieren.«

Hamlet selbst hat das Stück geschrieben. Er hat sich dabei auf eine alte Vorlage berufen. »Die Mausefalle« lautet der Titel. Und das ist der Inhalt: Ein König wird von seinem Bruder ermordet. Dann heiratet der Mörder die Königin.

»Und wie geht es weiter?« fragt der Impresario.

»Es geht nicht weiter«, sagt Hamlet.

»Es muß ein zweiter Wendepunkt in einem Stück sein«, belehrt ihn der Theatermann. »Sonst ist es kein Drama.«

»Das Leben ist kein Drama«, kontert Hamlet. »Mein Stück soll sein wie das Leben.«

Der Prinz zahlt gut, also was soll's. Er zahlt so gut, daß man ihm schlecht verwehren kann, bei den Proben dabei zu sein. Und er zahlt so gut, daß man keinen Grund sieht, sich nicht dreinreden zu lassen.

»Weniger Pathos«, kritisiert Hamlet. »Ich will nicht, daß ihr brüllt und mit leerem Blick ins Leere starrt, und ich will auch nicht, daß ihr dauernd mit den Händen die Luft zersägt.«

»Aber so geht Gefühl auf der Bühne!«

»Ich will kein Gefühl auf der Bühne«, bestimmt Hamlet.

»Aber wo denn?«

»Beim Zuschauer!« Und er denkt sich: bei nur einem Zuschauer und nur bei ihm. Die anderen sind ihm gleichgültig.

»Mutter«, sagt Hamlet, »ich wünsche mir, daß du erlaubst, daß ich euch mit einer kleinen Theateraufführung beschenke. Die Akteure spielen unter meiner Leitung, das Stück habe ich selbst geschrieben.«

Gertrude sieht die neue Liebhaberei ihres Sohnes mit Wohlwollen und Erleichterung. Gut, es mag kindisch sein für einen Mann in seinem Alter und seinem Rang, sich mit Karrenziehern abzugeben, aber es bringt ihn auf andere Gedanken und scheint ihn zu begeistern.

Claudius verhält sich vorsichtig, er geht nicht mehr mit offenen Armen auf Hamlet zu, das war einmal. Aber dann denkt er sich, ich habe ihn überschätzt. Er ist ein weiches, verwöhntes Kind, das eben verschiedene Phasen durchmacht: Weinen, Fußaufstampfen, Verwirrtsein und so weiter. Nun scheint es, hat er sich einigermaßen gefangen. Es kommt Claudius sogar der Gedanke, das Schauspiel könne ja auch als eine Art Friedensangebot an ihn gewertet werden. Und einen Augenblick denkt Claudius: Es wird alles gut.

Hamlets Plan geht auf. Das Stück benötigt keinen zweiten Wendepunkt. Als der Bruder auf der Bühne den König ermordet, verläßt Claudius bleich seinen Platz und stürzt hinaus. – Jetzt weiß Claudius, daß Hamlet es weiß.

Der Geist hat ihm aufgetragen, den Mord zu rächen. Und es bietet sich für Hamlet eine Gelegenheit dazu. Es ist Nacht. Alle schlafen. Nur Hamlet schleicht noch durch die Gänge. Er kann nicht schlafen, und er will nicht schlafen. Da kommt er an der Hauskapelle vorbei, und im Schein des ewigen Lichts sieht er seinen Oheim knien. Claudius betet. Es wäre ein leichtes, von hinten an ihn heranzutreten und ihn zu erdolchen.

Hamlet tut es nicht. Er betrachtet den breiten Rükken seines Feindes. Er hört ihn beten, versteht aber die Worte nicht. Wir verstehen sie. Claudius bekennt vor sich und vor seinem Gott, was er verbrochen hat. Damit ist es bewiesen.

Es gab immer wieder Verteidiger des Claudius. Die sagten: »Wer behauptet seine Schuld? Nur Hamlet und ein Geist. Hamlet ist verrückt.« – »Und der Geist?« hielt man dagegen. »Den hat sich ja nicht ein Verrückter eingebildet. Ja, wenn ihn nur Hamlet gesehen hätte, dann könnte man sich auf Wahnvorstellungen hinausreden.« Die Antwort der Verteidiger des Claudius war bemerkenswert: »Wo steht geschrieben«, sagten sie, »daß Geister nicht lügen? Zumal solche, die in Schwefelglut braten, wie sie selber sagen. Was hat der alte König eigentlich in seinem Leben angestellt, daß er als Geist so viel büßen muß?« – Wie auch immer, die Verteidiger des Claudius haben nicht Recht bekommen: Claudius hat seinen Bruder ermordet. Er hat es selber zugegeben. Eben in jener Nacht in der Kapelle des Schlosses.

Und Hamlet stand hinter ihm in der Tür. Ein Schritt, eine Bewegung mit der Hand, und der Mord an seinem Vater wäre gerächt gewesen.

Daß er Claudius nicht tötete, begründet Hamlet vor sich selbst. »Er betet. Vielleicht bereut er. Vielleicht ist seine Seele in diesem Augenblick rein. Schon morgen kann sie wieder besudelt sein, wenn er die Reue zurücknimmt.« Es hat ihn niemand gefragt, warum er Claudius nicht tötet. Aber Hamlet antwortet, als stünde er im Verhör. »Wenn ich ihn jetzt töte, geht er in den Himmel ein.«

Die Antwort ist merkwürdig. Merkwürdig auch deshalb, weil sie ein wenig blöd ist. Eines Hamlet nicht würdig. Hätte er gesagt, der geweihte Ort habe ihn abgehalten, wir hätten ihm eher geglaubt. Diese Antwort aber nehmen wir ihm nicht ab. Solche Antworten gibt man, wenn einem nichts einfällt, wenn man in die Enge getrieben wird. Wer treibt hier Hamlet in die Enge?

Hamlet gibt diese Antwort auf eine Frage, die er sich selbst gestellt hat: »Warum habe ich es hier und jetzt nicht getan?« Es sind Fragen nach Zeitpunkt und Ort. Hamlet beantwortet sie mit der Befindlichkeit des Claudius. Wir vermuten: Hamlet weicht aus. Wie er es so oft tut. Warum sollte er sich selbst eine klare Antwort geben, wenn er niemandem eine gibt? Die wahre Frage lautet nicht: Warum will ich es hier und jetzt nicht tun? Sondern: »Warum will ich es überhaupt nicht tun?«

Warum tötet Hamlet Claudius nicht? Moralische Skrupel halten ihn sicher nicht davon ab. Wenn er später Polonius, den Vater seiner einst geliebten Ophelia, tötet, kostet es ihn kaum einen Gedanken.

Hamlet hat Angst. Wovor? Ja, wovor eigentlich? Er fürchtet nicht um sein Leben; er hat abgeschlossen; sein Studium interessiert ihn nicht mehr, auf den Thron hat er es wohl nie ernsthaft abgesehen. Und die Liebe, die Liebe stößt er zurück, als wäre sie eine Zumutung. Wovor hat Hamlet Angst? Er redet und redet und redet. Und je mehr er redet, desto mehr überzeugt er uns, daß er redend verschweigt. Jedem Gespräch weicht er aus.

Aber dann hält ihn seine Mutter auf. Weiß Gertrude, daß Claudius den König ermordet hat? Nein!

»Was wirfst du mir vor?« fragt sie ihren Sohn.

»Daß du so schnell vom einen zum anderen gewechselt bist.«

»Was meinst du damit?«

»Daß du dich zu ihm ins Bett legst! Daß du dir von ihm dein Hälschen streicheln läßt und dir sein stinkendes Maul auf die Lippen pressen läßt. Wie eine Hure!«

Gertrude reagiert nicht mit Zorn, auch nicht mit Tränen. Sie ist verletzt, zutiefst verletzt, und sie wundert sich. Jawohl: Zuallererst reagiert sie auf Hamlets Vorwürfe und Beschimpfungen mit Verwunderung.

Verwunderung. Genau so lautet das Schlüsselwort für

jene, die später, nachdem die Geschichte zu Ende war, eine spektakulöse Theorie aufgestellt haben.

Die fragen nämlich: »Ist es nicht in der Tat erstaunlich, daß Gertrude und Claudius so schnell geheiratet haben?«

»Es ist pietätlos«, antworten wir ihnen, »aber erstaunlich ist es eigentlich nicht. Leidenschaft mag es gewesen sein, eine heftige Leidenschaft.«

»Die beiden waren doch nicht mehr jung.«

»Halt!« empören wir uns. »Seit wann ist Leidenschaft ein Privileg der Jugend?«

»Habt ihr den Eindruck von Leidenschaft gehabt, wenn ihr Claudius und Gertrude betrachtet habt?«

»Nein, das nicht. Sie wirkten eher ruhig... abgeklärt.«

»Wie ein altes Ehepaar?«

Jene vermuten, Claudius und Gertrude seien seit langem ein Paar gewesen. Sie seien eines gewesen, als der König noch lebte. Ja, sie seien bereits ein Paar gewesen, bevor der König Gertrude geheiratet hatte. Der eine oder andere behauptet, aus sicheren Quellen erfahren zu haben, daß Gertrudes Vater seine Tochter ohne ihren Willen mit dem König von Dänemark verheiratet habe. Der Bruder des Königs, Gertruds wahrer Geliebter, Claudius, sei nicht gut genug für ihn gewesen.

Und unsere spektakulösen Theoretiker fahren fort: »Gertrude ging davon aus, daß jeder am Hof wußte, daß sie und Claudius sozusagen eine inoffizielle, nicht geheime, aber doch der Form halber geheimgehaltene Ehe führten. Selbstverständlich wußte es auch der König. Und Gertrude mußte annehmen, auch Hamlet wußte es. Deshalb reagierte sie so verwundert auf seinen Vorwurf, sie lege sich schon so bald nach dem Tod seines

Vaters zu Claudius ins Bett. Sie lag immer in Claudius' Bett!«

Spekulationen, gewiß. Aber in dieser Geschichte geht es weniger um das, was geschieht, als um das, was vorher geschah. Und es kommt nicht so sehr darauf an, was geredet wird, als darauf, was gedacht wird. – »Brich, mein Herz, denn meine Zunge muß schweigen!« – Und vielleicht kommt es in letzter Wahrheit auch nicht darauf an, was gedacht wird, sondern auf das, was man nicht einmal zu denken wagt.

Am Ende des Gespräches mit seiner Mutter bemerkt Hamlet, wie sich ein Vorhang bewegt. Da versteckt sich doch einer! Hamlet zieht den Degen und sticht zu. Vielleicht glaubt er, es sei Claudius, der ihn und seine Mutter belauscht hat. Kann sein. Ist sogar wahrscheinlich, daß Hamlet das glaubt. In der Kirche konnte er ihn nicht töten, hier in einem neutralen Raum des Schlosses könnte er. Der Ort ist nicht geweiht und die Seele des Mörders inzwischen wieder schwarz. – So würde Hamlet wahrscheinlich antworten, wenn er sich selbst danach fragte.

Hamlet redet und redet und redet, und allen wirft er die Wahrheit an den Kopf, niemanden schont er; und das alles womöglich nur, um nicht jene Wahrheit zu hören, die aus dem Abgrund seines eigenen Herzens hallt. Angenommen, Claudius steht hinter dem Vorhang. Angenommen, Gertrude und Claudius haben das ausgeheckt, nämlich daß sie den Sohn in ein Gespräch lockt, daß sie auf ihn einwirkt, ihn empfänglich macht. Empfänglich nämlich für die Wahrheit, die letzte Wahrheit. Daß dann Claudius vor den Vorhang tritt und sie beide alles erklären. Alles. Eben wirklich alles. Aber alles will Hamlet nicht wissen. Da sticht er lieber zu.

Es ist nicht Claudius, der hinter dem Vorhang steht, sondern Polonius, der Oberkämmerer, der im Auftrag des Claudius lauschen sollte. Sein Tod ist für Hamlet kaum einen Gedanken wert. Und daß er soeben den Vater von Ophelia, die er einst liebte, getötet hat und den Vater von Laertes, der ihn so sehr bewunderte, das geht in einem Schulterzucken unter.

Schließlich herrschen immer noch Recht und Ordnung am Hof von Dänemark. Ein Mann ist ermordet worden. Da kann man nicht so ohne weiteres zur Tagesordnung übergehen. So argumentiert ausgerechnet Claudius.

Er sagt: »Du mußt Dänemark verlassen, Hamlet.«

Zu Gertrude sagt er: »Wir können ihn nicht hierbehalten, er ist irrsinnig geworden. In der gegenwärtigen politischen und militärischen Situation stellt Hamlet ein Risiko für das ganze Land dar.«

Es wird beschlossen, Hamlet nach England zu schikken. Rosenkranz und Güldenstern sollen ihn begleiten. Claudius hat Freunde in England, er gibt den beiden einen versiegelten Brief mit, in dem Brief steht: »Hamlet ist zu töten!«

So einfach geht es natürlich nicht. Hamlet bricht das Siegel, liest den Brief, schreibt ihn um. Jetzt lautet der Text: »Rosenkranz und Güldenstern sind zu töten.«

Lange bleibt Hamlet von zu Hause fort. Was macht er in England? Wir wissen es nicht. Erst heißt es, Hamlet sei tot. Dann heißt es, er sei knapp einem Mordkomplott entgangen, Rosenkranz und Güldenstern seien über ihn hergefallen, aber er habe sie geschlagen. Das kann sich keiner so richtig vorstellen. Verschiedene Versionen machen die Runde. Allmählich wird es still um Hamlet. Gerüchte brauchen Nahrung, es kommt nichts Neues aus England nach.

Und dann ist er wieder da. Nicht angekündigt. Und er hat sich sehr verändert. Er redet nicht mehr so viel. Er wirkt versöhnlicher. Die einen sagen, er habe sich abgefunden, zu seinem eigenen Glück treibe ihn nun nicht mehr der Gedanke nach Rache durch den Tag. Die anderen aber sagen: »Die Rache ist abgekühlt. Das macht ihn um so gefährlicher.«

Noch jemand ist an den Hof von Helsingör zurückgekehrt: Laertes, der Sohn des Polonius. Laertes studierte in Italien, im sonnendurchfluteten Italien.

»Was führt dich ins nebelige Dänemark zurück«, erkundigt sich Hamlet.

Ausgerechnet Hamlet fragt das? Laertes ist ein junger Mann, dessen Vater ermordet wurde. Und nicht nur das! Laertes hat eine Schwester, sie hat den Verstand verloren.

»Ophelia hat den Verstand verloren?«

Kann er sich das nicht erklären, der Prinz? Seinetwegen! Sie ist an ihrer Liebe zu ihm zerbrochen. Sie hat es nicht verkraftet, daß der Mann, den sie liebte, ihren Vater getötet hat und dann nicht ein Wort, nicht ein kleines Wort des Mitleids fand. Derselbe Mann, der Himmel und Hölle in Bewegung setzte, um seine eigene heilige Rache zu stillen, kann er sich nicht vorstellen, daß das Herz eines anderen Menschen ebenfalls brechen kann, wenn ihm der Vater genommen wird? Und die Schwester genommen wird!

Hamlet geht auf Laertes zu, reicht ihm die Hand. »Du warst mir immer einer der Liebsten hier«, sagt er. »Ich will nicht Krieg mit dir führen, ich will Frieden. Ich möchte, daß wir uns versöhnen.«

Welch großzügige Geste!

»Ist es denn keine großzügige Geste?« ereifern sich die, die es mit dem Prinzen halten. Die, deren Sympathie er verloren hat, antworten: »Dann stellt euch nur einmal vor, Claudius wäre auf Hamlet zugegangen und hätte gesagt: Du bist mir einer der Liebsten, sei mir nicht mehr böse, daß ich deinen Vater ermordet habe! Wie, glaubt ihr, hätte Hamlet reagiert? Was ist an Hamlets Schmerz vornehmer? Was erhebt seinen Schmerz über den Schmerz des Laertes?«

Eine Zeit hat Ruhe geherrscht in Dänemark. Die Gerüchte und Spekulationen, das detektivische Bohren in der Vergangenheit, die Doppel- und Mehrdeutigkeiten all dessen, was geredet wurde, das schien vergessen, vorbei. Und nun fängt das alles wieder von vorne an! Das Gerücht reißt wieder sein Maul auf. Wieder schauen sich die Menschen forschend in die Augen, suchen nach Verstecktem, Verheimlichtem oder nach Einverständnis. Weiß der andere mehr als ich? Was weiß er wirklich? Oder ist alles nur Vermutung? Sollte ich mich bemühen, mehr herauszufinden? Achselzucken und bedeutungsvolle Blicke.

»Es heißt«, so lautet ein Gerücht, das sich lange halten wird und sich noch lange nach dem Ende zwischen so manches Gespräch schlängeln wird, »es heißt, Claudius habe gar nicht Hamlets Vater ermordet.«

Darauf wird man zum wiederholten Mal antworten: »Aber er hat es doch selbst zugegeben!«

»Ihr versteht mich nicht richtig«, wird das Gerücht sagen. »Claudius hat seinen Bruder ermordet, das ist wahr.«

Und das Gerücht wird endlich aussprechen, was so viele gedacht haben? Nämlich: daß Claudius in Wahrheit Hamlets Vater ist.

Da wird sich das Gerücht ereifern: »Überdenkt doch

einmal die ganze Geschichte! Erinnert euch an Hamlet, ruft euch jede seiner Gesten in die Gegenwart, jedes seiner Worte! Wovor hatte er solche Angst, wenn nicht vor dieser Wahrheit? Warum türmte er so viele Worte übereinander, wenn nicht, um diese Wahrheit dahinter zu verbergen? Ausgerechnet Hamlet sollte nicht gewußt haben, daß seine Mutter und Claudius sich ihr Wort gegeben haben, lange bevor sie den König heiratete?«

»Und wenn es nicht so ist«, wird dem Gerücht entgegengetreten.

»Wenn es nicht so ist, hätte es wenigstens sein können.«

»Und wer dachte so?«

»Vielleicht niemand – außer Hamlet selbst.« – Brich, mein Herz, denn meine Zunge muß schweigen!

Claudius ist eine Bestie. Ein böser Mensch. Ein böser Mensch mit Skrupeln und schlechtem Gewissen. Er mordet, und dann beichtet er, spricht mit seinem Gott, bittet um Vergebung. Und ist bald darauf bereit, wieder zu morden. Er will Hamlet loswerden. Er muß ihn loswerden. War der Prinz vor seiner Reise nach England ein verwirrter, fanatischer Träumer, so ist er inzwischen gereift. Claudius macht sich nichts vor. Inzwischen wäre Hamlet in der Lage, das Reich zu führen. Er hat Anspruch auf den Thron, er wird diesen Anspruch geltend machen. Also muß er weg.

Claudius faßt einen Plan. Niemand soll hinterher sagen, er habe Hamlet getötet. Gerüchte kann Claudius nicht leiden, Gerüchte gibt es zu viele in Dänemark. Die Leute interessieren sich inzwischen schon mehr für das, was sein könnte, als für das, was ist. Hamlet soll sterben vor den Augen aller, und alle sollen sehen, daß Claudius unschuldig ist.

Claudius bietet sich als Vermittler zwischen Hamlet und Laertes an. »Furchtbare Dinge sind geschehen«, sagt er zum Sohn des Polonius. »Alle haben gelitten, jedem ist Unrecht geschehen. Die Herzen sind bitter geworden. Es muß ein Ende sein. Hamlet hat dir seine Hand gereicht. Nimm sie an!«

Laertes ist ein aufrichtiger Mann. Er will Frieden. Er will nach Italien zurückkehren. Er will Dänemark vergessen. Er reicht Hamlet die Hand.

Ein symbolischer Akt soll diesen vorbildlichen Frieden beschließen, schlägt Claudius vor. Hamlet und Laertes sollen einen freundschaftlichen Fechtkampf austragen. Am Ende, so Claudius, werden beide Sieger sein, Hamlet und Laertes werden Wein trinken, werden anstoßen, und alles wird gut sein.

Hamlet willigt ein.

Claudius ist eine Bestie. Er vergiftet eine der Degenspitzen, und in einen der beiden Kelche gibt er Gift. Aber sein Plan geht nicht auf. Die Degen werden vertauscht, Hamlet ersticht Claudius, Laertes wird tödlich verwundet, Hamlet wird tödlich verwundet, Gertrude trinkt den vergifteten Wein.

Der Tod macht alle gleich.

Hamlet stirbt in den Armen seines Freundes Horatio. Der Freund möchte den Freund nicht überleben. Aber Hamlet verbietet Horatio, sich das Leben zu nehmen. »Du sollst leben«, das sind seine letzten Worte, »damit du der Welt von mir erzählen kannst.«

Die Gerüchte, die Spekulationen aber bleiben. Und sie nehmen kein Ende. Bis heute nicht.

Nachbemerkung

Zweien würde ich gern im wirklichen Leben begegnen: dem Lear und der Rosalinde aus *Wie es euch gefällt.* – Aber ich begegne ihnen ja, jeden Morgen, wenn ich in den Spiegel schaue!

Das zu behaupten ist vermessen! Und abgedroschen. Und am Beginn des 21. Jahrhunderts außerdem eine Binsenweisheit: Jeder Mensch trägt all diese wunderbaren, grauenhaften, irritierenden, gefühlskalten, in ihren Gefühlen kochenden, lächerlichen, lustigen, traurigen, eloquenten, witzigen, dummen Figuren in sich, einen Hamlet ebenso wie einen Timon, die Julia wie die Helena aus *Ende gut, alles gut*, Macbeth, Jago, Leontes, Zettel, Brutus ...

Ja, es gibt Leute, die das glauben. Die sagen: »Diese Vielfalt liegt verschüttet in jedem von uns.« Was immer das auch heißen mag. Die Seele ist mangels Stofflichkeit schon mit allem möglichen verglichen worden, warum nicht auch mit einem Bergwerk. Wenn es aber stimmt, daß Shakespeare nichts anderes getan hat, als diese verschütteten Schätze zu heben, dann ist auch richtig, was Harold Bloom, Enthusiast und Shakespeare-Kenner wie kein anderer, behauptet, nämlich: daß Shakespeare uns neu erfunden hat. Ohne die Bergwerksarbeit dieses größten aller Dichter wären wir nicht die, die wir sind.

Tatsächlich erscheinen die Figuren der Weltliteratur *vor* Shakespeare blaß und relativ unabhängig von uns. Das heißt, sie kommen uns gerade deshalb so blaß vor, weil sie ein von uns unabhängiges Leben führen. Ein literarisches Leben eben. Die Figuren *nach* Shakespeare aber lassen sich alle auf Shakespearesche Grundmuster zurückführen – wie auch anders: Der Meister hat den Berg ausgebeutet bis auf den letzten Stein.

Also läßt sich zusammenfassen: Shakespeare hat den Menschen und in der Folge die Literatur neu erfunden. Dem möchte ich nichts hinzufügen.

Namenregister